KB045973

 율리우스

'대체 누구야, 저 들러리 녀석은!
어째서 내 완벽한 계획을
망치는 거냐고.'

"저, 저기······
어쩌실 생각인가요?"

❀ 마리에

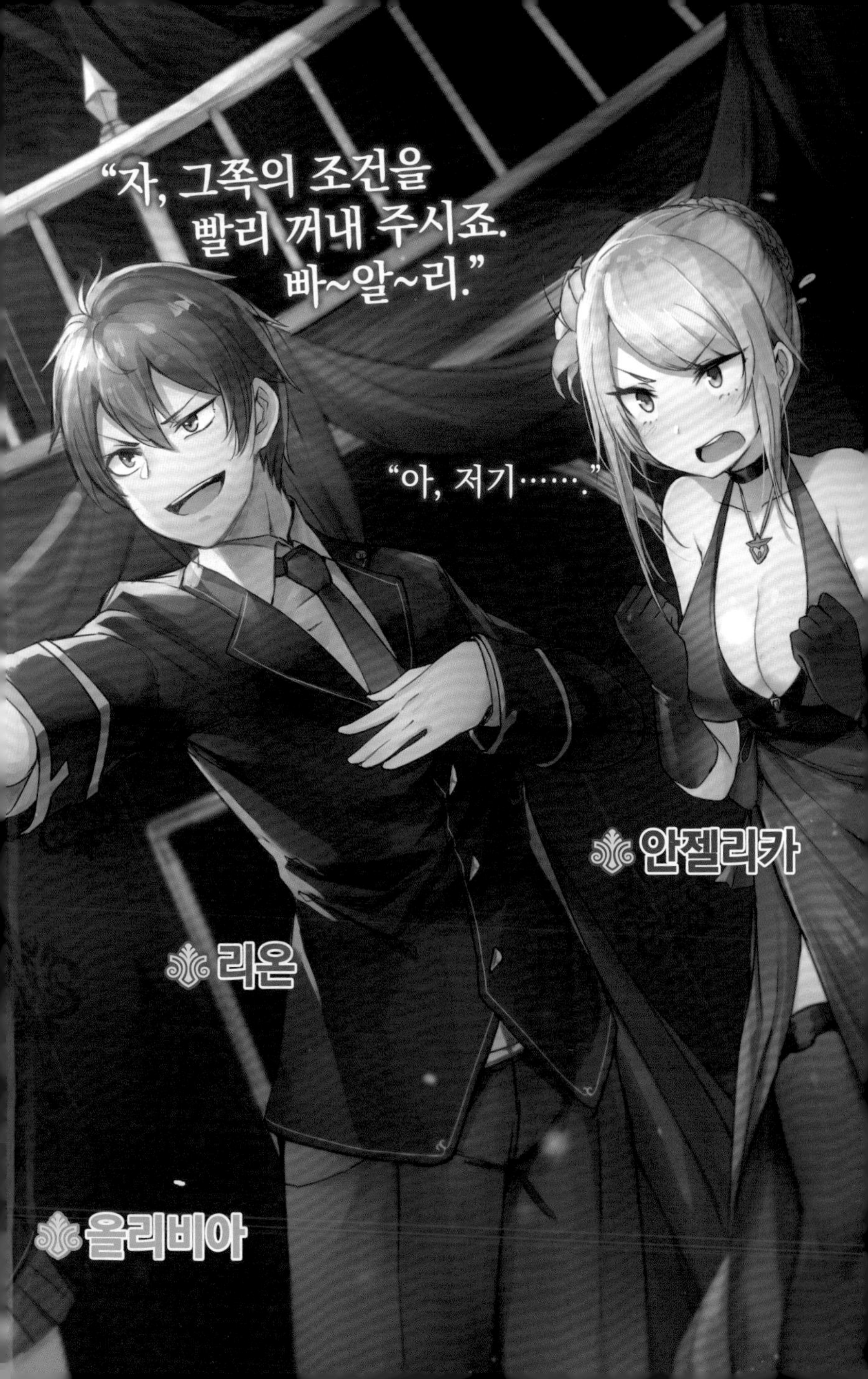
"자, 그쪽의 조건을
빨리 꺼내 주시죠.
빠~알~리."
"아, 저기……."
안젤리카
리온
올리비아

『아로간츠, 투하.』

커다란 상자가 하늘에서 떨어지더니, 지면에 충돌하기 전에
  속도를 줄여 천천히 착지했다.
이윽고 상자 앞부분과 동시에 측면과 윗부분이 자동으로 열리면서
  상자 안에 숨어있던 갑옷이 모습을 드러냈다.

여성향게임 세계는
THE WORLD OF OTOME GAMES IS A TOUGH FOR MOBS.
몹에게 가혹한 ★ 세계입니다
01

CONTENTS

THE WORLD OF OTOME GAMES IS A TOUGH FOR MOBS.

프롤로그

정의와 악은 시선이 다르면 뒤바뀌기도 한다——

평소에는 생각조차 하지 않는 철학적인 말이 뇌리를 스칠 정도로 지쳐 있었다.

정신력은 차츰차츰 깎여나가…… 나는 이미 몇 시간이나 무표정을 지키고 있었다.

지금 당장이라도 침대에 누워 좋아하는 만화나 애니에 시간을 쏟고 싶었다. 아니면, 남성향 게임을 하거나.

사회인인 내가 죽은 물고기 같은 눈으로 플레이하고 있는 건…… '여성향 게임'이었다.

소위 말하는 '연애 시뮬레이션 게임'으로, 남자가 하는 미소녀 게임과는 비슷한 듯하면서도 정반대 방향에 있는 게임이다.

주인공이 여자, 공략 대상이 남자면 여성향 게임이라 부른다. 반대로 주인공이 남자고 공략 대상이 여성이면 미소녀 게임이라고 한다.

그렇다. 남자가 휴일 낮부터 플레이할 만한 게임이 아니었다.

차라리 여성향 게임을 좋아했다면 이야기는 다르겠지만, 나는 미소녀 게임을 더 좋아했다.

"어째서 내가 아침부터 사내자식의 호감도를 벌어야만 하는 거지……."

화면 너머에 있는 남자 캐릭터가 뺨을 물들이고 있었다. 하나도 기쁘지 않았다.

보통 이런 게임에 등장하는 공략 캐릭터는 전부 미남으로 나오는데, 인기 일러스트레이터가 디자인한 캐릭터에 유명 성우가 목소리를 넣는 구조다. 이게 여성 캐릭터…… 미소녀 게임이라면 좋았을 텐데. 남자의 달콤한 목소리 따위, 하나도 기쁘지 않았다.

무표정으로 근처에 놓아둔 스마트폰 화면에 눈길을 향했다.

딱히 열심히 할 생각도 없기에 전부 공략을 봐가며 하는 중이었다.

화면을 힐끔힐끔 보면서 선택지를 골라 가자, 호감도 상승을 알리는 소리와 함께 3차원으로 표시된 캐릭터가 머리를 쓸어올리며 뺨을 살짝 물들였다.

『너는 평범한 여자들과는 다르군. 이름을 들어 두지.』

상대는 왕태자——게임에 나오는 공략 대상 캐릭터로, 학원에서는 대인기라는 설정이 있다. 지금은 게임의 주인공은 우연히 그와 만나, 그가 왕태자인 줄도 모르고 평범하게 대한다는 장면이다.

하지만 이것도 이미 2회차를 넘겨버렸다. 몇 번이고 본 첫 만남 장면에 푸념밖에 나오지 않았다.

"말이 안 되지! 제 나라의 왕태자를 모른다니, 거짓말일 게 뻔하다고! 약아빠졌네! 이 주인공 약아빠졌어!"

그러나 왕태자는 주인공의 약아빠진 태도를 꿰뚫어 보지 못했다.

"······뺨을 물들이며 기뻐하기는. 보는 눈이 없는 녀석이구만."

벌써 일요일 낮이었다. 모처럼의 주말이 여성향 게임으로 사라져가고 있었다.

어제부터 계속 이런 꼴이었다. 최근에는 바빠서 주말에 잘 쉬지도 못했는데.

그때, 스마트폰에서 전자음이 들려왔다.

스마트폰의 화면을 켜보니 여동생이 보낸 메시지가 사진과 함께 날아와 있었다.

『친구랑 해외에서 즐겁게 보내고 있습니다~.』

······여동생의 미소를 보니 배알이 뒤틀렸다.

사진에는 친구들과 해변이나 호텔에서 즐거운 듯이 보내고 있는 여동생의 모습이 담겨 있었다.

나는 분노를 담아 곧바로 답장을 보냈다.

『웃기지 말라고! 바쁘다면서 나한테 게임을 떠넘긴 게 누군데!』

애초에 이 게임은 여동생의 게임이었다.

토요일 아침, 집에 있던 대학생 여동생이 내 자취방에 불쑥 찾아왔다.

평소에는 얼굴도 비치지 않기에 별일이다 싶었는데, 그 여동생이 웃는 얼굴로 대뜸 나한테 게임 하나를 떠넘기면서 이런 말을 했다.

"오빠는 한가해 보이니까, 이 게임을 풀컴하게 해줄게."

풀컴이란 건 풀 컴플리트를 말하는 것이다. 이런 게임은 CG,

동영상, 상황 신 등을 한 번이라도 게임 안에서 보면 나중에 몇 번이든 다시 볼 수 있다. 즉, 나한테 그걸 전부 모아놓으라는 거였다.

물론 나도 "웃기지 마라, 네가 직접 해!" 하고 말했지만…….

──그때, 여동생에게서 답장이 왔다.

『어쭈? 그런 말 해도 되겠어? 자꾸 이러면 거기 돌아가도 엄마랑 아빠의 오해를 안 풀어줄 거야. 선물 살 테니까 풀컴 잘 부탁해. ※돌아갈 때까지 풀컴 안 되어있으면 더 심한 걸 방에다 두겠습니다. 귀여운 여동생으로부터.』

나는 짜증이 솟구치는 메시지를 읽고, 스마트폰을 바닥에 집어던지려는 충동을 참으며 외쳤다.

"젠장할──!!"

나도 이러고 싶어서 이러는 게 아니다.

내가 여기서 자취하는 동안── 본가에 사는 여동생은 내 방에 자기 책을 대량으로 숨기고 있었다. 그것도 부녀자(腐女子)분들이 좋아할 것 같은 책을. 그걸 내 방을 청소하던 어머니가 발견했고, 내가 그런 취미를 가지고 있다는 오해를 사고 말았다.

나도 오해를 풀려고 했지만, 풀려고 하면 할수록 변명을 한다고── 오해만 깊어질 뿐이었다.

……악몽이었다.

오해받은 것도, 여동생이 부녀자였음을 알게 된 것도.

그리고 운이 나쁘다고 할까…… 여동생은 나보다 부모님께 신뢰받고 있었다. 외모는 내가 봐도 인정할만한 수준이었고 성적도 우수했다. 심지어 밖에서는 배려심 있고 상냥하다는 말까지 듣고 있었다.

여동생은 그만큼 본성을 숨기는 게 능숙해, 나는 언제나 지독한 꼴을 당해 왔다.

하지만 여성향 게임 건으로도 알 수 있듯이, 여동생의 성격은 최악이었다.

그 녀석이 자기 취미를 숨기면 내가 아무리 해명해도 부모님은 여동생의 말을 더 믿는 것이다.

아들의 취미가 걱정된 어머니에게서 전화가 걸려 왔을 때는 울 것만 같았다. 그때 여동생에게 복수해 주자고 마음속에 깊이 새겼다.

타오르는 분노를 억누르면서 화면에 시선을 되돌렸다.

다시 컨트롤러를 손에 쥐고 오해를 풀기 위해 게임을 클리어만을 생각했다. 분하지만 부모님에게 신뢰받고 있는 건 여동생 쪽이다.

여동생은 게임 컴플리트를 조건으로 오해를 풀어주겠다고 약속했다.

……이제 이것밖에 오해를 풀 길이 없다.

분하지만 여동생은 우수한 만큼 말주변도 좋다. 토요일 아침에는 내 반론을 찍어 누른 데다, 여행을 위한 용돈까지 요구해 왔다. 협박받아 돈을 준 자신이 너무 한심하게 느껴졌다.

정면으로 싸워 봤자 승산은 없겠지.

하지만 반드시 복수해 줄 거다.

나는 화면 너머에 있는 사내자식의 호감도를 벌면서 계획을 짰다.

"날 화나게 만든 걸 후회하게 해주마."

여동생은 옛날부터 요령이 좋고 약은 구석이 있었다.

요는 자기가 귀엽다는 걸 아는 타입이다. 여러모로 나오는 정반대였다. 그 녀석의 약점 따위, 계속 숨기고 있던 이 취미뿐이리라.

분한 심정으로 게임을 계속하다가, 나는 눈살을 찌푸렸다.

"……매번 여기서 막히는군."

여동생이 내게 떠넘긴 이 게임은 대작을 노리고 만든 게임답게 제법 여기저기 공을 들여서 만들어 놓았다. 여동생도 일러스트나 성우를 보고 곧장 '초회 한정판'을 샀을 정도다.

다만 이 게임에는 문제가 하나 있었으니, 바로 여성향 게임에 롤플레잉 요소와 전략 시뮬레이션 요소가 들어가 버렸다는 점이었다.

역시 지금까지 남성향 게임을 다뤄 온 메이커가 만든 게임이라 그런지 게임의 방향성이 묘하게 어긋나 있었다.

게임의 무대는 검과 마법의 판타지 세계로, 공중에 떠오른 대지를 바탕으로 하고 있다.

왕족이나 귀족들이 있는 걸 보면 문명 수준이 높지 않을 것 같지만, 비행선이 하늘을 날고 기사들은 마치 파워드 슈트 같은 '갑옷'을 입고 전쟁을 한다.

그리고 그런 세계에서 귀족들의 학원에 다니는 한 여학생이 바로 이 작품의 주인공이다.

시골에서 온 소박한 느낌의 여자아이로, 귀족이 아니라 평민이지만 특별히 입학을 허가받은 특대생이다.

평민 출신인 탓에 학원에서 귀족 여자들에게 괴롭힘을 당하고 있었지만, 차차 왕자님이나 귀족 가문의 대를 이을 도련님들과 만나면서 다양한 사건이나 전쟁에도 관여해 나가게 되는 이야기다.

요약하자면 '학원물 연애 게임'에 '모험'이나 '전쟁'을 집어넣은 게임이다.

덧붙여 주인공이 여자이기에 '여성에게 매우 편의적인 세계'로 되어있다.

여동생도 처음에는 자력으로 클리어하려 했지만, 아무리 해봐도 롤플레잉이나 전략 시뮬레이션 같은 남성향 요소가 서툴렀는지 이내 포기해버렸고, 덕분에 내가 고생하는 처지가 되었다. '오빠는 이런 게임만 쓸데없이 많이 했으니까, 식은 죽 먹기지?'라고 말하면서……

그야 내가 게임을 좋아하긴 하지만, 이건 나도 어렵다고 느낄 정도로 난도가 이상했다.

"애초에 여성향 게임에 이런 왜 전략적 요소를 넣어둔 거냐고……"

불평을 늘어놓으면서도 화면을 보고 컨트롤러를 조작했다.

화면 위에는 비행선 유닛이 늘어서 있었다.

배 모양이나 럭비공 모양을 한 비행선 등, 다양한 비행선이 서로 마주 보고 있었다.

육각형 격자선 필드에서 턴제로 아군 배를 움직이며, 공격하면 비행선이 측면에 늘어세운 대포를 일제히 쏘고, 갑옷을 입은 기사들이 하늘을 날아 적에게 덤벼들지만——.

"젠장! 거기서 적의 스킬 발동이라니, 뭐냐고! 묘하게 어렵잖아! 좀 더 편하게 클리어할 수 있도록 만들라고!"

적의 특수기가 발동하면서 공격한 아군이 반대로 큰 대미지를 받았다.

반대로 공격당했을 때는 여지없이 굉침(轟沈)…… 스킬도 있고 스테이터스도 적보다 뛰어난데 운빨 요소가 너무 강해서 깨기가 어렵다. 애초에 전략 게임인 주제에 유리한 위치를 선점한다던가 하는 식으로 온갖 전략을 써도 운이 나쁘면 가볍게 뒤집혀 버린다.

여동생이 포기할 법도 하다.

"아, 이런."

생존이 승리 조건인 아군 비행선——왕태자님이 탄 비행선이 굉침하고 말았다.

곧장 화면에 GAME OVER 글자가 떠올랐다.

"또냐! 공략 정보를 보면서 플레이해도 진다니, 말이 안 되잖아!"

차라리 여동생한테 컴플리트를 포기하라고 말하고 싶었다. 사실 인터넷에서 클리어 데이터를 내려받으면 쉽게 끝날 일이지만…… 이 게임은 게임 내 캐릭터들이 주인공의 이름을 불러 주는 기능이 있어서 여동생은 거기에 자기 이름을 입력해 놓았다.

유명 성우가 자기 이름을 속삭여 줬으면 한다나 뭐라나……

그래서 클리어 데이터를 바꿔 넣어도 여동생이 원하는 결과물을 얻을 수가 없다.

자력으로 클리어할 수밖에 없는 것이다.

"벌써 몇 번째냐고! 왕자님이 너무 약하잖아! 그거냐? 과금시키고 싶은 거냐? 그렇게나 과금시키고 싶은 거냐고!"

어쩐지 오프라인 게임 주제에 유료 콘텐츠가 충실하다 싶더니만. 클리어 못 하겠다는 플레이어들의 목소리에 답한 것인지, 그도 아니면 계산하고 있었던 것인지…… 전쟁 파트를 쉽게 만들어 주는 갖가지 아이템을 유료로 배포하고 있었다.

여동생을 위해 이 이상 내 지갑을 여는 건 내키지 않지만, 내 시간을 빼앗기는 원인은 틀림없이 전투나 전쟁 파트였다.

그 외에는 미소녀 게임과 같다. 선택지만 잘못 고르지 않는다면 아무런 문제도 없다. 나는 결국 게임을 중단하고 유료 콘텐츠를 살펴보았다.

화면에 대량으로 쏟아져 나오는 갖가지 상품들.

아이템들은 대체로 100엔 언저리였지만, 전투 파트에서 도움이 되는 비행선이나 갑옷의 가격이 묘하게 비쌌다.

300엔이나 500엔. 800엔짜리 유료 콘텐츠도 있었다.

"……이런 식으로 장사를 하니까 평판이 그 모양이지."

출시 전에는 기대받던 초대작이, 지금은 과금하지 않으면 제대로 클리어할 수도 없게 만들어 놨다고 인터넷에서 신나게 욕을 먹고 있다.

덕분에 배짱 장사였던 가격 설정이 한 달도 채 지나지 않아 내려오긴 했지만.

그래도 비싸다고 생각하고 있었더니, 상품 일람에 남자 수영복이 눈에 들어왔다.

"남자 수영복이라니, 징그럽게."

이건 남성 캐릭터를 수영복 차림으로 만드는 특수 아이템이다.

보고 있으려니 어이가 없군.

이게 미소녀 게임이고 여성 캐릭터의 수영복이었다면 나도 망설이지 않고 다 샀을 테지만.

"남자도 여자도 하는 짓은 다를 게 없군."

정신적으로 너덜너덜한 나는 힘없이 웃었다.

사내자식을 늘어세우고 수영복 차림을 만들어 즐기는 여성 플레이어를 상상했더니 기분이 나빠졌다.

"하렘도 여자가 보면 이런 기분일까? 뭐, 아무래도 좋지만."

남자가 여자에 둘러싸이는 게 하렘이라면, 여자가 남자에 둘러싸이는 건 역하렘이다. 남자가 봐서 역하렘이 거짓말 같은 것처럼, 여자가 보면 하렘 또한 분명 미묘하리라.

그리고 그런 걸 진지하게 생각하는 나는 지쳐 있는 거겠지.

나는 게임을 끝내는 것만을 생각하기로 했다.

"자, 그럼 뭘 사면 금방 끝나려나?"

어느 것이고 유료 콘텐츠답게 강력해 보였다.

남성 캐릭터 전용 무기라든가, 주인공 전용 장비도 있었다.

굳이 따지자면 전쟁 파트에서 도움이 되는 물건이 필요하기에 그것들은 필요 없었다. 게임을 진행하는 방식에 따라 어떻게든 커버할 수 있는 부분이었다.

"……이건?"

눈에 들어온 건 가장 비싼 유료 콘텐츠인 전함이었다.

보급이나 귀찮은 스테이터스 등을 무시할 수 있는 강력한 비행선이었다.

"비행선이라고 할까, 이건 우주선 아니냐……."

메탈릭한 외견이 게임에 나오는 비행선 어느 것과도 닮지 않았다. 오히려 우주 전함이라는 이름이 더 어울릴 디자인이었다.

천 엔이나 하는 만큼 성능도 나무랄 데가 없었다.

설정을 확인하니 고대의 어쩌고로…… 여하튼 엄청난 우주선이라는 게 적혀 있었다.

"……아니, 진짜로 우주선이었냐! 혹시, 잘 못 쓴 거 아냐?"

설명문을 잘못 입력해서 우주선이라고 쓴 것 아닐까 생각했지만, 게임을 클리어할 수 있으면 아무래도 좋은 이야기였다.

중요한 건 이걸로 게임이 편해진다는 점이었다. 나는 곧장 우주선을 샀다.

다음은 갑옷이다.

파워드 슈트……라고 하는데, 뭐라고 해야 하나. 조금도 현실감이 없었다. 로봇이라고 말하는 편이 더 정확하지 않을까?

그런 갑옷을 껴입고 전쟁을 하는 것이 남자들…… 기사다.

여자들은 자기들을 위해 싸워 주는 남자가 멋지게 보이는 걸까?

그냥 비싼 걸 사면 되겠지.

이걸로 공략이 편해진다면 값싼 지출이라 생각하기로 했다.

검은 갑옷은 어딘가 험악하게 생겨 악역처럼 보였지만 게임을 깰 수만 있다면 아무래도 좋았다. 오히려 다크 히어로 같아서 멋있었다. ……잘 생각해 보니 여성향 게임에 나오는 것치고는 무척 좋은 디자인이었다.

"이거라면 공략 대상인 사내자식들보다 활약해 주겠지."

검 실력은 뛰어나지만, 원거리 무기가 없는 검호나, 무기에 의지하는 건 나약하다며 장비가 매우 빈약한 녀석, 맷집이 약한 마법 바보까지.

도움이 되지 않는 공략 대상 캐릭터들 때문에 몇 번이고 게임 오버를 맛봤다.

"후딱 끝내자…… 한시라도 빨리 느긋하게 쉬고 싶어."

모처럼의 휴일이 여성향 게임으로 사라져 가고 있다.

빨리 쉬고 싶다는 욕망을 참지 못하고 산 유료 콘텐츠로 재무장한 나는 게임을 재개했다.

낮이 지나고, 저녁이 될 무렵에는 어찌어찌 이벤트나 CG 회수율이 9할을 넘었다.

이제 남은 건 역하렘 엔딩뿐이었다.

주인공과 남성 캐릭터 전원이 결혼하는 엔딩이다.

이 게임의 트루 엔딩——진정한 엔딩이라고 하는데, 내게는 이제 진실이든 허위이든 상관없는 일이었다.

마음을 비우고 공략만을 생각해서 다시 게임을 플레이해 나갔다.

일상 파트…… 사내자식들의 호감도가 일정 수치가 되면 건네주는 아이템을 다음날에 도구 상점에서 팔아치워 돈으로 바꾸었다.

본인의 눈앞에서.

선물한 사람이 보는 데서 팔아치우다니, 악독하게 짝이 없지만, 게임이기에 상관없었다.

그야 이게 미소녀 게임이었다면 진행이 다소 불리해지더라도 팔지 않았겠지. 설령 게임이라고는 해도 그런 악독한 인간은 될 수 없다.

하지만 이건 여동생의 여성향 게임이다. 클리어할 수 있다면 아무래도 좋았다.

그렇게 생각하며 계속 플레이하여…… 깨닫고 보니 밤이 되어 있었다.

역하렘 엔딩에 다다르고, 해방된 기쁨과 함께 덮쳐 오는 이 공허함.

"……이틀이 통째로 날아가다니."

엔딩을 보면서 치밀어 오른 건 분노와 슬픔뿐이었다.

어째서 내가 이런 짓을 해야 하는 거지?

데이터를 저장해 여동생과의 약속을 지킨 나는 침대에 쓰러지

다시피 누웠다.

시계를 보니 자기에는 약간 이른 시간이었다.

완전히 지쳐 움직일 생각도 들지 않았지만, 모든 것이 끝나 안도한 탓인지 배가 고파졌다.

손으로 배를 누르고, 아침에 약간 먹은 걸 마지막으로 아무것도 먹지 않았다는 사실을 떠올렸다.

"냉장고에는 아무것도 없었고."

이번 휴일에 장을 보려고 했었는데, 게임을 클리어하는 걸 우선하는 바람에 밖에도 나가지 않았다.

"패밀리 레스토랑이라도 갈까?"

스마트폰으로 시간을 확인하고 있었더니 여동생에게서 메시지가 왔다.

『정말 즐거워서 지쳤어~. 며칠 지나면 돌아갈 테니까 그때까지 클리어 잘 부탁해. 진지하게 안 하면 언제까지고 변태 바보 오빠인 채일 거야(웃음).』

"이 녀석, 최악이잖아."

자기는 즐겁게 놀고 있다고 보란 듯이 떠들면서, 나한테는 진지하게 하라고 지껄이다니. 내 돈까지 뜯어간 주제에······.

그러자 나는 문득 의문이 들었다.

"그 녀석 아르바이트 같은 거 했던가? 어디서 여행 자금이 났지?"

내가 건넨 용돈으로는 턱없이 부족할 터였다.

저런 성격인 주제에 자존심은 있어서 체포될 만한 짓은 하지 않는다. 통금 시간도 있기에 밤늦게까지 놀지도 못했다.

덧붙여 일하고 싶지 않으니까 아르바이트도 하지 않는다는 말까지 했었다.

거기까지 생각하고, 나는 조금 전에 어머니가 했던 말을 떠올렸다.

"자격증을 딸 돈이 필요하다던가 했었지."

부모님은 운전면허라도 따려는 건가 싶어 돈을 준비했다는 것 같지만, 어떻게 봐도 여행 자금의 출처는 거기 밖에 없었다.

나는 여동생의 메시지와 사진을 복사한 뒤 컴퓨터로 편집해서 어머니에게 메시지를 보냈다.

"……바보 녀석. 오빠를 얕보니까 이렇게 되는 거다."

나를 협박하고 자기는 여행을 갔다.

이걸 보고 부모님이 어떻게 생각할까?

제아무리 그 녀석이라도 증거가 남으면 변명할 수 없을 거다. 마침내 가면이 벗겨질 때가 온 것이다.

그렇게 생각하고 히죽거리고 있던 차에 나는 깨달았다. 깨닫고 말았다.

"어라? 처음부터 이렇게 했으면 쓸데없이 게임에 매달려 있을 필요도 없었던 던 거 아닌가? ……아아, 더는 안 되겠다."

나는 자신이 얼마나 얼간이인지를 실감하면서, 배가 고팠기에 일어서서 지갑을 손에 들었다.

여동생 건은 일단 보류하고 밥을 먹자.

이제 여성향 게임으로 골치를 앓을 필요도 없다.

그렇게 생각하니 발걸음이 가벼워졌다.

묘하게 둥실둥실한 감각이 마치 일에서 해방된 후와 비슷했다.

"그럼, 오늘은 조금 비싼 메뉴를……."

평소보다도 호화로운 저녁을 기대하며 방문을 나섰다. 깜박거리는 형광등이 신경 쓰이는 아무도 없는 복도를 나아가 계단에 접어들자 갑자기 현기증이 덮쳐왔다.

"——아, 이거 위험한데."

실이 끊어져 버린 꼭두각시 인형처럼 몸이 맥없이 쓰러졌다.

운이 나빴던 건 이제 막 계단 아래로 내려가려던 참이었다는 것이다.

곧 눈앞에 계단이 육박했고, 시야에 들어오는 광경이 그대로 급격하게 바뀌었다.

통증은 없었지만, 기세 좋게 굴러떨어진 나는 자신의 상태가 위험하다는 걸 왠지 모르게 이해했다.

"……이런…… 마지막은…… 인정…… 못…….."

모처럼의 휴일을 여동생 때문에 허비하고, 그리고 해방되었나 싶더니만 계단에서 구르고 있는 나. 아니, 어쩌면 목숨의 위기일지도 모른다.

그렇게 생각하니 묘하게 화가 나기 시작했다.

희미해져 가는 광경 속에서 주마등이 흘러가 마침내 마지막인가 하고 생각하고 있자니——최후의 최후에 본 적 없는 경치가 보이기 시작했다.

허공에 떠 오른 섬.

하늘을 나는 비행선.

창공과 하얀 구름—— 태양에 손을 뻗고 있는 자신의 모습이 보이고, 거기서 의식은 멀어졌다.

◇

완만한 제방은 적당히 자란 풀들로 온통 푸르렀다.

풀끼리 스치는 소리에 푸른 풀 냄새.

그런 장소에 드러누워 태양에 손을 뻗은 나【리온 포우 발트파르트】에게 덮쳐 온 것은 격렬한 심장 고동이었다.

태양의 온기로 땀을 흘린 게 아니라, 식은땀이 멈추질 않았다.

심장이 아플 정도로 고동치고, 기분 나쁜 땀이 솟아나고 있었다.

"뭐, 뭐지? 지금 건?"

황급히 상반신을 일으킨 탓인지 옷에 걸린 풀이 지면에서 뽑혔다. 바람이 불자 잎이나 풀이 흩날려 날아갔다.

제법 강한 바람이 불었다 싶더니만, 비행선이 태양을 가리는 것처럼 나의 바로 위를 통과하여 그림자에 둘러싸였다.

네모난 상자 같은 목조 비행선은 영지에 정기적으로 찾아오는 비행선이다.

평소에는 별생각 없이 보고 있었을 텐데, 오늘은 눈을 크게 뜨고 놀라움을 감추지 못했다.

마치 처음으로 본 듯한 감각.

가슴을 누르자 심장은 아직 강하게 맥박치고 있었다. 호흡도 진정되질 않는다.

일어서서 비행선이 지나가는 방향을 보니 그 앞에는 바다가 펼쳐져 있었다.

위화감이 있다고 한다면, 바다가 보이는 방식이 다르다는 점이었다.

"뭐야. 어째서——."

천천히 발걸음을 옮겼더니 넘어지고 말았다.

자기 몸을 확인하니 팔다리가 묘하게 짧았다.

자기 몸인데, 평소보다 짧게 느껴지는 불가사의한 감각.

신경 쓰기보다도, 우선은 확인하는 편이 중요했다.

일어서서 발걸음을 옮기다 천천히 뛰어서 바다로 향했다.

묘하게 가슴이 술렁였다.

어린아이의 다리라 발이 느린 것 같았지만, 어쨌든 목적지에 도착했다.

낙하 방지 울타리에서 본 광경은 평소와 다름없는 경치였다.

"그래. 평소처럼—— 떠 있어."

허공으로 떠 오른 섬.

오늘도 섬은 변함없는데, 그게 기쁜 건지 슬픈 건지 알 수가 없었다. 무심코 바다에 있는 섬의 풍경이 떠올랐다.

그럴 리는 없는데도, 꼭 확인하고 싶었다.

조금 전부터 무언가 묘했다.

태양에 손을 뻗은 순간 보였던 이미지는 마치 사람 한 명분의 일생이었다. 이곳이 아닌 어딘가에서 살았던 남자의 일생.

무엇하나 잘난 건 없었지만, 그래도 행복한 듯이 보였다. 꿈이나 환상을 봤다기엔 너무 생생하고 현실감이 있었다.

하지만 그 남자의 일생을 보고 왔는데도, 그가 누구였는지 이름조차 떠올릴 수 없었다.

양손으로 머리를 눌렀다.

그만큼 선명했는데, 어째서 이름을 기억해 낼 수 없는 걸까?

자기가 살아왔던 5년을, 다섯 살 난 자신의 경험보다 많은 일들한순간에 본듯한—— 마치 기억을 떠올린듯한 느낌.

영문을 알 수 없게 되어 그 자리에 주저앉았다. 지금까지의 기억과 떠올린 기억이 서로 뒤섞여 합쳐지고 있는 듯한 감각이었다.

울타리에 등을 기대고 하늘을 올려다봤다.

"……나는 ……나는 대체 어떻게 된 거지?"

누구에게 던진 물음인지, 자신도 알 수 없었다.

◇

날도 저물기 시작했기에 집으로 돌아갔다.

집으로 돌아가는 게 싫어서 제방에 누워 있었다는 사실을 뒤늦게 떠올렸지만, 밤이 되기 전에 돌아가고 싶었다.

각오를 굳히고 집에 돌아가니 아빠가 현관 앞에서 우뚝 서서 기다리고 있었다.

"이 바보 아들이!"

커다란 주먹으로 머리를 맞고 울상이 되어 머리를 누르자 현관을 열고 엄마가 나왔다.

"이제야 돌아왔네. 리온, 사모님이 오시는 날에 어째서 도망친 거니?"

아빠【바르카스】는 영주──남작이다.

아까 봤던 환상 속에서 '귀족'이란 좋은 옷을 입으며 외모도 더욱 날씬하거나 날카로운 느낌이었다. 물론 살찐 귀족도 있었지만. 그러나 아빠는 근육질에 수염을 기른 덩치 큰 남자였다. 복장은 셔츠에 갈색 바지 그리고 부츠로, 환상 속에서 봤던 귀족과는 전혀 다른 모습이었다.

엄마는 첩으로【류스】──발트파르트 가의 종자인 기사 가문의 딸이었다.

이쪽도 드레스가 아니라 작은 마을이나 시골의 여성이 입을 법한 옷차림을 하고 있었다.

엄마가 말하는 사모님이라는 건 아빠의 정처를 가리킨다.

"죄, 죄송……해요."

내 분위기가 평소와 다르다는 걸 눈치챈 것인지, 부모님은 미묘한 표정을 지으며 나를 집──저택이 아니라 창고로 데리고 가려

했다.

그러자 현관 너머 저택 안으로 드레스를 입은 여성이 내게 차가운 시선을 보내는 모습이 보였다.

드레스 차림에 보석 장신구를 하고 있었으며, 옆에는 장남인 【루트아트】와 장녀 【메르세】가 서 있었다.

저 두 사람이 사모님——정처의 자식들이다.

그 뒤에는 정장 차림의 장신의 미남이 서 있었다. 귀가 긴 엘프 남성은 우리를 보고 비웃고 있었다.

"나 참, 교육이 안 된 아이는 짐승과 같군요."

눈을 가늘게 뜬 여성은 머리를 묶어 올리고 있어, 자못 귀족 여성이라는 이미지에 딱 들어맞았다. 형도 누나도 나와는 달리 돈이 들어간 옷을 입고 있었다.

엄마가 사죄하고, 아빠는 나를 데리고 창고로 향했다.

창고에 도착할 때까지 아빠는 미간을 찌푸리고 있었다.

"……창고에서 반성하고 있거라. 식사는 나중에 보내 주마."

내가 고개를 끄덕이고 창고에 들어가자 선객이 있었다.

차남인 형 【닉스】였다.

나와 비슷한 옷을 입은 두 살 위의 형은 랜턴 불빛 밑에서 책을 읽고 있었다. 아빠와 내가 다가오자 형은 날 어이가 없다는 얼굴로 쳐다봤다.

"너도 바보구나. 며칠만 참으면 나갈 녀석들인데."

책에 시선을 되돌린 닉스 형을 보고 아빠는 머리를 손으로 눌렀다.

"닉스, 리온에게 공부를 가르쳐 주어라."

형은 매우 싫은 듯한 표정을 지었지만, 창고에 있는 책상 공간을 비우더니 의자를 가져와 내려놓았다.

내게 앉으라고 말하고는 주의까지 했다.

"졸면 때릴 거다."

내가 고개를 끄덕이는 걸 보고 아빠는 창고에서 나가 저택으로 돌아갔다.

둘만이 있게 되자 형은 나라도 읽을 수 있을 듯한 책을 건네주었다.

몇 번이나 읽어 너덜너덜해진 책을 펼치자, 곳곳에 낙서가 되어있었다.

창고 안.

랜턴 불빛에 모여든 벌레를 쫓아내면서 책을 읽었다.

그러자 조금 신기한 느낌이 들었다.

어느새 모르는 언어가 머릿속에 있었다. 책에 적혀 있는 글자와는 명백하게 다른 글자들이었다. 오히려 그쪽이 쓰기 편하다는 생각이 들 정도였다.

내가 멍하니 생각하고 있자, 닉스 형은 내가 읽지 못하는 단어가 있어 그러는 줄 알았는지 다시 입을 열었다.

"조금은 스스로 생각해. 도무지 모르겠으면 가르쳐 줄게."

조용한 시간이 흘러간다.

방해되는 건 빛에 모여드는 벌레 정도였다.

"──저기, 형?"

내 말투에 닉스 형이 조금 놀랐다.

"형? 너, 오늘 아침까지 형님이라고 부르지 않았냐?"

나는 황급히 고쳐 말하려 했지만, 형은 멋대로 결론을 내놓았다.

"발돋움하고 싶은 시기냐? 뭐, 나는 딱히 아무래도 상관없지만. 그것보다 어디를 모르겠어?"

나는 고개를 가로저었다.

신경 쓰인 건 우리에 대한 취급이다.

지금까지 신경 쓰이지 않았던 것들에 대해 잇따라 의문이 떠오르기 시작한 것이다.

적남(嫡男)이 우리보다 더 중요한 건 이해하지만, 어째서 우리만 창고로 쫓겨난 걸까? 누나나 여동생도 있을 텐데.

그러나 창고에 누나와 여동생의 모습은 없었다. 같은 첩의 자식인데도 말이다.

"어째서 나(俺)랑 형만 창고인 걸까?"

형은 "어제까지 나(僕)라고 하던 주제에……" 하고 혼잣말을 중얼거린 뒤에 책을 내려두고 천장을 올려다봤다.

"사모님이 우리를 싫어하기 때문이야."

"엄마──어머니의 자식이니까?"

형은 머리 뒤로 손깍지를 끼고 의자 등받이에 몸을 기대었다.

"그것 외에 이유가 있겠냐? 아무리 첩의 자식이라도 여자애를 창고로 쫓아내는 건 망설인 모양이다만, 남자애 취급은 다 이런 법이지.”

거기서부터 형은 담담하게 집안 사정을 이야기해 주었다.

이야기해 주었다기보다도, 삼남인 동생에게 푸념을 늘어뜨리고 있는 것처럼 느꼈다.

올해 일곱 살인 닉스 형도 여러 가지로 불만이 많은 모양이다.

발트파르트 가는 부유섬을 영지로 가진 집안이다.

다만 예전에는 ‘준 남작’이라고 해서 귀족이 아니라 기사의 가문이었다. 영토가 있었으니 일단은 영주 집안이긴 했지만.

어쨌든 발트파르트 가는 이 부유섬에서 비교적 평화롭게 살고 있었다.

그것이 세월과 함께 발전하였고 어느샌가 섬에 고용인 가문이 생겨 있었다. 영주를 섬기려 찾아온 기사를 맞아들이다 보니 규모가 커진 것이다.

영내를 가꾸면서 밭이나 일이 늘어났다── 즉 영토에 주민이 점점 늘어났고, 영지 규모는 아슬아슬하게 남작 규모에 도달했다.

……도달해 버린 것이다.

그리고 할아버지가 영주를 맡고 있을 무렵 【호르파트 왕국】에서 조사관이 찾아왔다.

영지 규모가 남작에 달하는 것을 알아낸 조사관은 그 자리에서 남작으로 승작(陞爵) 절차를 진행하겠다는 말을 했다. 다만 당시 남작이 될 생각이 티끌만큼도 없던 할아버지는 매우 당황하셨다고 한다.

나는 낮에 떠올린 환상 속 지식을 더듬었다.

승작이면 기뻐할 일 아닌가? 애초에 그게 영지 규모만으로 간단히 바뀌는 거던가? 좀 더 공적, 예를 들어 무공 같은 게 있어야 하지 않나?

"승작 하면 안 되는 겁니까?"

닉스 형도 잘 모르는 모양이지만, 아버지의 기색을 통해 기쁘지 않다는 걸 눈치챈 듯하다.

"할아버지는 곤란할 뿐이라고 불평하셨다더라. 남작 정도 되면 그에 상응하는 성적을 내야만 하지. 우리가 가난한 건 그 때문이라더군."

왕국은 가문의 격에 걸맞은 '공'을 요구한다.

그러고 보니, 되살아난 기억 속 지식에 짚이는 게 하나 있었다.

아슬아슬한 남작가와 여유 있는 남작가.

여유가 있는 집안은 문제없지만, 그렇지 않은 집안은 그 '공'이 고역이다. 그래서 영지 규모가 남작 수준이라도 잠자코 준 남작 자리를 지키는 사람도 있었다고 한다.

어쨌든 외딴섬의 시골 영주 귀족이 남작이 되어버렸다.

가문의 격에 걸맞은 행동거지를 보여야 했고, 아버지는 신분이 높은 여성과 결혼해야만 했다.

하지만 저 사모님이라 불리는 여자가 영지에 있는 시간은 거의 없었다.

장남도 장녀도 영지 가끔 오는 게 고작이었다.

"……아빠── 아니, 아버지와 사모님은 결혼한 것이지요? 어째서 평소에는 영지에 없는 걸까요?"

"남작 이상의 여성은 그게 보통이래. 나는 싫다. 아내를 얻는다면 꼭 준 남작 이하의 가문에서 찾을래. 뭐, 신분이 높은 여성은 우리 같은 건 안중에도 없겠지만 말이다."

"그게 보통이라고?"

"너도 이때 제대로 공부해 둬. 안 그러면 장래에는 스무 살까지 결혼 못 한다. 학원에서 결혼 못 하면 그대로 중년 여자의 후부(後夫)가 될지도 모르니까 말이야. 그건 싫잖아?"

……나는 놀라움을 감추지 못했다.

학원이라든가, 여러 가지로 묻고 싶은 게 있지만…… 그보다 후부라는 단어가 신경 쓰였다. 보통은 여성이 후처로 들어가더라도 어느 나이까지 빨리 결혼해야 한다는 식이 아니었나?

"저, 저기, 형님?"

"그냥 형이라고 해도 돼. 그것보다 뭔데?"

"……보통은 남성이 집안의 중심 아닌가요? 아니, 그보다 연상 여성에게 억지로 떠넘겨진다는 건 무슨 의미입니까?"

닉스 형은 고개를 갸웃했다.

"말 그대로의 의미야. 결혼 못 한 여자라든가, 남자가 도망친 여자라든가. 어쨌든 남편이 없는 여자지. 애인만 있는 건 체면이 서지 않는다는 모양이다. 그래서 젊은 남자를 후부로 맞아들이는 중년 여자나 할머니가 많은 거야."

무척 성실한 닉스 형은 내 질문에 대답해 주었다.

"보통은 남자 쪽이 기준이지 않나?"

되살아난 지식 속 귀족 사회는 이럴 때 남자가 우선이라는 이미지가 있었다. 하지만 아무래도 그게 아닌 모양이다.

"여자 쪽이 강한 건 아버지를 보면 알 수 있잖냐. 그 녀석——사모님한테 거스를 수 없는 건 너도 봤을 텐데."

형은 사모님을 그 녀석이라 부른 걸 급히 정정했다. 아무래도 형은 사모님을 매우 싫어하는 모양이다.

터무니없는 이야기를 듣고 말았다.

"너, 오늘은 뭔가 이상한데."

형에게서 의심을 받아 나는 쓴웃음을 지으면서 시선을 책으로 향하고 또다시 묘한 땀을 흘렸다.

이상하다…… 뭐라고 할까, 이 세계는 이상하다.

묘한 지식을 얻은 탓인지, 나한테는 위화감밖에 없었다.

한동안 말없이 책을 읽었다. 그리고 닉스 형의 말을 떠올렸다.

어디선가 들은 적이 있다고 할까, 되살아난 기억 중에서도 인상이 제법 강하게 남아있었다.

"학원…… 호르파트 왕국? 게다가 사모님의 사용인이 엘프? 어라? 혹시…….'

주절주절 중얼거리고 있었더니, 닉스 형이 시끄럽다며 핀잔을 줬다.

"왜 그래?"

"아, 그게, 정장을 입은 그 남자. 엘프는 사모님의 애인이지요?"

아무래도 둘째 형을 상대로 어떤 식으로 말하면 좋을지 잘 알 수가 없다. 그 때문에 말투가 안정되지 않았다.

형은 신경 쓰는 기색은 없었고, 그저 어이없어할 뿐이었다.

"당연한 걸 묻지 마. 자, 얼른 공부해."

아인종—엘프가 애인이라고 할지, 옆에서 모시는 사용인…… 나는 이 상황을 알고 있다. 아니, 그렇다기보다 매우 선명하게 기억하고 있었다.

나는 책상에 엎드렸다.

"……여기, 그 여성향 게임의 세계잖아."

혼탁한 의식이나 기억이 서서히 또렷해졌다.

동시에 이곳은 설정이 터무니없는 여성향 게임 세계라는 걸 깨닫고 말았다.

닉스 형이 내 머리를 손바닥으로 때렸다.

"자지 마! 너, 진짜로 오늘은 어떻게 된 거야? 어디 머리라도 부딪쳤냐?"

나는 얼굴을 들고 닉스 형을 봤다.

내가 굳은 미소를 띠고 있자 닉스 형이 놀라 뒤로 조금 물러났다.

"뭐, 뭐야."

"……형, 세상은 부조리하네."

"……어어? 그, 그야 뭐, 그렇지."

어떻게 대답해야 좋을지 몰라 난처해하던 닉스 형은 도망치다 시피 시선을 책으로 되돌리고 공부를 재개했다.

이세계 전생이라는 걸 설마 내가 경험하게 되리라고는 생각지 않았다.

게다가 검과 마법의 판타지 세계…… 하지만 여존남비의 여성향 게임 세계라든가, 난 받아들인 적 없다.

나는 양손으로 머리를 감싸 쥐었다.

"최악이야아아아!"

소리를 지르고 만 내게 닉스 형이 우는소리를 내뱉었다.

"대체 뭐냐고! 누가 좀 이 녀석을 조용히 시켜 줘!"

나【리온 포우 발트파르트】는 여성향 게임 세계에 전생한 전 일본인.

……좀 더 평범한 세계에 전생하고 싶었다.

하필이면 여성향 게임이라니…… 좀 봐달라고.

★제01화 「싸우는 이유」

기억을 되찾고 나서 벌써 10년이 지났다.

나는 설정이 터무니없고 모순투성이인 여성향 게임이 현실이 되면 이렇게나 추한 세계가 되는 건가 하고 분노를 느끼는 나날을 보내고 있었다.

하지만 화만 내고 있을 수도 없었다.

이세계――게임 세계라고는 해도 생활이 있는 것이다.

귀족이라고는 해도 가난한 시골 귀족. 본가는 평범하게 농사일을 하고 있고, 당연하지만 나도 돕고 있다.

농사일로 단련된 몸은 탄탄해지고, 전생의 모습을 남긴 용모는 이전보다도 예리해져 있었다.

검은 머리카락에 검은 눈동자를 지닌 15살.

뛰어난 미남은 아니지만 못 봐줄 얼굴도 아니었다.

단지, 이 세계는 어딘가 특이한 여성향 게임의 세계.

잘생긴 남자가 근처에 널려 있다.

나 같은 건 수많은 사람 중 하나일 뿐인 모브다.

(내가 생각하기에) 사이가 좋았던 둘째 형은 대륙인 왕국 본토의 학원에 입학하여 거기서 기숙사 생활을 보내고 있었다.

둘째 형과 같이 쓰고 있던 좁은 방은 지금은 여섯 살 아래 남동생——넷째【코린】과 사용하고 있다.

나는 방에서 둘째 형이 보낸 편지를 펼쳐 읽었다.

편지에는 '결혼 활동이 힘들어'라고 쓰여 있었다.

이 여성향 게임 세계…… 남자는 학원을 졸업할 때까지 결혼하지 않으면 어딘가 하자가 있다는 오해를 사고, 스무 살까지 결혼하지 못하면 아예 불량품 취급을 받는다.

이건 귀족 남자에게 특히 엄격했다. 서민은 다소 넓은 눈으로 보면서도, 귀족 남자가 스무 살까지 결혼하지 못하면 백안시당하고 만다.

말하자면 남자에게 터무니없이 가혹한 세계다.

좁은 방에서 편지를 읽는 나는 둘째 형이 빨리 결혼 상대를 찾기를 기도하는 것밖에 할 수 없었다.

참고로 이 세계는 결혼하지 못하면 장래의 취직이나 출세에 영향이 생긴다.

귀족이라도 차남이나 삼남 등은 대다수가 장래에 집을 나올 수밖에 없다. 장남이 뒤를 이을 수 없게 됐을 때를 대비한 예비일 뿐이기에, 장남이 무사히 뒤를 이어 자식을 낳으면 나머지 형제는 불필요하다.

만약 그렇게 되었을 때, 우리가 선택할 수 있는 직업은 사실상 정해져 있다.

주로 군인이나 관리가 되는 게 보통이며, 이따금 의사라든가 여하튼 나라나 백성을 위한 직업이 되기도 하지만, 그 이외는 백안시당한다.

그리고 결혼하지 못하는 남자는 군이나 관청에서 허드레꾼 같은 취급을 받는다. 출세도 바라지 못하고, 중요한 일 같은 건 맡지도 않는다.

사회적인 신용이 낮은 거다.

남자에게 결혼은 꽤 중요한 세계다.

"그건 그렇다 쳐도 정말로 지독한 세계야."

전쟁, 자잘한 싸움, 공적(空賊; 하늘 해적), 몬스터…… 세계관을 보아도 분쟁이 많아, 기사나 군인의 사망률이 높다. 내 본가처럼 자식이 여럿인 가정이 많은 것도 전쟁에서 죽는 사람이 많기 때문이다.

그리고 싸우는 건 남자의 몫. 참고로 가문의 지주인 건 변함없으니까, 남자는 어떻게 됐든 일하지 않으면 안 된다. 그런데도 여성이 권력을 더 많이 가지고 있다니…….

남자가 죽기 쉬운 세상인데도 이상하게 대우가 매우 나빴다.

"이 세계는 여성에게 너무 상냥하군."

게임 설정 때문에 세계가 비뚤게 느껴진다.

여성에게 유독 무르다. 특히 집안이 남작 이상일 때 더욱 그런 경향이 있었다.

"부자에 집안이 좋은 사내자식이 공략 대상이기 때문인가?"

게임상의 이유로 여존남비라니, 울고 싶다.

어째서 나는 이런 세계에 전생하고 만 것일까? 이 생각을 하지 않는 날이 없었다. 아니, 있군. 제법 있다. 애초에 하루하루의 생활이 바쁘기에 잊는 경우도 많았다.

게다가 기억을 되찾고 나서 벌써 10년이다…… 그만 적당히 익숙해질 때도 됐다.

방 안에서는 동생 코린이 침대에 누워 숨소리를 내고 있었다.

순진한 얼굴이었다.

후계자는 아닌 우리는 분명히 말해 예비다.

게임으로 말하자면 학원에 입학은 할 수 있어도 배경 취급받는 모브다.

조연도 아닌 그 밖의 수많은 사람.

게임 안에서 대사라도 한두 마디 있으면 그나마 다행이겠지.

모브 A라든가 B, 그런 위치일 거다.

애초에 발트파르트 남작이란 것도 게임에서 들어본 적 없는 이름이었다.

"모브라…… 나답다고 하면 나답지만……."

납득하고 싶지는 않지만 사실 이미 아무래도 좋았다. 애초에 큰일을 하겠다든가, 출세하고 싶다는 야심도 없었으므로 모브라도 괜찮았다.

그리고 내년부터는 나도 학원에 입학한다.

이 세계의 몇 안 되는 이점 중 하나로, 귀족은 학원에 입학할 수 있다.

게임을 위한 설정이 현실이 되어있다고 생각하면 미묘하지만, 거기서 공부할 수 있고, 나아가서는 관리나 군인이 될 수 있으니 그나마 다행이었다.

애초에 영지 바깥으로 나갈 기회 자체가 귀중했다.

게다가 학원에서는 결혼 상대를 찾을 수 있다.

영지에서 나가 결혼 상대를 찾지 않으면 혼담이 들어와 강제적인 결혼이 기다리고 있다.

이것이 동년배, 혹은 상대가 20대라면 그나마 낫지만, 어딘가의 30대라든가 40대 여성의 후부라면 웃을 이야기도 못 된다.

"그렇게 생각하면 학원에 입학할 수 있는 건 정말로 고마운 일이지."

순진하게 잠들어 있는 동생 코린을 보고 나는 안도의 한숨을 내쉬었다.

◇

"……마, 맞선? 그게 무슨 말입니까!"

아침 식사 후.

아버지의 집무실이라고 할까, 업무를 보는 방에 불려온 나는 놀라서 어쩔 줄 모르고 있었다.

이유는 소파에 앉아 있는 사모님──【조라 피아 발트파르트】가 가지고 온 맞선 이야기 때문이었다.

평소 사용하는 의자에 앉아 있던 아버지는 떫은 표정을 짓고 있었다.

받아든 신상서——맞선 상대의 사진이나 여러 가지가 적혀 있는 서류 등을 받아 든 나는 말을 잃고 말았다.

아버지는 고뇌에 찬 표정을 짓고 있었지만, 조라의 얼굴을 보고 나서 다시 날 보며 입을 열었다.

"조라가 가지고 온 혼담이다. 아는 사람이 후부를 찾고 있다는 모양이야."

조라는 우리 집에서 가장 고급인 차를 마시고 "싸구려는 내 입에 안 맞네"라는 둥 불평을 늘어놓고 있었다.

납득할 수 없던 나는 곧장 항의했다.

"아니, 하지만 이건……!"

아니 도저히 항의하지 않을 수 없었다.

상대는 남작가 출신인 모양인데, 신상 정보에는 상대의 나이가 쉰을 넘는다고 적혀 있었고, 결혼 횟수는 일곱 번이 넘었다.

자식도 있는데, 전부 나보다 나이가 많았다.

조라는 조금 난폭하게 컵을 내려놓고 나를 노려봤다.

노골적으로 짜증을 내고 있었다.

"제가 평소 신세를 지고 있는 분입니다. 궁정 귀족 집안으로, 오랫동안 왕가를 모셔 온 역사 있는 집안의 따님이라고요. 무엇이 불만이지요?"

뭐가 불만이냐고? 오히려 이걸로 만족할 줄 알았다면 그쪽이 바보다. 아니, 어쩌면 진짜로 바보인지도 모르지. 애초에 쉰을 넘고서 따님이라니, 뭐냐고!

"어째서 학원에도 입학하지 않았는데 결혼 이야기가 나오는 겁니까!"

이 세상에서 귀족의 혼담은 학원 졸업 후에 하는 게 암묵적 규칙이다. 아마 이것도 게임의 설정이겠지만, 어쨌든 그런 규칙이 있다.

학원을 졸업하지 않으면 귀족들 가운데서 칠푼이 취급을 받기 때문이다.

예외는 정략결혼이나 빨리 결혼하지 않으면 안 되는 이유가 있을 때뿐. 그래도 졸업 전에 약혼까지만 하는 게 보통이다.

하지만 조라가 가지고 온 혼담은 예외에 해당하지 않았다.

상대는 남작가의 딸일 뿐이고, 출세할만한 배경을 가진 것도 아니었다. 애초에 작위도 조카가 이었기에 이 여자는 단순한 친척에 불과했다.

게다가 결혼이 나로 여덟 번째…… 어딜 봐도 위험한 혼담이었다.

조라는 이미 분노로 목소리가 커지고 어조가 거칠어져 있었다.

"차남을 학원에 보내는 건 그나마 용인할 수 있어요. 하지만 삼남을 학원에 보낸들 무슨 의미가 있죠? 입학비는 없지만, 그 밖의 돈이 든다고요."

내가 조라를 노려보자 아버지가 사과했다.

"너한테는 미안하다고 생각한다. 하지만 집에 돈이 없는 것도 사실이다. 학원에 입학하고 나서 버는 방법도 있지만."

아버지가 조라를 힐끔힐끔 보고 있다. 분명 무슨 말을 해도 들어주지 않는 것이리라.

조라의 앉은 자세가 더욱 거만하게 변했다.

"학원을 졸업해도 별 대단한 직업을 가지지도 못할 텐데. 집안을 위해 결혼하는 게 올바른 판단이죠. 무사히 결혼시켜 주는 것만으로도 고맙게 생각하세요. 군인으로 일하는 길도 준비했어요. 힘닿는 데까지 분발하도록."

나는 거기서 알아차리고 말았다.

……이 녀석, 날 전장에 내보내 죽일 생각이다.

귀족과 군인은 나라를 위해 싸우다 죽으면 보상금이 나온다.

다만 한 번 나오고 끝나는 군인과 달리, 귀족은 나라를 위해 싸웠다는 명예와 함께 매년 귀족 연금이 나온다.

조라가 가지고 온 혼담은 나를 죽여서 돈이나 명예를 갖고 싶다고 말하고 있는 것으로밖에 들리지 않았다. 실제로 이때까지 죽은 상대의 남편들은 신상서류에 전원 '명예로운 전사'라고 적혀 있었다.

숨길 생각은커녕, 오히려 뽐내고 있는 것처럼 보였다.

"싫습니다. 거절하지요."

내가 거부하자 조라는 테이블을 두드리며 일어섰다.

"입 다무세요! 삼남 따위가 제게 의견을 내겠다는 건가요! 남자라면 집안을 위해 일하도록 하세요!"

이 조라라는 여자는 이곳이 아닌, 왕국의 수도인【왕도】에서 생활하고 있다. 원래부터 영주 귀족과는 다르게 왕궁에서 일을 받는 궁정 귀족 출신이다.

도저히 왕도에서 떨어지고 싶어 하지 않는 탓에 아버지가 저택을 준비하고 생활비를 보내주고 있었다.

이쪽 생활도 빠듯한 마당에 돈을 보내주고 있는데도 이 태도다. 하지만 이런 여자라도 아버지가 내쳐 버리면 악평이 돈다.

만약 조라를 지금 내쳐 버린다면, 그 집안은 제대로 된 집안이 아니라는 평가를 받을 거다.

그 때문에 이혼도 할 수 없는 것이다.

나는 어떻게든 이 상황을 타개하고 싶어서 지혜를 짜냈다.

기억해 내라.

나한테는 게임 지식이—— 이 세계의 지식이 있다.

15살이 될 때까지 평소의 생활로 지쳐서 딱히 아무것도 시도하지 않았지만, 지금이야말로 게임 지식을 이용해서 분발할 때가 아닌가!

여기서 분발하지 않으면 내 미래가 없다!

"……돈이 있으면 문제없는 거지?"

그러자 조라는 코웃음 쳤다.

"어머? 돈도 번 적이 없는 식충이가 제법 건방진 태도로 나오는군요."

그 말 그대로 돌려주고 싶은 마음이 굴뚝같군.

발트파르트 가에 기생하여 왕도에서 사치를 부리고 있는 조라에게 식충이라는 말을 듣고 싶지 않았다.

"이 맞선 이야기를 거절하는 것 자체가 실례입니다. 입학비만 벌면 되겠지 하고 생각하고 있다면 지금 당장 버리세요."

이 이야기는 아버지도 몰랐던 모양이라 불만이 있어 보였다.

하지만 아버지도 강한 태도로 나오지는 못했다.

"리온은 아직 젊어. 그렇게 서두를 건——"

"입 다무세요! 남자 따위, 스물을 넘기면 받아줄 사람이 없다고요! 지금 상대를 찾아 주려고 하는 내게 고맙다는 말은 못 할망정, 좋아하는 걸 가리느라 투정을 부리다니! 이래서 시골 꼬맹이는 싫은 거예요."

뭐든 시골 탓으로 돌리는 거냐.

내가 불만을 표하려 하자, 아버지가 중재에 들어갔다.

"이 애의 기분도 생각해 줘. 초혼에 50대 여성은 거절할 법도 하잖아. 나이 차이가 마흔에 가깝다고."

나보다 나이가 많고 자식이 있는 여성의 후부에 가라니, 싫은 게 당연했다. 이 여존남비 세계라도 이 맞선이랄까, 사실상 결혼 확정이나 마찬가지인 혼담은 명백히 이상했다.

마흔 가까이 나이가 위인 아내에, 자식까지도 나보다 나이가 많은 가정⋯⋯ 상상했더니 한기가 들었다.

아버지가 한숨을 내쉬고 나서,

"⋯⋯만약 돈을 모아오면 맞선 이야기는 취소해도 되는 거지?"

조라는 난폭하게 소파에 앉고는, 다리를 꼬고 우리를 바보 취급하는 눈으로 쳐다봤다.

"어머? 그만한 주변머리를 가지고 있다니 금시초문이로군요. 매월 송금액을 더 늘려 주었으면 할 정도예요."

이 세계의 여성이 전부 이렇지는 않다. 하지만 이런 여자를 보고 있으면 넌덜머리가 난다.

이 세계의 여성에 대한 이미지——특히 귀족의 이미지는 최악이다.

아버지는 한쪽 손으로 얼굴을 누르고 있었다.

고개를 숙이고, 쥐어짜 내는 듯한 목소리로 말했다.

"시간을 줘. 어떻게든 준비해 보이지."

그런 아버지의 모습에 낙담하는 마음도 있었지만, 나를 위해 무리를 해주는 모습에 죄송한 마음이 더 강했다.

정말로 뭐 이따위 지독한 세계가 다 있지.

◇

조라가 나가자 방에 나와 아버지만이 남았다.

"저 여자, 이 이야기를 하려고 굳이 배를 탄 건가. 체재 준비도 시키고, 대체 얼마가 든다고 생각하는 거지? 아버지, 어째서 저런 거랑 결혼한 거야?"

평소에는 왕도에서 살고 있기에 이쪽에 오는 것만으로도 상당한 준비가 필요하다.

비행선은 정기편이라도 있지만, 숙박할 방이나 식사는 이쪽이 준비한다. 교통비도 이쪽에서 부담한다.

하지만 아버지는 강하게 나갈 수가 없다.

그만한 이유가 있으니까.

"화내지 마라. 조라와의 결혼한 것도 다 이유가 있는 거니까. 조라와 결혼해서 우리가 남작에 걸맞은 대우를 받는 거다. 함부로 할 수도 없지."

외딴섬——변경에 시집와 준 것만으로도 고마운 일이라는 게 아버지의 생각이다. 같은 변경 출신 귀족의 딸들은 도회지를 동경하여 도회지에 사는 상대를 찾는 모양이다.

개중에는 특이한 사람이 있지만, 그러한 여성은 쟁탈전이 벌어진다.

조라가 결혼해 줬다고 생각하는 것처럼, 아버지는 결혼이라는 혜택을 받았다고 생각했다.

그만큼 결혼 상대는 중요한 것이다. 남작 작위에 걸맞은 아내를 찾지 못하면 그만한 집안이 아니라고 공언하는 거나 마찬가지다. 그러면 다른 귀족과 교류할 때, 얕보이는 것도 모자라 전쟁을 벌이려 하는 집안도 있다.

남작 대우도 못 받는 데다, 다른 집안과의 교류가 제대로 이루어지지 않는다는 디메리트가 따라다닌다

말하자면 지역 내 따돌림이다.

"그런데 돈은 어떻게 해?"

아버지는 복잡한 표정을 짓고 있었다. 나는 뾰족한 수가 없다는 걸 곧바로 알아챘다.

"솔직히 어렵다. 가뜩이나 빚도 있는 마당에, 이 이상 돈이 나가면 정말로 옴짝달싹도 못 할 거다. 대체 왜 갑자기 이런 이야기를 들고 온 거지……?"

아버지도 이상하게 여기고 있었다.

"……어째서 형한테 이야기를 꺼내지 않았던 걸까?"

아버지도 내 말을 듣고 고개를 갸웃했다.

"닉스라도 나이 차이가 많은 건 다를 바 없다만…… 확실히 이상하군. 결혼보다 오히려 널 학원에 보내고 싶지 않은 것 같았어."

신경이 쓰였기에 우리는 둘째 형에게 편지를 보내 확인하기로 했다.

본가에서 이런 이야기가 나왔는데, 그쪽은 괜찮은가, 하고.

하지만 돌아온 답장에는 우리의 상상을 뛰어넘는 내용이 담겨 있었다.

◇

일주일 뒤.

나는 본가의 창고에서 무기를 꺼내고 있었다.

무기도 재산이니까 내가 멋대로 쓰면 아버지가 화를 내지만,

지금의 나를 멈출 수 있는 녀석은 없었다.

구식 라이플은 탄창에 다섯 발밖에 들어가지 않는 타입이었다.

그중에서도 가장 멀쩡해 보이는 것을 손에 들고, 정비하기 위해 분해했다.

장식되어 있던 검을 테이블 위에 올려놓고, 쓸 수 있을지 어떨지 확인도 했다. 그 밖의 필요한 도구도 전부 그러모았다.

아버지가 그런 나를 불안한 듯이 보고 있다.

"이, 이 녀석아. 어쩔 생각이냐."

조금 전에 도착한 둘째 형의 편지를 읽고 나는 각오를 굳혔다.

나 나름대로 게임 지식을 사용하여 돈을 벌자고 느긋하게 생각하고 있었지만, 사실을 알게 된 지금은 그런 여유로운 말을 하고 있을 수 없었다.

"변태 할멈한테 팔리기 전에 무슨 일이 있더라도 돈을 벌겠어! 이렇게 끝날 순 없다고! 절대 사양이야!"

아버지 뒤에서 어머니도 눈물을 머금고 있다.

내가 팔려가듯 데릴사위로 들어갈 집은 최악의 평판이 흐르는 곳이었다.

거기서는 '숙녀의 숲'? 인지 뭔지 하는 수상한 모임을 개최하는데, 남자는 노예니까 어떻게 취급해도 좋다고 말하는 할멈들의 모임이다.

말뿐이 아니라, 실제로도 남자를 노예 부리듯 다루는데, 아인종 사용인보다도 대우가 나쁘단다.

남자를 얼마나 혹사하는지를 즐기는 녀석들…….

최악이다.

심지어 거기 모이는 할멈들도 죄다 높은 귀족인데, 써먹을 수 없는 남자는 전장으로 보내 죽이고 있다는 소문까지 있었다. 전사인 것처럼 보여주고 있을 뿐, 실상은 은밀히 처리하고 있는 것 아닌가, 하고.

그리고 가장 지독한 건…… 조라가 그 관계자라는 사실이었다.

모임의 일원이 아니라, 우리 같은 차남 이하의 예비용 남자를 팔아치워 돈을 벌고자 생각하는 여자 중 한 명이다.

멀쩡한 사람이라면 엮이려고조차 하질 않을 집단이다. 같은 여성들도 질색할 정도다.

둘째 형에게 이야기를 꺼내지 않았던 것도 학원을 통해 왕궁에 이야기가 들어가는 것을 피하기 위해서였다. 아무것도 모르는 나 같은 젊은 남자를 모아 즐기는 것이 '숙녀의 숲'이 저지르는 방식이었다.

학교에 보내지 않으면 사실상 서로 이야기가 됐다고 간주한다나? 여하튼 학원에 입학하면 안 되는 모양이다. 그래서 조라는 내가 입학하기 전에 혼담을 진행하려 했던 거다.

"어째서 나 같은 모브한테 그런 변태들이 얽혀 오는 거냐고! 좀 더 평온하고 굴곡 없는 인생도 있잖아!"

어머니가 내 언동을 걱정하고 있다.

"여보, 리온이 무슨 말을 하는지 모르겠어요."

"나도 모르겠어. 아니, 그보다 무기를 꺼내서 어쩔 셈이지? 설마, 왕도로 쳐들어갈 생각이냐? 그, 그만둬라."

무기를 정비하는 나를 보고 아버지가 걱정스러운 듯한 표정을 짓고 있다.

마음 같아서는 지금 당장 쳐들어가서 다 저세상으로 보내주고 싶다만, 지금의 나로는 무리다.

수도——왕도에 쳐들어가봤자 무장한 기사들에게 붙잡힐 뿐이고, 애초에 귀족 여성이 데리고 다니는 아인 사용인은 단련되어서 강하기 때문에 쉽게 다가갈 수도 없다.

"……일확천금을 노린다면 모험가가 제일이야."

내 말을 듣고 부모님이 서로 얼굴을 마주 봤다.

이 세계에서 모험가는 꽤 알아주는 직업이다. 아니, 오히려 알아줘야만 하는 직업이다. 귀족의 뿌리를 거슬러 올라가면 나오는 게 바로 모험가이기 때문이다.

게임에서도 귀족이라는 건 모험가로서 새로운 대지를 발견하여 영지를 얻은 사람들을 가리키는 거였다. 수많은 모험으로 부를 얻은 모험가가 귀족이 되었다는 설정이다.

그래서 귀족 학원에 가면 '귀족은 모험을 해봐야 한다' 하고 어이없는 변명을 늘어놓으며 학생들을 던전에 보낸다. 게임에서는 주인공이 이름을 날리고 호감도를 벌기 위한 장치였다만, 지금은 내가 살아남기 위한 유일한 수단이다.

아버지가 고개를 가로저었다.

"그만두거라. 던전은 혼자서 어떻게 할 수 있는 게 아니고, 동료가 있어도 돈을 벌려면 그만큼 시간이 걸릴 거다."

어머니도 마찬가지였다.

"그, 그래. 게다가 지금은 새로운 부유섬을 발견하는 것도 힘들단다. 모험으로는 큰돈을 벌 수 없어."

사람이 살 수 있는 부유섬이나 자원을 채취할 수 있을 듯한 부유섬은 처음 발견한 모험가의 소유가 된다. 그럴 마음이 있다면 영지를 가지고 독립하는 것도 가능하지만, 그만큼 좋은 섬이 대륙 주변에 남아있을 리 없다── 내가 아는 예외를 제외하면.

"미안. 정했으니까. 나는 갈게."

나 혼자라면 도망치는 방법도 있었겠지만, 동생 코린은 아직 아홉 살이다.

동생이 변태들에게 팔리는 걸 가만히 보고 있을 수는 없다.

내 각오를 알아차려 준 것인지, 아버지는 입을 열었다.

"필요한 건 있냐?"

나는 망설이지 않고 필요한 것을 말했다. 구하기 쉽진 않겠지만, 내게는 사느냐 죽느냐의 기로이다. 사양 따위를 할 때가 아니다.

아무것도 하지 않고 변태 할멈들의 장난감이 될 바에야, 사지로 향하더라도──가능성이 있는 편에 걸고 싶다.

"보트형이라도 좋아. 비행선을 한 척. 그리고 탄환이 필요해. 특별제인 걸로."

아버지는 고개를 갸웃하고 있었다.

"대체 뭘 할 생각이냐? 어딘가의 던전에 도전하려고? 그러면 정기선이라도 괜찮잖아."

"정기선이 가지 않는 장소로 갈 거야."

라이플을 거머쥐었다.

검과 마법의 판타지 세계에 라이플은 안 어울리는 것 같지만, 비행선이 대포를 쏘는 세계다. 총이 있어도 이상하지 않다.

방아쇠를 당기자 라이플이 작동하며 금속음을 울렸다.

이 세계에 전생한 이후로 줄곧 무던하게 살아왔다. 하루하루의 생활에 만족하고, 특별한 노력 같은 건 해 오지 않았다.

하지만 아무리 모브라도 양보할 수 없는 것이 있다.

장난감이 되는 인생 따위, 사절이다.

나는 저항하겠다.

모브의 의지를 보여주지.

"알았다. 가능한 한 빨리 준비해 주마. 하지만 반드시 돌아오도록 해라. 그게 조건이다."

나도 돌아오고 싶지만, 이 앞에 기다리는 건 목숨을 건 사지다.

그래서 거짓말을 했다.

"……꼭 돌아올게."

내 인생을 지키고, 동생의 인생을 구하고, 덤으로 조라의 콧대를 꺾어 주고 싶다. 나를 팔려고 한 망할 여자에게 언젠가 복수해 주마.

그런 강한 마음을 가슴에 품으면서, 나는 출발 전 준비를 재개했다.

◇

"이렇게 진지하게 임하는 건 처음이군."

여성향 게임 세계라고는 해도, 게임 속 세계.

게임 지식으로 무쌍해 주겠다고 생각한 적도 한두 번이 아니었지만 하루하루의 생활에 지치면서 의욕도 점점 사라져 갔다.

조촐한 식사를 끝내면 아침부터 아버지에게 단련을 받고, 그 후에는 농사일을 한다.

끝날 무렵에는 이미 날이 저물어 있고, 집에 돌아가면 공부가 기다리고 있다.

변경이나 외딴섬에 있는 남작은 본토의 남작과 비교하면 대체로 가난하지만, 사실 조라 같은 여성들 때문에 가난해진 곳이 대부분일 거다. 물론 우리랑 비교도 안 될 만큼 부유한 남작도 있지만.

아버지도 준 남작인 채였다면 유복했을 텐데 하고 푸념을 늘어놓을 때가 많았다.

우리가 준 남작을 그대로 유지하고 있었다면, 남작만큼 공헌할 필요도 없고, 조라 같은 신분 높은 여자를 아내로 맞을 필요도 없기에, 지출 자체가 크게 줄어들었을 거다.

……정말, 승작 하지 않았다면 평온했을 텐데.

라이플을 들고 부유섬 끝으로 향한 나는, 하늘을 나는 물고기 같이 생긴 기분 나쁜 물체를 발견하고 곧장 방아쇠를 당겼다. 이른바 몬스터라 부르는 저 괴물들은, 이 세상의 '악'이라는 단순한 설정이 있다. 다시 말해 쓰러트리길 주저할 이유가 없다.

쓰러트리면 그 자리에서 사라진다는 것도 이유 중 하나겠지만.

놈들은 사람을 발견하면 무조건 덮치기 때문에, 발견하는 족족 처치하는 편이 좋았다.

무엇보다 녀석들을 처치하면 【경험치】를 얻을 수 있다.

"젠장! 빗나갔네."

곧바로 다음 탄환을 장전하고는 사격 자세를 취해 다시 조준했다.

상대도 이쪽을 알아차리고 다가오기 시작했다.

크기는 1m 정도.

놈이 바짝 다가왔을 때를 노리는 게 더 맞추기 쉽겠지만, 그러다 빗나가서 접근전이 되면 죽을 수도 있다. 몬스터를 맨몸으로 상대하는 건 미친 짓이다.

내가 녀석을 처치하고자 마음을 먹을 수 있던 것도 라이플이 있기 때문이었다.

다만 탄환도 공짜는 아니다.

한 발, 한 발이 비싼 무기다.

몬스터는 커다란 입을 벌리고 나를 물어뜯으려 했다. 입안에는 날카로운 이빨이 늘어서 있어서 보고 있는 것만으로도 무서웠다.

"이 정도로 도망치면…… 어차피 가망이 없어!"

언젠가 경험치 벌이라도 해보자. 모험가가 되어 섬을 발견해서 탐험하자. 돈을 벌자──그래, '언젠가' 하자.

지금껏 그렇게 생각만 했을 뿐, 한 번도 실천한 적이 없었다.

하지만 이제 시간도, 도망칠 곳도 없다.

방아쇠를 당기자 탄환이 몬스터의 입에 들어가 등을 찢어버리다시피 꿰뚫었다.

몬스터는 힘을 잃고 그대로 바닥을 향해 추락했다.

추락하는 몬스터를 지켜보고 있자니, 해수면에 도달하기 전에 검은 연기에 휩싸여 사라져 갔다.

"……이걸로 경험치가 들어온 건가?"

자신의 왼손을 봤지만, 아무런 변화도, 느낌도 없었다. 역시 게임과 현실은 다른 걸까?

하지만 경험치가 들어오지 않는다고 해도 멈출 수는 없었다. 한시라도 빨리 사격 실력을 갈고닦아야만 한다. 아직 해야 할 게 많으니까. 하늘을 나는 보트도 조종법도 익혀야 한다. 그게 없으면 목적지에 갈 수조차 없다.

첫 번째 노림 수는 게임에서 봤던 치트급 아이템이다. 만약 거기에 유료 콘텐츠로 손에 넣었던 그것이 있다면 더 좋겠지.

다만 없는 경우에도 생각이 있다.

본래는 주인공이 손에 넣을 재보나 아이템 등이지만, 내 인생이 걸려 있다. 주인공님께는 미안하지만, 나눠주셔야겠다.

나는 라이플을 양손에 들었다.

"내 행복을 위해 주인공님이 양보 좀 해달라고. 내 계산이 정확하면 나는 주인공과 같은 학년일 테니, 언젠가 다른 거로 은혜를 갚도록 하지."

주인공에겐 조금 미안하지만 그래도 변태 할멈에게 팔리는 건 사양하겠다.

내 순결의 위기다.

"변태 중년의 후처로 들어가는 여자도 이런 기분일까? 젠장! 뭐 이딴 세계가 다 있어."

사용할 수 있는 시간은 적다.

"더 일찍부터 노력해 둘 걸 그랬군."

나는 후회하면서 다시 몬스터를 찾아 주위를 둘러봤다.

◇

한 달 뒤, 하늘 위 어딘가.

아버지가 구해온 배는 의외로 만듦새가 튼실했다.

프로펠러 엔진이 달려 있고 조작도 어렵지 않았다.

배 위에 있던 나는 햇살을 피해 기다란 로브를 걸치고 후드를 쓰고 있었다. 배는 물과 식량 이외는 전부 무기로 채워둔 상태였다.

이만하면 한동안은 괜찮을 거다.

"그나저나 아버지도 꽤 무리하셨군."

아버지는 배뿐만이 아니라 라이플에 검, 그 밖에도 여러 가지를 함께 가져오셨다.

부모님께는 아무리 감사를 드려도 부족할 정도다.

이만큼이나 갖추려면 돈도 꽤 들었을 텐데.

배는 원래 가지고 있던 녀석에 프로펠러 엔진을 새로 달았다. 그래도 가난한 귀족에게는 큰 지출이지만.

"그건 그렇고, 전기도 모자라 가스까지 있다니, 판타지 세계관은 어디 간 거냐……."

라이플을 끌어안다시피 앉은 나는 쌍안경을 손에 들고 주위를 봤다.

지도를 손에 들고 나침반을 꺼냈다.

나침반은 방위를 알려주는 용도지만 이 세계 나침반은 방위를 알리는 바늘 말고도 목적지를 알려 주는 바늘도 달려 있었다.

"이런 부분은 판타지로군."

두 개의 바늘이 존재하는 나침반.

장소를 다이얼로 설정하면 그 목적지를 표시해 주는 편리한 도구다.

기억이 돌아온 것도 벌써 10년 전 이야기라 게임 기억도 꽤 희미해졌지만, 기억을 되찾았을 무렵에 그 좌표를 따로 기록해 두었다. 그 무렵의 나, 정말로 잘했다!

그 무렵에는 기억을 치트로 삼아 날뛰는 망상을 했지만, 하루하루의 생활이 바빠서 아무것도 손대고 있지 않았다.

"좀 더 전부터 노력해 뒀으면 좋았을걸."

그렇게 생각해도 움직일 수 없는 게 인간이다. 나는 그 전형이었다. 한 번도 행동으로 옮긴 적이 없었고, 지금은 계속 후회 중이었다.

발등에 불이 떨어질 때까지 하루하루를 질질 보내 왔다.

생활이 전생보다도 가혹했다는 이유도 있지만.

아침에는 일찍 일어나 농사일을 돕고 밤에는 공부해야 했다. 전부 끝나고 침대에 누우면 그대로 잠드는 게 보통이었다.

매일 녹초였다. 스스로 단련할 여력도 없고, 특별한 지식이나 기술도 없었다. 전생 특전으로 진짜 치트 능력이 있었다면 이런 고생은 하지 않았겠지.

지식으로 치트를 하는 이야기도 있다만, 나는 그만한 지식도 없었다. 있다 해도 이 세계에 통할지는 미지수였다.

이따금 공중에 바위가 떠다닐 뿐인 경치.

"파란 바다와 하늘…… 하얀 구름도 있지만."

정신이 아득해지려는 것을 참으면서, 라이플을 꽉 쥐었다.

이 라이플로 자살하면 좀 더 좋은 인생이 기다리고 있을지도 모르지만, 나는 생각 끝에——고개를 격렬하게 가로저었다.

"내가 죽은들 아무것도 해결되지 않아. 나 대신에 코린이 변태들의 먹잇감이 될 뿐이지."

단념하고 고개를 들었다.

태양이 눈 부시다.

차라리 모든 걸 버리고 도망쳐 볼까? 하고 몇 번이고 생각했다.

하지만 이 세계는 내가 살던 세계보다 위험한 곳이다.

밖에는 몬스터나 도적이 있어 항상 목숨이 위험하고 나는 아무리 발버둥 처도 멀쩡한 직업 하나 얻을 수 없는 상황이었다. 도망칠 곳이 없다. 나는 문득 전생이 그리워졌다.

"모브에게는 힘든 세계야."

혼잣말이 많아졌지만, 지금은 그것보다 다른 걸 신경 써야 했다. 이 상황에 공적과 마주쳤다간 끝장이다.

내가 다시 주위를 둘러보자, 갑자기 바람이 강해지기 시작했다. 지도가 팔락팔락 소리를 내고 있었다. 바람에 날아가지 않도록 지도 위에 올려놓은 나침반도 목적지를 표시하는 바늘이 멋대로 빙글빙글 돌고 있었다.

"뭐지?"

나침반을 살피려고 일어서자 몸이 밀려날 듯한 강한 바람이 불어닥쳐 왔다. 나는 보트의 난간을 붙잡고 주변을 다시 살폈지만, 바다는 아무 일 없다는 듯 평온했다. 구름도 마찬가지.

폭풍이랑 마주친 건 아닌 모양이었다.

보트가 조금 더 나아가자, 갑자기 배 위에 그늘이 졌다.

"──음?"

무심코 위를 올려다보니 하얀 구름이 태양을 가리고 있었다.

몹시 커다란 구름이.

그 구름을 올려다본 나는 왼손 주먹을 꽉 쥐고는 곧장 보트 아래 바다를 살폈다. 아니나 다를까, 해수면 일부가 녹색으로 빛나고 있었다.

나는 몸을 웅크리고 난간에 이마를 댄 채 웃음을 흘렸다.

"그렇군——! 그 녀석이 실존하는 건가! 뭐지? 과금의 영향인가? 아니면 원래 있는 건가? 뭐, 그런 건 아무래도 좋아. 이거면 됐어! 할 수 있다고!"

일어서서 양팔을 크게 펼친 나는 하늘을 올려다보고 큰 소리를 냈다.

내 앞에 나타나 준 걸 감사하마!

있으면 좋으련만 하고 밑져야 본전으로 왔는데—— 설마 진짜 있을 줄이야.

"어이쿠, 아직 내 것이 된 건 아니지."

마음을 다잡고 보트 뒷부분으로 이동하여 프로펠러기를 조종했다.

보트를 해수면 근처까지 이동했다. 빛을 내뿜고 있는 장소까지 가니 거기서 보트가 삐걱이는 것처럼 흔들리기 시작했다.

나는 몸을 낮추고 보트에 매달렸다.

"버텨 달라고."

보트는 이윽고 내가 손을 대지 않았는데도 멋대로 맹렬히 상승하기 시작했다. 나는 무릎을 바닥에 대고 상승세를 간신히 버텼다.

마치 불꽃놀이가 하늘로 오르듯, 보트는 구름 속까지 튕겨 올라갔고, 이윽고 시야가 하얗게 물들었다.

몸이 차가웠다.

옷도 젖었다.

나는 라이플을 로브로 감싸놓고 아무것도 보이지 않는 구름 속에서 보트를 움직였다.

구름은 무언가에 밀려 나가듯 흐르고 있었기에 나는 구태여 흐름을 거슬러 갔다. 아무것도 보이지 않는데도 마치 격류 속을 나아가는 듯한 감각이었다. 딱히 격류에 휩쓸린 적은 없지만, 어쨌든 구름 속은 그만큼 격렬한 바람이 불고 있었다.

프로펠러 엔진은 이미 한계까지 돌아가고 있었기에 굉음을 내뿜고 있을 테지만, 그마저도 강렬한 바람 소리에 파묻혀 잘 들리지 않았다.

나침반은 바늘은 둘 다 빙글빙글 돌고 있는 터라 도움이 되지 않았고, 눈앞은 여전히 하얀 구름뿐이었기에 내가 어디 있는지도 알 수 없었다. 오로지 이 바람을 거슬러 갈 뿐이었다.

어느새 몸이 물에 빠진 것처럼 쫄딱 젖어 있었다. 바람도 강한 만큼 몸도 금방 차가워졌다.

물이 스며든 옷이 무겁게 느껴졌다.

보트를 어찌어찌 조작하여 흐름에 거스르고 있지만, 이걸로 괜찮은 건지 불안해지기 시작했다. 하지만 나는 그 불안을 안고도 홀로 폭풍에 계속 도전했다.

"제발! 이런 기회는 몇 번이고 있는 게——으악!"

수십 분인가, 아니면 몇 시간인가.

시간조차 느껴지지 않는 가운데 계속 혹사한 엔진이 이윽고 불을 뿜기 시작했다.

"잠깐! 타임! 이대로 이 격류에 휩쓸렸다간——!"

엔진에 불이 치솟는 장면을 보며 주마등처럼 최악의 장면이 뇌리를 스쳤고, 직후 엔진이 화려하게 폭발하면서 프로펠러가 불꽃과 함께 저 멀리 날아가 버렸다.

불은 곧 보트에도 옮겨붙었다. 그러나 불을 꺼야 한다는 생각이 든 순간, 보트가 급격하게 흔들리기 시작했다. 보트는 그대로 구름을 꿰뚫듯 밖으로 튕겨 나갔고—— 구름으로 뒤덮인 부유섬 하나가 눈에 들어왔다.

격류에 휩쓸려 배가 요동치는 와중에도 나는 부유섬의 모습을 보고 눈을 크게 떴다. 게임에서 몇 번이고 본 모습 그대로였지만, 현실에서 보니 매우 웅장해 보였다.

섬은 거대수의 뿌리가 얽혀, 자연에 둘러싸인 녹색을 띠고 있었다.

섬 아래쪽 지면에도 나무뿌리가 튀어나와 식물이 자라고 있었다.

"——엄청난데."

나는 서서히 부유섬에 다가갔다. 아니, 정확히는 보트가 부유섬을 향해 추락하고 있었다.

나는 황급히 조종간을 붙잡았지만, 엔진이 날아간 탓인지 조종이 먹히질 않았다. 덧붙여서 말하자면 보트는 지금도 열심히 불타는 중이었다.

"실화냐!"

부유섬 지면이 가까워지는 가운데, 나는 짐을 들고 타이밍을 재서 보트에서 뛰쳐나오다시피 탈출했다. 들고 있던 짐을 손에서 놓고 지면을 데굴데굴 구르다가 이윽고 거대한 나무뿌리에 등을 부딪쳐 멈췄다.

보트는 그대로 지면에 격돌하여 짐을 흩뿌리며 완전히 박살 났다.

나는 아픈 몸을 일으켜 식은땀을 닦았다.

"위, 위험했어. 역시 보트로 여길 오는 건 무모했나."

좀 더 큰 비행선이었다면 이것보단 쉽게 왔겠지만, 그럴 돈이 없었다. 덧붙여서 말하자면 빌릴 돈도 없다.

"그래도 어찌어찌 도착했군."

아직 눈이 따끔따끔했지만 아픈 머리를 누르며 서둘러 중요한 짐을 회수하기 위해 움직였다.

불타 버린 짐도 있지만, 그래도 남은 짐만으로 어떻게든 될 것 같았다.

짐을 한곳에 모으고 불탄 보트의 목재를 모았다.

목적지에 도착할 수는 있었지만, 보트를 잃고 말았다.

이로써 정말 뒤가 없어졌다.

이 섬에 잠든 '그것'을 얻을 수 있다면 아무런 문제도 없지만, 이 섬에 '그것'이 없다면 나는 이 섬에서 나갈 수 없을 것이다.

휴식을 위해 앉아 있자, 시간이 제법 흘렀는지 하늘이 어두워지기 시작했다.

짐에서 건빵 같은 꺼내 우물우물 먹고 물로 배 속에 흘려 넣었다.

참고로 이건 맛보다는 배를 채우려고 먹는 음식이다.

"여기까지 와서 아무것도 없다면 웃을 수밖에 없겠군."

내일부터 바빠진다.

부서진 보트 목재를 땔감으로 삼아 차가워진 몸을 데웠다.

라이플 상태를 확인하고, 다른 장비도 이상이 없는지 체크했다.

"괜찮은 것 같네. 그건 그렇고 이 녀석이 무사해서 다행이군."

땔감 불빛 속에서 탄환 수를 세어 탄창에 장전해 나갔다.

이건 다른 탄환과 다른 특제다. 표면에 새겨진 번개 마크가 그 증거다.

일반 탄환은 한 발에 약 3~5천 엔 정도 하지만, 이 특제 탄환——이른바 마탄은 불꽃이 나온다거나, 얼어붙는다거나 하는 판타지한 마법이 붙어 있어, 한 발에 1만 엔을 가볍게 넘는다.

그런 걸 이만큼이나 구해주다니, 부모님께는 아무리 감사해도 부족했다.

"살아서 돌아가면 효도해야지. ……그러고 보니 전생에서는 제대로 효도한 적이 없었구나."

전생에서는 부모님보다 먼저 죽었으니, 나는 터무니없는 불효를 저질렀다.

"그 녀석은 어떻게 됐을까? 내 최후로나마 한 방 먹일 수 있었다면 기쁘겠는데."

이 세계에서 기억을 되찾은 날은 지금도 잊지 않고 있다. 여동생이 억지로 여성향 게임을 시키던 것조차 이제는 그립다.

그 덕분에 이렇게 게임 지식이 도움이 되고 있으니 여동생한테는 고마워하는 편이 좋을까?

하지만 여성향 게임을 떠넘기지 않았다면 내가 죽을 일은 없었을 것 같다.

없었으려나?

라이플과 탄환 확인을 끝낸 나는 거대한 나무뿌리에 기대 쉬기로 했다.

한동안 보트 위에서 생활했던지라, 오랜만에 땅 위에 있으니 마음이 훨씬 편안했다.

"……어째서 나는 여성향 게임 세계에 전생한 거지? 어차피 전생할 거면 평범하게 검과 마법의 판타지 세계에 전생하고 싶었는데. ……아니, 원래 세계가 더 낫군. 응, 역시 있던 곳이 가장 좋아."

몬스터나 공적을 걱정하지 않아도 되는 생활. 지금 생각해 보면 무척 행복한 거였다.

그렇게 생각하고 눈을 감았다.

"……내일은 ……힘내야지……."

일생일대의 대 도박이 기다리고 있으니까.

★제02화「로스트 아이템」

이 여성향 게임 세계에는 여전히 세계관에 구멍이 많다.

예를 들자면 '로스트 아이템'. 어지간히도 대단한 아이템을 만들고 싶었는지, 이 세계에는 지구에서도 만들지 못할듯한 고대의 도구들이 잠들어 있다.

기술은 이미 사라져버렸고, 새로 만들 방법도 아예 없어, 하나같이 희소한 물건들이다.

주인공 전용 아이템도 그중 하나다. 주인공에게 특별함을 주기 위한 설정이다.

이 부유섬은 그 로스트 아이템이 잠든 섬이다.

당연히 길 같은 건 없으므로, 나는 땀을 닦으면서 검으로 가지를 일일이 쳐내며 숲속을 나아갔다. 앞으로 나아가는 것만으로도 한 고생이다.

지면 일부가 질척거려 몇 번이고 넘어질 뻔했다.

"도끼가 더 좋았으려나."

숲속을 나아갈 때는 검보다도 도끼가 더 편했을 것 같다는 생각을 하며 풀이나 계속 발을 움직였다. 처음 집에서 출발할 때 도끼도 챙기긴 했지만, 보트가 추락할 때 손잡이 부분이 부려져 못

쓰게 되어버렸다.

"검은 훈련 말고 써본 적도 없으니."

나도 일단은 귀족이므로 아침 일찍 일어나 아버지에게 기초 검술 훈련은 받아 왔다. 부잣집 귀족이었다면, 가정교사나, 검을 다루던 가신에게 배웠겠지만, 우리는 누군가를 고용할만한 여유는 없었다.

나는 고개를 들어 주위를 살펴보았다.

섬 중앙을 향해 가고 있지만, 게임과는 달리 도착하기까지 시간이 걸리고 있었다. 아무리 그래도 현실과 게임은 다른가.

애초에 길이 없으니 나아가는 것만으로도 상당히 애를 먹는다.

뱀이나 벌레, 그 밖의 생물이 있어서 방심할 수 없는 것도 있지만, 무엇보다 위험한 건——.

"또 왔군."

나는 작은 목소리로 푸념을 늘어놓으면서 지면에 납죽 엎드려 적을 피해 숨었다.

전신 갑옷을 입은 듯한 로봇이 둥실둥실 떠서 이동하고 있었다. 다리는 없었고 비행도 살짝 휘청이는 것처럼 보였다. 팔은 길쭉했고, 머리 부분은 삐죽했다.

이 섬과 기지를 지키는 수비용 로봇이다. 숲속을 정기적으로 순찰하고 있는 것이리라.

나는 숨을 죽이고 움직이지 않은 채 발견되지 않기를 빌었다.

기계가 지나가는 것을 확인한 나는 몸을 일으켜 잰걸음으로 그 자리를 떴다.

"망가져 있어서 살았군."

〈이미 사람이 없는 기지를 지키기 위해 가동되고 있는 기계〉라는 묘하게 쓸쓸한 설정의 로봇이지만, 발견되면 성가시다.

다만, 저 로봇들은 오래전부터 섬을 지켜온 만큼, 군데군데 녹이 슬고 망가져 있어서 그런지 나를 잘 발견하지 못했다.

"기지는 아직 멀었나?"

부유섬에 숨겨진 기지.

로스트 아이템이 잠든 기지로, 로봇이 지키고 있다는 설정이 있을 뿐, 더 상세한 설정은 없다.

게임에서는 이후에 도움이 되는 아이템을 회수하는 장소였다. 요컨대, 과금 아이템 회수 포인트인 것이다.

줄거리에선 주인공들이 바깥에 나갈 기회가 있어, 그때 발견하게 된다.

나는 경계하면서 숲속을 나아갔고, 그대로 몇 킬로 걸어갔을 때 건물을 발견했다.

시설은 넝쿨에 휘감겨 있고, 건물 내부에서 자라난 나무에 지붕이 꿰뚫려 이미 너덜너덜한 상황이었다.

꽤 오랜 시간 방치되어 있었던 것이리라.

묘하게 게임에서 봤을 때와 비슷한 광경이지만, 현실에서 보니 신선하게 느껴졌다.

"……이걸로 내가 전생자라는 게 증명됐군."

되살아난 기억이 실은 단순한 망상…… 내가 허상을 보고 착각했을 뿐이 아닐까? 하고 생각한 적도 많았다. 현실을 게임 세계라고 인식하고 있을 가능성도 있었다.

아무래도 나는 미친 게 아니었던 듯하다. 나는 주위를 경계하고 건물 안으로 들어갔다.

기지 내의 방어 시설은 망가져 있거나, 나무뿌리나 넝쿨로 인해 움직이지 않게 된 것이 대부분이었다.

콘크리트 건물.

벽에 설치된 전자기기.

어느 것이고 내가 알고 있던 물건들과 비슷해서 친근감이 솟아났다.

"이런 고대의 건물이 던전 취급을 받는 경우도 있단 말이지."

부유섬 안에는 이러한 고대의 건물이 존재하여, 모험가들은 그곳에서 보물을 얻어 부를 쌓는 것이다.

귀족들은 이러한 새로운 섬을 발견하여 던전을 공략하면 칭찬받는다. 자신들이 위대한 모험가의 후예였다는 것을 긍지로 생각하고 있기 때문이다.

"유적을 어지럽히며 다니고 있다고도 할 수 있지만."

귀중한 이 유적들에서 보물을 훔쳐 가는 모험가들. 때로는 보물을 위해 역사적인 가치가 있는 것을 태연하게 파괴할 때도 있다.

다른 관점에서 보면 파괴자나 약탈자일 것이다.

"뭐, 나도 변태 할멈들에게 팔리지 않기 위해서 같은 일을 하고 있으니, 남 말은 할 수 없지만."

그대로 통로를 나아가자 열려 있는 문을 발견했다.

단지, 통로 안쪽에서 휘청거리며 둥둥 떠 있는 기계——경비용 로봇이 이쪽으로 다가오는 것도 보였다.

움직이고 있는 게 기적에 가까운 망가진 경비 로봇들이 아무도 돌아오지 않는 이 기지를 지키고 있다고 생각하니 눈물이 앞을 가렸다.

하지만 나는 라이플을 겨눴다.

"미안하다."

지금까지 시설을 지켜 온 기계에 사죄한 나는 방아쇠를 당겼다.

탄환은 로봇에 명중했고 착탄과 동시에 방전.

한순간 빛이 발생하여 터지더니, 로봇이 지면에 떨어졌다. 반짝반짝 빛나고 있던 눈 같은 라이트가 꺼졌다.

라이플을 거머쥔 채 대기했지만, 움직이는 낌새는 없다. 다른 적이 오지도 않았다.

탄환의 효과를 확인하고 시설이나 로봇들이 반쯤 망가져 있는 것에 안도했다.

"게임대로군. 약점을 기억하고 있길 잘했어. 자, 그럼 이쪽이려나——."

전격 효과를 지닌 마탄은 기계인 로봇들에게 효과가 있다. 사실 이런 로봇은 전류 내성이나 모종의 대책이 있어도 이상하지 않지만, 아마 판타지…… 여성향 게임 세계의 영향일 거다. 세세한 걸

따지고 들어도 소용없다.

기억을 의지하여 앞으로 나아가자 열려 있는 문을 발견했다.

나무뿌리나 넝쿨에 휘감겨 반쯤 열려 있는 상태였다.

"기억대로인가. 아니, 게임대로군."

방으로 들어가자 거기에는 백골 사체가 나뒹굴고 있었다.

한때는 의복이었던 너덜너덜한 천을 만지기 전에, 손을 모아 기도해 뒀다.

그리고 천의 주머니(?)에서 카드 한 장을 꺼냈다.

이건 카드키다. 신분증도 겸하고 있는지 알파벳으로 이름이 적혀 있지만, 사진은 지워지고 글자도 일부가 남아있을 뿐이라 이름은 알 수 없었다.

"역시 알파벳이지? 어째 묘한 느낌이군."

이세계에서 알파벳을 보는 날이 올 줄이야.

카드키를 내 주머니에 넣고 이동을 재개했다.

게임 속에서는 과금한 아이템을 찾으려면 꼭 이곳을 들려야 했다. 컴플리트를 목표로 몇 번이고 이 섬에 왔던 탓에 아직 기억에 남아있다.

하지만 10년 전의 기억은 불확실한 부분도 많다. 이 부유섬으로 오는 좌표 자체도 기억을 되찾고 나서 금방 기록해 두지 않았다면 잊어버렸을 것이다.

이걸 아무것도 기록해 두지 않고 애매한 기억으로 찾는 모습을 상상했더니 무서워졌다.

오로지 혼자 하늘에 나가는 불안과 공포는…… 두 번 다시 맛보고 싶지 않았다.

카드키로 열릴 것 같은 방을 찾아 기기에 대서 문을 열자, 휴게실 같은 공간이 나왔다.

녹이 슬어 너덜너덜해진 자동판매기가 눈에 띄었다.

하나는 쓰러져서 안에 든 상품이 바깥으로 나와 있었다.

손으로 집으려 하자 모래처럼 으스러져 버렸다.

소파 위에는 백골 사체 두 구가 있었다.

"……게임에서는 신경도 쓰이지 않았는데, 여기서 대체 무슨 일이 있었던 거지?"

폐허가 된 기지는 아직도 시설 일부가 가동하고 있다. 그만한 기술력이 있었던 문명이 멸망했다고 생각하니…… 조금 신경이 쓰이기 시작했다.

"뭐, 지금은 아이템이 먼저지."

백골 사체 두 구 중 하나는 앞으로 나아가는 데 필요한 열쇠를 가지고 있다.

나는 합장한 뒤에 열쇠를 회수하여 방을 빠져나와 그대로 목적지로 향하는 통로를 나아갔다. 통로 끝에는 특이하게 생긴 경비 로봇이 대기하고 있었다.

"그러고 보니 이런 녀석도 있었지."

다각형(多脚形) 로봇은 발이 몇 개인가 부족한지 움직일 수 없는 듯했지만, 통로 한가운데를 가로막고 있어 들고 침입자로부터 이 앞에 있는 물건을 지키고 있었다.

내가 모퉁이에 몸을 숨기고 라이플로 쏘자 마탄이 발동했지만
——직후 경비용 로봇이 양팔의 개틀링건을 움직여 반격해 왔다.

실제로 총알이 나오는 건 한쪽뿐이었지만, 그 한쪽만으로도 충분히 위협적이었다. 망가진 것인지 조준이 정확하지 않다는 것이 다행이라면 다행이리라.

"이런!"

모퉁이에 숨다시피 몸을 가리고 볼트액션으로 다음 탄을 장전하고는 숨은 상태로 라이플로 공격했다.

얼굴을 내밀지 않고 거울로 상황을 보면서 숨은 상태로 공격했다. 비겁한 방법이만, 지금 저 앞으로 나가면 벌집 신세다.

그나마도 로봇이 망가져 이동도 못 하고 조준도 엉망이라 이러는 거지, 저게 멀쩡했다면 나는 이미 저세상 사람이었다.

탄을 쏠 때마다 생각하는 건——.

"젠장! 너무 단단하잖아. 거기다 조준이——제길! 또 빗나갔어!"

날려 먹은 탄환을 머릿속에서 계산해 나갔더니 터무니없는 금액이 되었다.

제대로 자세를 취해 쏘는 게 아니라 쉬이 맞지 않고, 거기다 맞아도 한두 발로는 끄떡도 없다. 이 짓을 반복해 겨우 로봇이 움직이지 않게 됐을 때는 이미 30발가량이 사라진 후였다.

게임상에선 10발 정도만 있으면 쓰러뜨릴 수 있었을 텐데…….

"역시 현실이 되면 다른가."

나는 그 후에도 감시나 방어용 로봇을 상대하며 목적지를 향해 갔다.

불빛이 약간 남은 어둑어둑한 통로를 나아가 간신히 목적지에 도착했다.

문득 탄창을 보니, 가지고 온 탄환도 이제 거의 다 쏘고 없었다. 나는 열쇠를 사용해 문을 열었다.

지하로 이어지는 계단.

어두워서 아무것도 보이지 않았기에 짐에서 랜턴을 꺼내 불을 켰다.

"전기는 있는데 손전등은 왜 없는 거야."

심지어 전구도 있는데 손전등은 없다. 나는 주절주절 푸념을 늘어놓으며 계단을 내려갔다.

어두운 통로에는 이따금 인골이 나뒹굴고 있는 것이 공포를 불러일으켰다.

이 장소에서 무슨 일이 있었는지 모르지만, 가능하다면 목적물을 재빨리 회수해서 집에 돌아가고 싶었다.

"그건 그렇고…… 훌륭할 정도로 기억대로군."

내가 산 과금 아이템이 잠든 장소—— 기억을 더듬어 나아간 곳에서 기다리고 있던 건 나무뿌리나 넝쿨이 휘감겨 있는 커다란 방이었다.

여긴 비행선의 독(dock)이다.

양손에 든 라이플을 꽉 쥐고, 경계하면서 걸었다. 비행선이 들어갈 자리는 대부분은 비어 있었고, 대신 넝쿨이나 나무뿌리가 튀어나와 축 늘어져 있었다.

이따금 비행선이 있는 곳도 있었지만, 그도 대부분은 넝쿨이나 나무뿌리에 휘감겨 있었다. 덧붙여 표면에는 이끼가 달라붙어 있었다.

그리고 모든 비행선이 망가져 있었다.

나는 이를 다 지나쳐 한층 더 커다란 곳으로 나아갔다. 내 목표물은 여기 있다.

거기 있는 비행서는 다른 녀석들과는 크기부터가 달랐다.

"──틀림없군."

유일하게 원형을 유지하고 있는 비행선으로, 넝쿨이나 가지가 얽혀 있고 표면에 이끼가 나 녹색으로 변해 있긴 했지만, 군데군데 회색 장갑이 보이기도 했다.

나는 몸을 부르르 떨었다.

"정말로 있었어. 정말로!"

천천히 연결 다리에 발을 올려 망가지지 않은 것을 확인하고는 비행선으로 다가갔다.

입구는 넝쿨이 얽혀 있어 열릴 것 같지 않았기에 가지고 온 검으로 넝쿨을 잘라 나갔다. 그리고 카드키로 입구를 열자 선내── 아니, 함내로 들어갈 수 있었다.

바깥과는 달리 안에는 넝쿨도 없고 이끼도 없어 깨끗했다.

비행 전함…… 아니, 우주선이니까 우주 전함일까? 어쨌든 함내는 무척 미래 느낌이 나는 디자인이었다. 게임의 장르가……
세계관이 다른 것처럼 느껴졌다.

"내부 같은 건 게임에 안 나오니까 처음 보네. 이렇게 되어있었
던 건가."

크기는 대충 700m 정도. 이런 게 정말로 날 수 있는지 의심스
러웠지만, 생각해 보니 여긴 섬이나 대륙도 하늘에 떠 있는 세계
였다.

오히려 비행선 중에는 작은 부유섬을 비행선으로 개조해 천 미
터를 족히 넘거나, 이동 요새 같은 비행선도 있다고 하니, 이 정
도의 크기의 비행선이 날아다녀도 이상하지는 않을 거다.

확실히 거대한 편이긴 하지만 아예 없는 건 아닌 느낌?

전체적으로 선수로 갈수록 날카로워지는 유선형 동체에 엔진
으로 보이는 사격형 박스가 양쪽에 날개처럼 달려 있다. 게임에
서는 이등변삼각형에 사각형 상자가 양옆에 달린 듯한 표시였다.

그 외 디자인은 단순했다. 갑판이나 돛에 프로펠러 등은 하나
도 없었다.

여기까지 타고왔던 보트도 그렇고 이 세상의 비행선은 모양이
제각각이다. 배 모양인 것도 있고 럭비공 같은 모양도 있다. 비행
선을 만드는 것 자체는 그렇게 어렵지 않기 때문에 형태가 크게
중요하지 않은 걸지도 모른다. 하늘에 띄우는 과정이 간단하니까,
외관으로 이것저것 해볼 수 있는 거다.

……함내를 나아가자 자동으로 조명이 점등되었기에 랜턴을

집어넣었다.

여기까지 오면 이제 남은 관문은 하나다.

우주선 중앙을 향해 이동했다.

기나긴 통로를 나아가는 동안 내 발소리만이 들려왔다. 그리고 목적지인 중앙으로 가는 문이 보이기 시작했기에 나는 멈춰 서서 땀을 닦았다.

라이플 상태를 확인하고, 탄창에 탄환이 들어있는 것을 확인.

호흡을 가다듬었다.

"……갈까."

정신을 바짝 차리고 문을 열어 안으로 들어갔다.

그곳은 우주선의 중앙 시설——모든 것을 제어하는 함교로, 이 전함의 코어가 되는 부분이다. 제법 넓은 공간이다.

그리고 방 중앙에는 바닥에서부터 상반신이 솟아난 인간형 로봇이 기다리고 있었다.

커다란 동체.

머리는 심플한 형태로, 바이저 속의 카메라 아이가 빨갛게 빛난다.

기동음이 방에 울렸다.

나는 라이플을 거머쥐었다.

『……침입자를 확인. 배제…… 배제…….』

천천히 움직이기 시작하는 로봇. 크기는 6m 전후. 커다란 양손으로 나를 붙잡으려고 움직였기에 라이플의 방아쇠를 당겼다.

곧 로봇의 몸에서 폭발이 발생하고, 자전(紫電)이 튕겨 나가듯 퍼졌다. 하지만 그뿐.

"역시 이렇게 되나!"

곧바로 다음 탄환을 장전하자 약협이 바닥에 떨어지면서 금속음이 들려왔다.

"카드키를 보여주면 어떻게 안 되나?!"

기지 직원이 가지고 있던 카드키로 정지해 주지 않을까 하는 희미한 기대를 품었지만, 눈앞의 로봇은 내 중얼거림에 냉정하게 대답했다.

『당신이 가지고 있는 카드키는 기지 직원의 것입니다. 본인이나 다른 직원과는 신체적 특징이 너무 다릅니다. 그에 더해 소유자나 기지 관계자의 생존은 절망적인 상황이라고 판단합니다. 따라서 당신은 침입자──배제합니다.』

"착실하게 대답해 줘서 고맙네!"

합성된 것 같은 전자음이 들려왔다. 설마 대화가 가능할 줄은 몰랐는데, 의외로 성실하게 대답해 주는구나 하는 생각이 들었지만, 지금은 신경 쓰고 있을 여유는 없었다.

다음 탄환도 로봇에 명중했지만, 역시 별 대단한 대미지는 주지 못했다.

나는 곧장 로봇의 팔을 피해 달렸다.

벨트에 달아 놓았던 통 형태의 물건을 꺼내 안전핀을 뽑고 로봇을 향해 던졌다. 로봇은 한 손으로 그걸 쳐내려고 했으나, 그

충격으로 튕겨 나가기도 전에 폭발했다.

탄환보다도 강력한 전기가 흐르며 로봇이 일시 정지했다. 관절 여기저기에서 연기가 뿜어져 나왔다.

"좋았어!"

그러나 좋아하기도 잠시, 로봇은 머리 부분의 바이저를 빛냈다.

『'마법'에 의한 공격이 위험 레벨에 도달했습니다. 지금부터 마법 장벽을 발동합니다.』

그리고는 몸통이 희미하게 빛나더니 마치 보호막 같은 걸 만들어 냈다.

그 이후로는 탄환을 잇달아 박아 넣어도 마법으로 전기 공격은 전부 튕겨 나갔다. 맞추더라도 전기가 발생하지 않고, 대미지조차 주지 못했다.

"마법 무효라니, 비겁하잖아!"

내 외침에 적 로봇이 대답했다.

『감사합니다.』

느닷없는 감사 인사에 놀라면서도, 나는 탄창을 교환해서 다시 라이플을 겨눴다.

"맛이 갔냐? 왜 거기서 '감사합니다'가 나와."

라이플로 잇따라 탄환을 쏘아 나가는 와중에, 적 로봇의 움직임이 조금 둔해진 것처럼 보였다.

『전투에서 비겁하다는 말은 칭찬이다. 그렇게 학습하였습니다만, 아닙니까?』

"아니야! 애초에 어째서 마법 공격 대항수단이 있는 건데!"

마법 장벽 같은 건 게임에서도 본 적이 없었다. 이런 건 사기다.

『간단한 답입니다. 마법이 무엇인지 완벽하게 해석할 수는 없었으나, 대항수단을 마련하는 것은 당연한 것 아닙니까?』

"너 머리 좋구나! 덧붙여서 수다도 많아!"

방안을 뛰어다니며 라이플의 방아쇠를 당겨 잇따라 공격한다. 어딘가에 약점이 없을지 찾고 있지만 좀처럼 틈이 보이질 않았다.

물어보면 가르쳐주지 않을까?

『대화가 오랜만이라 흥분한 건지도 모르겠군요.』

기계가 무슨 말을 하는 건가 싶었지만, 이 치트급 우주선은 로스트 아이템이다.

고대 기술의 결정이자 내가 산 1천 엔짜리 과금 아이템…… 뭔가 지금 와서 1천 엔짜리라고 생각하니 미묘하다만, 여하튼 엄청난 병기인 건 틀림없다.

인공지능이 있어도 이상하지는 않지만, 이 정도일 줄은. 이런 자잘한 설정은 게임에도 없었다.

허리에 매단 또 하나의 통——수류탄을 손에 들었다.

『마법 공격 수류탄입니까? 의미 없는——』

"바보가!"

나는 수류탄을 던지고 거리를 벌려 몸을 움츠렸다.

로봇은 이제 튕겨 내려조차 하지 않았다.

하지만 수류탄이 적 로봇에게 맞자, 말 그대로 불꽃의 폭발을 일으켰다. 나는 폭풍에 방 한구석까지 나뒹굴었지만, 곧바로 일어났다.

방 안에 검은 연기가 가득 찼다.

"단순한 폭탄이다. 엄청난 위력이지? 배가 부서질지도 모르니 쓰지 않았을 뿐이라고."

나중에 나도 쓸 우주선이다. 가능하다면 손상은 적은 편이 좋았기에 사용하고 싶지 않았다.

연기가 방에 충만한 가운데, 라이플을 내렸다.

"딱 하나 있던 비장의 수단이다. 게임에서도 상당한 위력이——으?!"

아무리 그래도 이걸로 쓰러졌겠지 싶었는데, 검은 연기 속에서 커다란 손이 뻗어와 나는 쉽사리 손아귀에 붙잡혔다.

충격으로 라이플을 놓쳐서, 검을 뽑아 로봇의 손가락에 꽂았다. 하지만 이만 빠질 뿐, 로봇에는 흠집도 나지 않았다.

반면 로봇의 힘은 무지막지했다. 당장이라도 으스러질 것만 같았다.

"이, 이거 놔!"

『——놀랐습니다. 설마 그냥 수류탄이었을 줄은. 당신들은 마법에 집착하기에 폭탄을 사용할 거라고는 생각하지 않았습니다. 재미있는 전투 방식이군요.』

로봇도 무적은 아니었는지 장갑 일부가 떨어져 나가 있었다. 그 틈으로 기판이나 모터 등 내부 부품이 보였다.

로봇은 나를 붙잡은 상태로 얼굴을 가까이 대고 나를 살펴봤다.

『옛날과는 제법 전투 방식이 달라졌군요. 라이플도 의외이지만, 탄환이 더 신경 쓰입니다. 마법을 집어넣다니, 재미있는 발상입니다.』

바이저 안쪽에 있는 카메라 렌즈가 내 얼굴을 보고 확대와 축소를 반복하고 있는 것인지, 끊임없이 움직이고 있었다.

도망치지도 못하고, 그리고 서서히 나를 쥔 손의 힘이 강해져 왔다.

내가 발버둥 치고 있자 로봇이 질문을 던졌다.

『질문. 현재는 서력 몇 년입니까?』

"서력? 그런 거 알까 보냐! 호르파트 왕국력이라면…… 끄아악!"

적 로봇의 손에서 전기가 발생하여 나는 고통에 절규했고, 몸이 저려서 몸부림을 쳤다.

정신없이 도망치려고 날뛰었지만, 도저히 도망칠 수 있을 것 같지가 않다.

『그 대답으로 충분합니다. 몇 번이고 같은 질문을 해 왔습니다만…… 역시 우리는 패배한 것이군요.』

전류가 수그러들어 내가 축 늘어져 있자, 로봇은 움직이지 않게 됐다. 입이 바들바들 떨리며 다물어지지 않았고, 침이 흘러나와서 검을 쥔 손으로 입가를 닦았다.

"패, 패배? 우리? 무슨 말이냐?!"

이런 치트급 전함으로도 이길 수 없는 상대가 있었단 말인가?

『구 문명은 신인류의 마법이라는 압도적인 힘 앞에 멸망했다는 의미입니다.』

신인류?

게임의 설정인가? 여성향 게임에 그런 설정까지 있었다고? 조금 곤란한데요. 좀 더 쉽게 일이 풀릴 줄 알았건만, 여기에 와서 새로운 사실이 밝혀지다니, 너무하네.

뭐, 지금은 그런 건 나하고 아무 상관도 없다. 어떻게든 이곳에서 도망쳐야만 한다.

『그리고 당신은 신인류의 자손. 저의 적이지요.』

갑자기 전자음 같은 소리가 낮게 들렸다. 진심으로 날 제거할 요량인 모양이다.

"가, 감정표현이 풍부하구만! 일단 대화하자── 이봐, 자, 잠깐! 으아악!"

쥐는 힘이 점점 강해지자 몸에서 이상한 소리가 들려왔다. 빠드득하는 소리가 점점 강해졌다.

『적은 배제…… 배제…….』

이미 말은 통하지 않았다.

다만 로봇도 수류탄으로 어딘가 망가졌는지 나를 단숨에 찌부러트릴 수 없는 것 같았다.

그만큼 고통이 길어졌으니 운이 좋다고 하기엔 미묘한 상황이었으나, 내가 해야 할 일은 정해져 있었다.

"이, 이 자식…… 새삼스레 옛날 전쟁을 질질 끌기는."

『우리의 사명은 끝나지 않았습니다. 신인류 배제는 최우선 명령입니다. 이 기지에서 대기하라는 명령을 받았습니다만, 이렇게 되면 한 척이라도 날려 보내서 신인류를 섬멸하겠습니다. 지금까지 수많은 신인류가 기지에 찾아왔습니다. 그리고 당신을 보면 현재의 신인류가 약화한 것은 명백…… 저는 지금부터 기지에서 출격하여 신인류의 후예를 멸망시키겠습니다.”

다른 모험가가 섬에 찾아왔었다고?

그것보다도 이 녀석이 밖으로 나가 날뛰게 되면 내 가족도 무사하지 못할 거다.

아니, 그럼 내가 잠들어 있던 이 녀석을 부활시킨 꼴이잖아?

그 조라는 사라져도 좋지만, 부모님이나 둘째 형, 동생이 사라지는 건 싫다.

나는 오른손에 들고 있던 검 자루의 핀을 이로 물어서 뽑고, 로봇에게 칼날을 향했다.

그리고──.

“뒈져라…… 고철.”

비밀 장치를 사용하자 칼날이 날아가 로봇의 바이저에 꽂혀 그대로 전기 마법이 발동했다. 내부에 직접 공격이 통해서 그런지 곧 로봇의 머리가 작은 폭발을 일으켜 날아갔고, 바이저 부분이 깨져 파편이 날아와 뺨을 스쳐 지나갔다. 뺨에서 피가 흘러내렸다.

로봇의 손아귀 힘이 빠지면서 나는 그대로 지면에 떨어졌다. 바닥에 떨어진 고통이나 숨통이 겨우 트인 것, 살아났다는 안도

등이 뒤섞여 뭔지 모를 감정이 밀려왔다.

콜록콜록 기침하고는 바닥을 기다시피 이동하여 라이플을 재빨리 주워들었다.

로봇은 움직임이 몹시 둔해져 있었다.

나는 라이플을 들고 기어 올라가, 로봇 머리의 깨진 바이저 부분에 총구를 꽂아 줬다.

"너희 사정도 이해 못 할 건 없다만, 나한테는 내 사정이 있어서 말이지. 잠자코 내 명령에 따라 줘야겠다."

방아쇠를 당겼다. 그리고 다시 장전해서 방아쇠를 당겼다. 반복할 때마다 로봇은 나를 붙잡으려고 손을 뻗었지만──.

"──끝이다."

몇 번이고 반복하여 탄창이 텅 비었을 때쯤, 드디어 로봇이 움직임을 멈추었다.

파직파직하고 여기저기서 스파크가 튀고 장갑 틈새로 검은 연기가 나왔다. 이미 한계에 도달한 게 명백했다.

하지만 전자음은 아직 멈추지 않았다.

『……저를 사용할 생각이군요? 허가할 수 없습니다.』

하지만 로봇은 움직이지 않기에 나는 그 말을 무시하고 방 안에 있는 제어 패널을 기동했다. 게임에서는 이렇게 하면 마스터 등록이 가능했었다.

"시끄러워. 내 과금 아이템을 회수하러 온 것뿐이야. 입 다물고 내 명령에 따라."

이게 정말 내가 산 과금 아이템인지 어떤지는 알 수 없지만, 어느 쪽이 됐든 손에 넣지 않으면 나나 세계의 미래는 없다.

『신인류에게 빼앗길 바에야 자폭을 선택하겠습니다.』

"어차피 포기할 거면 내 것이 되어라. 자폭이라니, 민폐라고. 나는 죽고 싶지 않아."

나는 영어로 된 제어 패널을 조작하다 언어 설정이 보이길래 익숙한 일본어로 설정을 변경했다.

"당연하다는 듯이 일본어가 있군. 편의주의 설정 만만세! 이편이 조작하기 쉽겠지."

오랜만의 그리운 언어가 눈에 보이자 무심코 일본어를 입에 담고 말았다.

골 직전…… 목적 달성을 앞에 두고 흥분되기 시작했다.

패널을 조작해 우주선의 소유자——마스터 등록 화면까지 가자 제어 패널의 일부가 열렸다.

거기에는 손바닥 모양의 가이드라인이 빛나고 있었다.

『일본어? ……설마 그 언어를 읽을 수 있는 겁니까? 당신들은 모르는 언어일 텐데요?』

귀를 잘 기울여 보니 음성은 방의 스피커에서 들려오고 있었다. 로봇이 말하던 게 아니었나.

아무래도 로봇은 내게 흥미를 느낀 듯하다.

제어 패널에 손을 올리며 농담조로 말했다.

"내 몸은 어쨌든 영혼은 일본인이라고. 매일 아침의 쌀밥과 된

장국이 정의란 말이다. 이쪽에서 먹은 적은 없지만⋯⋯. 뭐, 너는 들어도 모르겠지."

이 녀석에게 전생자라고 말해도 이해하지 못할 것이다. 나라도 다른 사람에게 그런 말을 들었다면 쓴웃음을 지으면서 자리를 피할 거다.

『영혼? 윤회전생의 개념입니까?』

"로봇이 그런 것도 알아? 그래, 그거야. 아마도."

오랜만에 나누는 일본어 대화에 조금 기뻐졌다.

제어 패널 쪽은 내 손바닥에서 유전자 정보를 확인한 것인지, 마스터 등록이 끝나자 내 온몸을 붉은빛으로 감싸 스캔하기 시작했다.

스캔 종료와 동시에 로봇은 내게 다시 물었다.

『유전자 정보에 확실히 일본인의 흔적을 확인했습니다. 당신은 신인류인 동시에 구 인류의 유전자도 갖고 있습니다. 불가사의합니다. 말도 안 됩니다.』

"그래? 어쨌든 나도 주인이 될 수 있단 거겠지?"

『네. 오늘부터 이 우주선은 당신의 소유물입니다. 이름을 붙이시겠습니까?』

조금 생각했다.

게임에서는 우주선에 이름을 붙이는 기능 따윈 없었다.

"좋은 이름이 생각나지 않네. 게임에서는【루크시온】이라고 했었는데."

『루크시온…… 기록했습니다.』

"자폭은 막은 것 같군. 다행이야."

상당히 만신창이가 된 나는 모든 것이 끝나자 그 자리에 주저 앉았다. 방안은 전투로 발생한 연기로 인해 뿌예져 보였다.

라이플을 손에 들자 개머리판 부분이 깨져 있었다.

수리하지 않으면 사격은 불가능할 것 같았다.

"부모님께서 주신 선물이 너덜너덜하군."

한숨을 내쉬고 천장을 올려다봤다.

『혹시 전시(戰時)의 기억이 있습니까?』

"전시? 아니, 없어. 애초에 내가 살던 곳은 평화로운 곳이었으 니까. 거기서 샐러리맨을 하고 있었지. 그런데 전쟁 따위를 경험 했을 리가 있나. ……지금 놓고 보면 엄청나게 행복하게 살고 있 었구만."

지금도 떠올리면 그립다. 돌아갈 수 있다면 돌아가고 싶다.

연기가 서서히 걷혀 갔다. 아무래도 환기 기능을 작동한 모양 이었다.

나도 마냥 이야기하는 건 누군가가 이야기를 들어 주길 바랐던 거겠지. 인공지능을 상대로 전생한 경위를 이야기했다.

"알고 있냐? 이 세계는 터무니없는 설정을 가진 여성향 게임 세 계라고."

『여성향 게임?』

"연애 시뮬레이션 게임이라는 거야."

내가 어떤 경위로——어느 시대에서 어떻게 하여 전생했는지를 이야기했다. 그리고 이 세계가 여성향 게임의 세계라는 것도.

"어때, 놀랐나?"

『당신의 망상에는 감탄했습니다. 하지만 단순한 망상으로 일본어를 말하는 건 불가능하겠지요. 제 감상은 한마디…… 흥미롭다, 입니다.』

"이쪽도 놀랐다고. 나는 너의 존재 자체가 증거라고 생각하는데 말이지. 너를 본적도 없는 내가, 널 찾아낸 것도 이 세계가 게임이라는 증거 아닌가?"

『망언으로밖에 들리지 않습니다. 그저 당신이 게임이라고 착각하고 있을 뿐인 것 아닙니까?』

"그럼 그걸로 됐어. 나는 귀찮은 게 싫다고. 어차피 생각해도 답이 나오지 않는다면 시간 낭비야."

장황하게 이야기를 계속했더니, 무심코 기침이 나오고 말았다.

입가를 닦으니 장갑에 피가 스며 있었다.

"어딘가 다친 건가? 곤란하군. 돌아가야 하는데."

몸이 천천히 쓰러져 가자 목소리가 들려왔다.

『리온 포우 발트파르트——마스터의 생명 위기를 확인. 의무실로 이동을——』

◇

리온이 여로에 오른 지 3개월.

발트파르트 가에는 조라가 찾아와 비아냥을 지근덕지근덕 늘어놓고 있었다.

바르카스의 집무실에 들어가, 아침부터 류스까지 자기 앞에 앉혀 비난을 쏟아 놓았다.

"제가 기껏 준비한 혼담을 망친 것도 모자라 혼자서 뛰쳐나가 멋대로 죽어버리다니. 정말 바보 같은 아이군요."

그러자 바르카스가 분했는지 주먹을 꽉 쥐었다.

류스도 제 아들이 죽었을지도 모른다는 말을 듣고 표정이 어두워져 있었다. 하지만 조라는 그 모습을 보고 더더욱 비난에 박차를 가했다.

다 알면서 하는 거다.

"이렇게 되면 다음 애를 넘겨줘야겠어요. 뭐, 그 나이라도 가사 정도는 할 수 있겠지요."

그러자 묵묵히 듣던 바르카스가 입을 열었다.

"코린을? 그 애는 아직 열 살도 안 됐어. 게다가 리온이 돌아올지도 모르잖나."

조라는 코웃음을 쳤다.

"진심으로 하는 말인가요? 이 벽촌 섬에서 나간 지 석 달이라고요. 석 달. 아무리 그래도 살아있는 게 이상하지요. 아아, 그러네요. 어쩌면 자기만 도망친 걸지도 모르겠군요. 나 참, 이래서 시골 귀족의 아이는 곤란하다니까요. 기사도를 모르는 걸까요."

호르파트의 기사도는 자신의 주군에게 충성을 바치는 것이다.

기사라면 국왕 폐하에게.

배신(陪臣) 기사라면 영주나 자신의 주군에게 충성을 맹세하고, 깨끗하고 바르게 사는 것이 훌륭한 일이라는 가르침이다.

나날이 단련하고 소박하며 검약한 생활을 보내는 것을 미덕으로 삼는다.

충의를 위해 목숨을 거는 것이야말로 기사의 영예.

나라를 위해 싸우는 것이야말로 명예…… 그야말로 이상적인 기사.

쉽게 말하자면 통치자에게 있어 편리한 부하의 본보기가 기사도다.

다만 최근에는 여성을 지키는 기사나 여성을 위해 목숨을 거는 것도 기사도로 보고 있다. 본래는 힘없는 백성을 지키는 검이자 방패라는 것이 기사도였으나, 시대와 함께 변하고 있는 것이리라.

류스가 울 것만 같은 표정을 짓고 있는 걸 보고 바르카스가 곁에 가더니 어깨에 손을 올려놓았다. 그 모습이 진짜 부부의 모습 같아 보이자 조라는 더욱 화가 났다.

'뭐야. 나는 이런 시골 영주와 결혼해 줬는데! 눈앞에서 사이가 좋은 걸 여봐란듯이 과시하다니 정말로 용서할 수 없어!'

첩인 류스가 너무나도 괘씸했다.

그래서 그런 류스의 아들이나 딸을 왕도에 배우자가 없는 여성이나 남자에게 팔아치워 주겠다고 생각한 것이다.

'애초에 남작 자리는 내 아들인 루트아트가 이을 거야. 다른 애

같은 건 필요 없어. 다들 팔아치워서 루트아트나 메르세의 방해꾼을 배제해야겠지.'

그러자 방에 분주한 소리가 들려왔다.

아직 어린 코린이 문을 있는 힘껏 열고, 숨을 헐떡이며 뭔가 말하려 하고 있었다.

"코린, 너는 네 방에 있거라. 노크도 하지 않고 이게 무슨 일이냐."

바르카스가 주의하자, 코린은 입을 뻐끔거리면서 창밖을 가리켰다.

코린의 손가락을 따라 모든 이가 창밖을 보자, 어느새 바깥 풍경이 어두워져 있었다.

의아해진 바르카스가 창문을 열고 바깥을 봤더니──.

"뭐냐, 저건?!"

저택 상공에 커다란 비행선이 멈춰 있었다.

조라는 몸을 움츠렸다.

"뭐, 뭔가요? 어디의 배죠?!"

공적이나 다른 영지, 타국의 비행선이 쳐들어왔나 싶어 허둥대기 시작했다. 하지만 그런 것치고는 낌새가 이상했다.

커다란 비행선에서 작은 비행선── 20m 전후의 비행선이 내려왔다.

거기에는 리온의 모습이 있었다.

비행선에는 금은보화를 산더미처럼 실려 있었다.

저택 정원에 내려선 리온은 양팔을 흔들었다.

"아버지! 약속대로 돌아왔다고!"

금은이나 보석의 산을 앞에 두고 리온은 크게 웃고 있었다. 얼마나 되는 가치가 있을지 계산할 수 없지만, 진짜라면 터무니없는 금액이 되리라는 건 분명했다.

류스가 그 자리에 주저앉아 눈물을 흘렸다.

"저 애, 연락도 건네지 않고 갑자기 돌아와서는…… 정말로 다행이야."

기쁜 것인지 울면서 웃고 있다.

바르카스는 황급히 방 바깥으로 뛰쳐나가 리온이 있는 곳으로 향했다.

조라는 창문으로 리온이 가지고 온 보물들을 봤다.

그러자 리온이 우쭐한 미소를 띠었다. 조라를 향해 입을 뻐끔거려 '내 승리다'라고 말하고 있다.

조라는 손대고 있던 창문틀을 강하게 쥐었고, 몹시 불쾌한 표정을 지었다.

"저, 저 망할 꼬맹이……."

바르카스는 리온이 있는 곳으로 향하고는 그대로 부둥켜안고 울었다. 바보 녀석, 하고 말하며 잘 돌아왔다며 울면서 웃고 있다.

조라는 화가 치밀어 그대로 방에서 나갔다.

'뭐, 됐어. 저만한 재보가 내 것이 된다고 생각하면 나쁘지 않아. 앞으로도 있는 힘껏 날 위해 일해 줘야겠어. 네가 벌어들인 건 전부 내가 가져가마. 마지막에 웃는 건 나라고.'

조라는 복도로 나가서, 대기하고 있던 엘프 노예를 데리고 바깥으로 향했다.

◇

불쾌한 표정을 짓는 조라를 앞에 두고, 나는 미소를 띠고 있었다.

가지고 온 보물들과 우주선――어이쿠, 비행선이었지. 이 모든 걸 자기에게 넘기라고 지껄인 이 바보에게 정론을 내뱉어준 탓이었다.

"당신과 아버지의 계약은 나하고 아무런 상관도 없지. 나는 15살로 이미 성인이고, 모험가 등록도 끝마쳤어. 무슨 말인지 이해되지? 내가 발견한 보물은 내 재산이고 아버지 것이 아니야."

아버지가 뭔가 말하고 싶어 하는 것 같았지만, 어머니가 곧장 막아버렸다.

조라는 그래도 되받아쳤다.

"부모의 돈으로 얻은 보물이지 않나요! 그걸 자신의 것이라고 과시하다니, 어떻게 되어 먹은 거죠!"

나는 여유만만하게 대꾸했다.

이 녀석이 이렇게 말할 건 뻔히 알고 있었다.

호르파트 왕국에서는 모험가가 얻은 재화나 보물의 소유권을 보장하는 법률이 있다.

그건 이 나라가 모험가들이 세운 나라이기 때문이다.

"부모님이 날 비난했다면 모를까, 너한테 듣고 싶지는 않네. 아, 이건 가져가도 좋아."

금으로 된 밀방망이가 든 가죽제 여행 가방을 건네고 나는 히죽히죽 웃었다.

내 뒤에는 대량의 보물이 쌓여 있는데도, 조라에게 건네는 건 그야말로 한 줌. 물론 저 방망이 하나만으로도 엄청난 돈이 되겠지만, 썩 기뻐할 수는 없을 거다.

뭐 이러려고 일부러 쌓아서 들고 온 거지만.

하지만 조라는 포기하지 않았다.

"그, 그런 억지로 통할 것 같나요! 어차피 그 돈의 관리는 바르카스에게 시킬 것이지요? 그렇다면 그건 발트파르트 가의 자산이에요. 제게도 권리가 있어요!"

나는 어깨를 으쓱여 줬다.

그리고 전부터 루크시온과 상담했던 내용을 입에 담았다.

"그건 내가 본가에 재산을 넣었을 이야기겠지? 나는 이미 성인이 되었고, 모험가로서 독립했어. 재산 관리도 스스로 할 수 있다는 걸 모르는 건가? 하지만 본가에도 공헌은 해야겠지. 그러니 이 재산은 영지에 투자하려고 생각해. 항구 정비 같은 거 좋다고 생각하지 않아?"

미간에 깊은 주름살을 만들며 나를 노려보는 조라를 보니 기분이 좋았다.

본가에 돈이나 보물을 직접 주면 분명 조라는 권리를 주장하며 그걸 가지고 가려 할 것이다. 하지만 내가 돈이나 보물을 영내 정비에 투자하면 가지고 갈 건 아무것도 없다.

섬에 마련한 길이나 항구를 잘라내서 가지고 갈 리도 없고.

조라는 불리하다는 걸 깨달았는지 물러나더니 엘프 애인을 데리고 저택에 있는 자신의 방으로 돌아갔다.

나는 그 뒷모습을 보고 낄낄 웃었다.

아버지가 내 등을 쳤다.

"바보 녀석. 도발이 지나쳤다. 그녀를 화나게 만들어서 어쩔 생각이냐."

"나를 변태 할멈에게 팔아넘기려 한 여자라고. 이거면 싸게 쳐준 거지. 그건 그렇고, 어때, 이 보물의 산. 굉장하지?"

부모님은 보물들을 살펴보며 감탄을 금치 못했다.

"이야, 솔직히 굉장하군. 그런데 이건 길드에 보고했냐?"

고개를 끄덕이며 설명했다.

모험가 길드는 정식 국가 조직으로, 길드라고 부르기만 할 뿐, 협회가 아니다.

옛날부터 그저 습관처럼 길드라 불러서 그렇게 됐다고 하는데, 참 이런 게임 속 허술한 설정이 난감하단 말이지.

"물론. 덕분에 일부는 나라에 빼앗겼지만 말이야."

나라에선 모험가가 가져온 재화의 2~30%를 세금처럼 가져간다.

다만, 남은 재보는 순수하게 내 것이다.

"부서진 보트도 새로 사 올게. 아니지, 아예 비행선을 살까?"

내가 터무니없는 씀씀이를 보이자 어머니가 조금 어이없어했다.

"장래를 위해 남겨 둔다든가 하는 생각은 안 하니? 이만큼 있으면 독립도 할 수 있을 텐데."

그 말을 들은 나는 두 사람을 향해 자세를 바로 했다.

"물론 있지. 그래서 할 이야기가 있는데."

나는 부모님에게 앞으로의 계획을 이야기했다.

★제03화「입학」

그 뒤로 나는 새로이 작은 부유섬 하나를 발견했다.

딱히 눈에 띄는 건 없고, 작은 산과 숲, 강이 있으며 약간 넓은 평지가 있는 섬이다.

나는 이 아무런 특징도 없는 부유섬에 독립해서 영지로 삼기로 했다.

섬 자체가 작아서 아무리 발전해도 준 남작 규모밖에 되지 않을 것 같다는 이유도 있었지만, 아무도 살지 않는 무인도였기에 내 것으로 삼았다.

장래라고 할지, 여생을 보내기에는 최고가 아닐까?

학원을 졸업하고 영주가 되어 개척하겠다는 이유를 들어 이 섬에 틀어박히는 거다.

본가를 보증인으로 삼아 영지를 살펴 달라고 하고, 나는 느긋하게 지내기만 하면 된다.

부유섬 하부에는 비행선 독을 숨기다시피 설치해 놓았다. 루크시온을 격납고다.

참고로 루크시온은 난잡하게 위장해두었던 장갑 모양을 참고하여 작업용 로봇들로 새로운 비행선을 건조하기 시작했다. 다시 말해 조라가 본 비행선은 진짜 루크시온의 모습이 아니었다.

"일부러 가짜를 만들 필요가 있나?"

내 근처에는 회색 메탈릭 몸체에 빨간 외눈을 지닌 구체가 날아다니고 있었다.

크기는 소프트볼 정도.

『무슨 일에든 대비는 필요합니다. 게다가 그 조라라는 여자가 뭔가 술수를 부릴 가능성도 있습니다.』

자폭하겠다던 녀석은 어디 갔는지, 내가 지구의 언어를 쓰자 흥미롭다는 이유로 나를 따르기 시작했다.

제법 단순한 녀석이다.

"그것보다 섬의 상태는?"

『부유섬에 열을 지닌 광석이 있었습니다. 그 광석 쪽으로 물길을 내면 온천을 만들 수 있겠지요. 원하면 관광지로 만들 수도 있겠군요.』

"관광지는 흥미 없지만, 온천은 좋군."

부모님은 내가 아무것도 없는 부유섬에 독립하겠다 하자 나를 어이가 없다는 듯이 보았다. 개척이라는 건 수수하지만 힘든 일이다. 부모님은 그걸 알고 있는 거냐고 몇 번이나 물었지만, 나는 독립하겠다며 물러서지 않았다. 마지막에는 부모님도 한 수 접고, 곤란한 일이 있다면 말하라고 해주었지만…… 솔직히 루크시온이 있으면 개척 따윈 문제도 아니다.

이 녀석은 실로 여러 방면에서 유능한 녀석이었다.

특히 게임의 편의주의적인 설정인 『보급 불필요』라는 항목이 현실에도 적용이 되어있어서 그런지, 루크시온은 어떤 자원이든 쉽사리 준비할 수 있다.

무에서 무언가를 창조하는 건 불가능하지만, 근처의 돌멩이를 황금으로 바꾸는 것도 가능한 녀석이다.

대체 그런 치트 성능으로 어쩌다 신인류에게 진 건지.

단지, 이야기를 들어본 바로는 루크시온이 처음 기동했을 때는 이미 기지의 기능이 대부분 멈춘 상황이었다고 한다. 대기 명령이 나와 있었기에 계속 격납고에 대기하면서 가끔 나타나는 신인류의 후예——모험가들을 사로잡아서는 정보를 모으고 있었던 모양이다.

모험가들의 언어를 알아들은 건 그 때문이다.

지금에 와서는 아무래도 좋은 일이지만.

루크시온은 유능하고, 나는 변태 할멈에게 팔리지 않고 순조롭게 독립을 향해 움직이고 있다. 결과가 전부다.

『저택 건설을 개시하고 항구 정비도 진행하고 있습니다. 1년만 지나면 지상도 쾌적해질 것입니다.』

손질이 되어있지 않은 영지는 지독한 법이다. 지면은 울퉁불퉁하고, 초목은 무성하니, 사람이 살기에 쾌적하다고는 말할 수 없으리라.

근데 그걸 단 1년 만에 몽땅 정비할 수 있다니, 루크시온의 성능 만만세다.

천 엔 과금한 것 치고는 굉장한 성능이다. 이럴 줄 알았으면 더 과금했을 텐데.

뭐, 루크시온이 손에 들어온 것만으로도 감지덕지할 일이겠지.

"부탁할게. 나는 이제 모험 따위 진절머리가 나. 너를 찾는 것만으로도 모브에게는 인생 몇 번분의 노력이었으니까 말이지. 앞으로는 유유자적하게 굴곡 없는 인생을 보내고 싶어."

『이만한 기능을 얻고도 굳이 틀어박히겠다는 생각을 하는 마스터에게는 경의를 나타내고 싶군요. 큰 뜻도 없고, 자기중심적. 반해 버릴 정도의 인간입니다.』

"비아냥이냐?"

『비꼬는 겁니다.』

나는 루크시온에게 딱밤을 때려 튕겨 냈다.

표면이 보기보다 부드러워 그다지 아프지 않았다. 둥실둥실 떠서 원래 위치로 돌아왔다.

『그것보다도 학원에 입학할 준비는 다 끝내신 겁니까?』

루크시온의 질문에 나는 어깨를 으쓱이며 대답했다.

"물론. 상인들이 입학 축하 선물로 이것저것 준비해 줬으니까. 정작 난 준비할 게 없었을 정도야. 지금까지 전례가 없을 정도로 우호적이라 아버지랑 어머니도 놀라고 있었어."

『영내의 경기가 좋기 때문이겠지요. 상인이 돈에 대해 솔직한 건 신인류도 마찬가지군요…….』

손에 들어온 재보를 자본으로 항구 정비──본가의 영내 정비에 돈을 뿌렸다.

본가의 빚 변제부터 시작해서, 정체되어 있던 영내 투자를 재개하자 섬에 활기가 생겨났다. 경기가 좋기에 상인들도 모여들었고, 선물을 내 본가에 보내기까지 이르렀다.

영내는 요 몇 개월 만에 제법 번성하게 됐다.

"그건 그렇고 학원 같은 게 의미가 있는 걸까?"

이번에는 내 질문에 루크시온이 대답했다.

『표면상으로 귀족의 자제를 교육함으로써 질을 높인다는 의미가 있습니다. 귀족 자제는 마스터처럼 틀어박혀서 영내에서 나오지 않는 사람이 많아, 일반 사회나 귀족 사회할 것 없이 상식이 부족한 사람도 있다 하니, 그들을 한곳에 모아 교육하고 싶은 것이겠지요. 견식이 좁은 귀족들에게 왕도의 위엄을 보여주고 반항심을 빼앗으려는 목적도 있을 겁니다. 지방 귀족들에게는 자제를 인질로 잡는 효과도 있습니다. 자제는 그만큼 새로운 지혜를 얻을 테니 각자의 이득이 있는 셈이지요. 의미가 없다고 하긴 어렵습니다.』

"……자세하군."

『학원의 존재 이유 중 제일은 같은 나라에 소속되어 있다는 의식을 심어주고 싶은 것이리라고 생각합니다. 여차할 때 하나로 뭉칠 수 있다는 건 중요하니까요. 마스터의 이야기로는 다른 대륙 국가도 있는 것 같고요.』

학원에서 의미를 찾아낸다고 하면, 그런 점일까?

나는 그간, 이 여성향 게임이 학원물이라서 학원이 있는 거겠지 생각했는데, 어쩐지 루크시온이 말을 들으니 그럴지도 모르겠구나 하는 생각이 들었다.

『학원에서는 결혼 상대도 찾는다고 들었습니다. 젊은 귀족 자제에겐 사교의 장이겠지요. 마스터는 조심해 주십시오. 자칫 잘못하다가는 창피를 당하게 될 겁니다.』

이 녀석은 나를 뭐라고 생각하고 있는 거지?

"나 같은 모브가 그렇게 눈에 띄겠냐. 배경 그림 같은 존재라고. 어차피 학원에서도 지금까지와 다를 바 없는 생활이 기다리고 있을 뿐이야."

『모브입니까. 하고 싶은 말은 알겠습니다만, 그 판단은――』

나는 루크시온의 이야기를 가로막았다.

"뭐, 무난한 상대를 찾을 거야. 그림의 떡인 귀족 영애가 아니라 기사 가문의 딸을 같은 애로. 그거면 돼."

그야말로 순풍만범인 인생이다.

지위가 높은 여자는 함부로 맞아들이는 게 아니라는 걸 조라만 보아도 알 수 있다.

내 인생은 앞으로도 분명 지금까지와 별다른 바 없는…… 그래도, 행복한 인생이 기다리고 있다고 생각하고 싶었다.

"……어?"

아버지의 집무실로 불려갔는데, 거기서 기다리고 있던 건 내 상상을 뛰어넘는 일이었다.

"아니, 어째서 놀라는 거냐? 미개척 던전을 발견해서 공략. 로스트 아이템 발견에 더해 새로운 부유섬을 발견한 건 엄청난 공적이라고?"

그곳에는 왕궁에서 내게 보낸 서장이 기다리고 있었다.

내가 지금까지 모험가로서 세운 공적으로, 임시 남작 지위를 내린다는 내용이었다.

장래에는 기사가 되는 것도 모자라, 자동으로 남작이 되는 것이다.

"어, 어째서!"

"방금 말했잖냐. 너는 학원을 졸업하면 새로운 남작이 된다고. 이걸로 남작가의 종자가 된다는 건 불가능해졌다."

내 본가는 남작가다. 남작가의 종자가 될 수 있는 건 기사 작위 가문이나 준 남작 둘 중 하나밖에 없고, 동격이 될 예정인 나는 종자가 될 수 없다는 것이 호르파트 왕국의 규칙이다.

"내 영지는 남작 규모가 아니라고!"

"나라고 이렇게 될 줄 알았겠냐!"

아버지도 약간 의외였나 보다.

기껏해야 독립을 인정하고 기사 작위를 주거나, 운이 좋으면 준 남작이 되는 정도로 생각하고 있던 듯했다.

"그럼 혹시, 학원은……."

"남작 이상의 후계자가 들어가는 반이 되겠지."

학원에 다니는 귀족의 태반은 기사 가문의 자제다. 기사 작위나 준 남작은 기사 가문으로, 남작 이상의 작위는 귀족으로 분류한다.

그리고 학원의 반 분류도 마찬가지. 장래 가문을 이을 귀족들을 대상으로 하는 클래스와 그 밖의 수많은 인원을 위한 클래스, 이렇게 두 종류가 있다.

기사 가문이 다니는 건 일반 클래스고, 귀족이 다니는 건 상급 클래스.

둘째 형이 다니고 있는 건 일반 클래스다.

보통 후계자가 아닌 차남이나 삼남은 가문을 이을 일이 없기에 일반 클래스로 진학한다. 신분이 높은 가문이라면 차남이나 삼남도 상급 클래스에 들어갈 때가 있지만, 시골 귀족들은 여유가 없기에 일반 클래스에 가는 게 거의 당연하게 되어있었다.

단 여자는 예외다. 남작 이상이라면 무조건 상급 클래스에 들어갈 수 있다.

……독립 예정이었던 나는 학원에는 일반 클래스로 들어갈 생각을 하던 참이었다.

하지만 사실상 남작 작위가 확정된 나는…… 이제 꼼짝없이 상급 클래스다.

"일반 클래스로 가고 싶은데."

"무리지. 남작은 귀족이라고? 귀족의 교육을 받아야 하니, 싫어도 상급 클래스다."

"그러면 아내는?!"

"……당연히 좋은 곳의 규수를 맞아야 하겠지."

나는 절망한 나머지 무릎부터 풀썩 무너져 내렸다.

"젠자아아앙!"

"바보 녀석아, 울지 마라! 귀족 영애들이 전부 다 조라 같은 건 아니야. 게다가 네 생각보다 좋은 여자가 학원에 있을 거다! ……아마도."

아마도라니, 자기도 확신이 없잖아!

"남작부터 백작가의 딸 따위 제일 큰 지뢰잖아! 나는 싫다고! 무슨 일이 있어도 사양이야!"

아버지가 당황했다.

"이놈아, 귀족의 딸을 지뢰라고 부르는 건 그만둬! 누가 들으면 큰일 난다! 아니, 그보다 네 누나와 여동생도 그 남작가의 딸이잖아! 그 녀석들이 그렇게 추하게 보이냐?"

"그러니까 싫다는 거잖아! 그 녀석들 진짜로 최악이라고! 그 녀석들을 보고 좋은 여자라고 생각한다면 지금 당장 병원에 가!"

"너, 누나랑 여동생한테 그런 말을…….."

가능하면 기사 가문의 딸이 더 좋았다.

"싫어어──! 나는 얌전하고 상냥한 여자가 좋다고! 남작가 이상의 딸이라니, 죽어도 싫어!"

아버지가 양손으로 얼굴을 덮고 있었다. 그래, 아무래도 짚이는 게 있겠지!

실제로 누나와 여동생은 시골 귀족인데도 나조차 '어어?!'라는 소릴 흘리게 했다.

심지어 여동생이 태연한 얼굴로 '남자는 주변머리지. 얼굴이 반반한 남자는 딴 데서 찾을 거야. 아니면 노예! 저기, 아빠~, 나도 엘프 애인——이 아니지, 전속 사용인. 노예를 갖고 싶어요.'라고 했을 때는 눈과 귀를 의심했다.

내 돈으로 누나(차녀)가 노예를 사서 자랑한 게 부러웠던 모양이다.

어머니는 그런 딸들을 보고 안절부절못하고 있었고, 나와 아버지, 그리고 본가에 돌아온 둘째 형 셋이서 차가운 눈으로 그 광경을 보고 있었다.

누나나 여동생 따위는 해악이다.

"여하튼 네가 진학할 반은 상급 클래스다."

미래의 행복을 빼앗긴 나는 그 자리에 무릎을 끌어안고 주저앉았다.

아버지는 어이없다는 얼굴로 나를 보면서 말했다.

"안 좋은 것만 있는 건 아니잖아. 너랑 같이 입학하는 왕태자 전하를 비롯한 명문 귀족의 후계자들과 연이 생기면 안정적인 장래를 꿈꿀 수 있다고."

"아니, 저쪽이 우리 같은 걸 신경 쓸 리 없잖아."

여성향 게임의 왕자님은 평범해 보이는 애를 좋아하고, 주변에 모이는 귀족 같은 건 싫어할 것이다. 나는 그런 편견의 눈으로 왕자님이나 그 밖의 공략 대상인 사내자식을 보고 있다.

"……그렇겠지만 너무 대놓고 말하지 마라. 네 덕분에 조금은 영지도 나아졌다고. 앞으로 2년만 지나면 우리도 좀 더 유복하게……."

나는 침울해져 버린 아버지에게 사죄하면서도, 앞으로의 일을 생각하자 마음이 무거워졌다.

◇

호르파트 왕국의 왕도는 대륙 중앙에 있다.

왕도에는 오래된 던전이 있어, 몬스터가 끊임없이 나타나는 대신 마석 등 자원을 끊임없이 산출해내고 있고, 그것들이 왕국의 자본이 되어 이 나라를 강국의 대열에 올려놓았다.

대륙이라 부르는 만큼 땅도 매우 크고, 바다로부터 해수를 퍼올리고 있는 장소도 한두 곳이 아니다. 온갖 곳에서 물을 끌어 올리고 있으니 땅도 풍요로웠다.

퍼 올린 바닷물은 대지 곳곳에 고루 흘려보내고 있다. 어떻게 해서 바닷물을 담수로 만드는지는 알 수 없지만, 어차피 또 적당한 설정이 되어있을 테니 신경 써봤자 별도리가 없다.

아무튼, 그곳은 자연과 조화를 이룬 아름다운 대륙이다.

그리고 그런 대륙에 있는 왕도 또한 상당한 규모를 자랑한다.

도시에 사는 인구만 세어도 100만 명은 되지 않을까?

하수나 전기 등, 인프라가 있는 근대적인 도시.

귀족이 다니는 학원도 여기 있다.

나는 작은 부유섬으로 만든 비행선 항구에 비행선을 댔다.

본가 이름으로 산 새로운 비행선이다. 크기는 50m 정도.

최신형 비행선답게 상부에 갑판이 있고, 그 밖의 부분은 장갑으로 덮여 있었다. 굳이 말하자면 잠수함 같이 생긴 녀석이다.

둘째 형이 여행 가방을 들고 하품을 하며 말했다.

"집에서 곧바로 올 수 있다니, 엄청 편하네. 번거롭게 정기편으로 갈아타지 않아도 되고."

이전에는 비행선을 갈아타며 집과 학원을 오가고 있었다.

참고로 둘째 형은 학원 3학년. 그리고 차녀인 【제나】는 학원 2학년이다. 갈색 머리에 도시 패션에 물든 누나는 본가에 돈이 들어왔다는 걸 알자마자 노예를 샀다.

새로 온 노예는 고양이 귀를 가진 수인이었는데 슬림한 근육질 몸에 우리가 입고 있는 옷보다도 훌륭한 정장을 착용하고 있었다.

"더 호화로운 비행선을 골랐어야지. 친구는 호화 여객선을 가지고 있는데, 나만 가난한 느낌이잖아."

네 비행선이 아니라고. 싫으면 타지 말든가.

둘째 형도 같은 생각을 했는지 시선을 돌렸다.

"어머니는 멀쩡한데, 왜 우리 집 여자들은 다 저렇지?"

111

둘째 형과 둘이서 여행 가방을 들고 도시부로 가는 정기편 승선장으로 향하자, 누나도 노예에게 짐을 맡기고 뒤를 따라왔다.

"잠깐, 너희들 내 이야기 듣고 있어? 리온, 너 아직 돈 많으니까 좀 내놓으라고. 누나는 교제비도 무시 못 할 정도란 말이야."

나는 누나라는 시끄러운 생물을 무시하고 둘째 형과 이야기를 했다.

"형, 나만 상급 클래스에 가는 게 불만이지 않아? 뭣하면 내 공적이 실은 형의 공적이었다고 말해도 되는데?"

"동생의 공적을 양보받을 정도로 몰락하진 않았다. 게다가 상급 클래스라니, 난 사양하겠어. 거긴 어차피 저런 여자뿐이라고."

둘이서 뒤를 돌아보니, 아직 투덜투덜 불평을 하는 누나의 모습이 있었다.

"……내 돈으로 비싼 노예나 사고. 망할 여자가."

내가 지긋지긋하다는 듯이 중얼거리자 누나의 노예가 날 노려보았다.

쫑긋쫑긋 움직이는 고양이 귀로 다 듣고 있었던 거겠지.

둘째 형이 내 어깨에 손을 올려놓았다.

"저건 상급 클래스에서 물든 거야. 네가 이해해 줘라."

상급 클래스는 옷이나 장신구, 노예 등이 스테이터스가 된다. 그래서 돈 있는 집 아가씨들이 잔뜩 몸치장하고 노예를 부리며 과시하고 다니는 거다.

반대로 남자가 쓸데없이 치장하거나, 여자 노예를 데리고 걸으면 백안시당하지만.

……뭐 이딴 똥 같은 세계가 다 있을까.

둘째 형은 조금 쑥스러운 듯이 내게 감사 인사를 건넸다.

"뭐, 네 덕분에 나도 아르바이트에 힘을 쏟지 않고 공부할 수 있었어. 배우자도 금방 찾을 수 있을 것 같고. 고맙다."

"그럼, 날 돕는다고 생각하고——."

"그렇다 해도 무리한 부탁은 들어줄 수 없지. 어이쿠, 이곳 승선장은 길을 헤매기 쉬우니까 잘 기억해 두라고."

둘째 형에게 안내를 받아 정기편 승선장으로 이동한 나는 우리처럼 학원으로 향하는 학생들의 모습을 볼 수 있었다.

비행선 항구를 이용하는 건 주로 기사 가문이나 남작가, 자작가뿐이다. 백작가 이상은 전용 항구가 따로 있다는 모양이다.

비행선 항구는 전생의 기억에 빗대면 사실 항구보다는 버스 터미널이나 역에 가까운 이미지다.

조금 기다리고 있자니 이내 정기편이 왔다.

그런데 우리 뒤에서 부루퉁해져 있던 누나가 자리에서 일어나려다 갑자기 뭔가 허둥대기 시작했다.

둘째 형도 이마에 손을 대고 있었다.

"왜 그래?"

둘째 형은 이쪽으로 다가오는 인파를 가리키며 말했다.

"공작가 측근들이야."

눈을 돌리자, 당당히 대기 줄 앞에 끼어드는 집단이 보였다. 여성들을 필두로 잘생긴 미남 노예들과 남자 측근들이 뒤를 이었다.

이를 본 누나는 노골적으로 불쾌한 표정을 짓고 있었다.

"올해는 명문 귀족들이 대거 입학한다는 모양이니까, 그들의 측근도 많이 있단 말이지."

명문 귀족의 후계자나 딸들에게는 측근이라 불리는 종자나 관계자 동급생들이 시중을 든다. 그들은 학원에서 후계자를 지키며 돕는 존재다.

장래에는 저 측근들이 신분이 높은 귀족을 떠받치는 존재가 된다. 학원에서는 학생을 평등하게 대우한다는 전제는 있지만, 그건 그거고…… 실제로는 바깥의 권력이 곧 힘이다.

측근들의 주인은 이 자리에 없지만, 드센 태도로 정기편에 새치기하여 들어갔다. 개중에는 다른 그룹끼리 서로 노려보는 집단도 있었다.

"과연…… 보스가 있어서 태도가 드센 졸개들인가."

내 말에 둘째 형과 누나가 당황했다.

"바, 바보가!"

"너 멍청이 아니야?! 응? 멍청이냐고?!"

두 사람은 내 말이 측근들에게 들린 것 아닌지 불안해하고 있었다. 그리고 그들이 우리에게 눈길을 향하지 않았기에 두 사람은 안도했다.

"귀가 좋은 아인들이 듣고 있을지도 모르잖나. 너는 조금 더 긴장감을 가져. 들리기라도 했다가는 성가셔진다고."

둘째 형에게 주의를 받아 사과했다.

"앞으로는 조심할게."

누나가 짜증을 냈다.

"진짜로 조심해. 나한테 민폐 끼치면 용서하지 않을 테니까 말이야."

……이 천박한 여자는 자기밖에 생각하지 않는 건가.

그리고 작은 버스 같은 비행선이 올 때까지, 우리는 항구에서 기다렸다.

◇

학원은 왕조 안에 있다.

인구밀도가 높은 곳인데도 엄청나게 넓은 토지를 확보하여, 교사(校舍)는 물론, 학생 기숙사까지 거대했다.

둘째 형은 보통 클래스 기숙사로 갔지만, 나는 상급 클래스가 사용하는 기숙사였다.

……마음이 무겁다.

학생 기숙사에 어울리지 않을 만큼 호화로운 건물로, 입구도 마치 호텔 로비 같았다.

접수대에도 사람이 있어서, 일하는 사람들도 호텔 종업원 같았다. 유니폼 차림에, 교육이 잘 되어있는 것인지 움직임이 빠릿빠릿했다.

"우와~, 게임에서 본 느낌 그대로인데."

호화로운 학생 기숙사를 보고 튀어나온 감상은 그게 다였다. 이게 기다리고 기다렸던 학원! 이라면 이야기도 다르겠지만, 내겐 감옥과 다를 바 없었다.

게임에서는 배경으로서 기숙사 내부가 나온 정도였고.

딱히 감동은 없었다.

접수대에 가자 내가 사용할 방을 알려 주었다.

"리온 포우 발트파르트 님이시군요. 방은 이쪽입니다."

직원이 기숙사 지도로 설명해 주며 열쇠를 건네줬다.

"기숙사 규칙은 반드시 확인해 주십시오. 그리고 문제가 일어났을 때는 담당자에게 말씀해 주십시오."

담담하게 설명하는 그 모습에서는 업무입니다, 라는 느낌이 배어 나오고 있었다.

그러자 뒤쪽에서 온 학생이 나를 밀어내다시피 하며 접수대에 대응을 요구했다.

"어이, 내 방으로 안내해라."

제법 거만하게 나온 학생의 주위에는 측근으로 보이는 남자도 함께 있었다. 부자 자작가 출신이라는 모양이었다.

그의 이름을 들은 직원이 고개를 깊숙이 숙였다.

"잘 와주셨습니다! 곧바로 안내하겠습니다. 그리고, 짐은 이쪽에서 옮기도록 하겠습니다."

나와는 명백히 대응이 달랐다.

이 학원은 여성향 게임 세계라서 그런지, 아니면 귀족 사회라서 그런지는 몰라도, 학생 사이에 카스트가 존재한다. 반에서의 인기를 비롯해 본가의 규모나 본인의 실력이 크게 영향을 미치는 것이다. 학원 측도 입으로는 평등을 주장하면서, 대우에는 명확한 차이가 존재하고 있었다.

"벌써 집에 돌아가고 싶군."

푸념을 내뱉으며 기숙사 복도를 나아가, 내가 3년간 사용할 방에 도착했다.

열쇠로 문을 열고 안으로 들어가 보니 1인실 방이 나왔다. 그렇게까지 넓지는 않았다.

청소된 방에는 먼저 보낸 짐이 도착해 있었다.

상자를 열어 방에 정리해 나가다가, 학원에서 사용하는 교과서나 노트 등이 책상 위에 놓여 있는 걸 알아차렸다.

"여기서 3년 동안 사는 건가……."

교과서를 팔락팔락 넘겼다. 마법 관련 교과서는 내용도 어렵고 무슨 말이 적혀 있는 건지 지금의 나로서는 이해할 수 없었다.

게임 세계주제에 이런 부분은 멀쩡하게 되어있다니. 좀 더 나한테 상냥한 세계였으면 했다.

『도착했다면 얼른 풀어주셨으면 좋겠군요.』

가지고 온 가방 속에서 목소리가 났다. 가방을 열어 꺼내 주자, 루크시온이 나와 방을 둘러봤다.

"아~, 미안. 깜박 잊고 있었어."

『······역시나 마스터입니다. 칭찬해 마땅한 기억력이군요.』

이 녀석의 비아냥을 들으면서 정리를 계속했다.

"그래서, 배 여행은 어땠어?"

『제가 온갖 면에서 훨씬 뛰어나군요. 특별한 감상은 없습니다. 마법 기술이 놀랍긴 했습니다만, 과학으로 재현 가능한 수준이었습니다. ······마법 기술에 관해서는 앞으로도 조사를 계속하겠습니다.』

즉 주목할 만한 부분은 있었다는 것이리라.

"솔직하지 못한 인공지능이군. 츤데레냐?"

"어라? 제게 여성의 역할을 원하고 계신 건지요? 유감이지만 제게는 성별의 개념이 없기에 마스터의 마음에는 응해 드릴 수 없군요."

이 자식 열 받네.

때려 줘야겠다 싶어 자세를 취하자, 그대로 내게서 거리를 벌렸기에 다시 정리 작업으로 돌아갔다.

그때, 노크 소리가 들려왔다.

학생 기숙사에서 신입생들을 모아 선배들이 데리고 간 곳은 학원 밖에 있는 세련된 술집이었다.

"아~, 올해도 같은 처지인 신입생을 맞이하게 되어 참으로 기쁘게 생각합니다."

인사하고 있는 건 어느 남작가의 후계자였다.

나와 마찬가지로 부유하지 않은 시골 출신 선배들이 같은 처지인 후배를 불러 환영회를 열어 준 것이다.

나는 근처에 있던 같은 신입생인【다니엘 포우 덜랜드】에게 말을 걸었다.

다니엘은 햇볕에 그을린 까무잡잡한 피부를 지닌 건강 체질 남자다. 단발에 키가 크고 근육질이라 호청년 이미지가 있었다.

"이봐, 어째서 이런 환영회를 하는 거냐?"

"진짜 모르냐? 같은 그룹끼리 모여 고민을 상담하면서 정보를 공유하는 거라고. 그 왜, 결혼이라든지."

같은 그룹끼리 뭉쳐 있으면 그런 건 편하겠지만, 좋은 조건의 여자가 나오면 쟁탈전이 벌어지지는 게 아닐까 하는 생각이 들었다.

고개를 갸웃하고 있자, 반대쪽에 앉아 있던 안경을 쓴 남자【레이먼드 포우 아킨】이 안경을 밀어 올리며 알려주었다.

이쪽은 다니엘과는 반대로 인텔리 느낌 안경에 성격이 조금 꼬여 있을 것 같다.

"여성 쟁탈전이 벌어져도 같은 그룹이라면 서로 알고 지내는 사이이니 무모한 짓은 하지 않겠지. 다툼이 일어나면 그룹 안에서 대화를 통해 매듭을 짓는 거야. 뭐, 그 쟁탈전 자체가 거의 없는 모양이지만 말이지."

그런 건가 하고 내가 고개를 끄덕이자, 때마침 상급생의 인사가 끝나고 연회가 시작되었다.

이번 환영회는 선배들이 자비로 준비했다는 모양이다.

그건 내년에는 우리가 사주는 쪽이 된다는 의미이기도 했다.

상급생 중 한 명이 이쪽으로 다가왔다.

"이야~, 올해는 대출세 한 화제의 모험가가 있으니까 기대하고 있었어. 아, 나는【루클】. 잘 부탁해. 기대의 신입생군."

루클 선배는 3학년인데 이미 결혼 상대를 찾아, 이제 본가로 돌아가기만 하면 되는 상태라는 모양이었다. 표정에 조금 여유가 보였다.

"기대의 신입생?"

내가 고개를 갸우뚱하자 레이먼드가 혀를 찼다.

"시치미 떼지 말아 줬으면 하는군. 입학 전에 모험가로서 성공했다는 남작가 삼남이 너잖아? 왕도는 말할 것도 없고, 내 본가에도 이야기가 들려왔다고."

그러자 다니엘이 놀라 내게 고개를 돌렸다.

"그 소문의 녀석이 너였냐!"

나는 얼굴을 숙였다.

"어쩔 수 없어. 돈을 벌지 않으면 변태 할멈과 맞선 코스였다고."

딱 그 한마디에 다들 사정을 이해한 것인지, 그 이상의 추궁은 없었다. 역시 같은 고민을 품고 있는 만큼 이야기하기 쉽다.

루클 선배는 웃으면서 학원에 관해 이야기해 주었다. 다니엘도 레이먼드도 신경 쓰이는 점을 묻고 있었지만, 공부가 아니라 온통 결혼에 관한 이야기였다.

남자는 스무 살에 결혼하지 않으면 불량품 취급을 받기에 재학 중에 어떻게든 결혼하고자 필사적일 수밖에 없다.

나도 이참에 신경 쓰인 점을 물어보기로 했다.

"참, 제 본가는 장남이 후계자인데…… 혹시 이 그룹에 있었습니까? 아, 이름은 루트아트라고 합니다."

루클 선배는 둘째 형과 같은 3학년이다. 참고로 장남은 작년에 이미 졸업했다.

어쩌면 알고 있을지도 모른다고 생각했는데——.

"루트아트 선배? 그 사람은 우리 그룹이 아니었어. 카스트 최하층은 필요 없다고 하면서 거절했거든."

루트아트…… 너도 그 최하층이잖냐.

루클 선배가 당시의 일을 이야기해 주었다.

"그는 자작가 이상의 부자 그룹에 섞여 있었어. 억지로 따라가고 있는 것처럼 보이기도 했지만, 그게 본인의 희망이라면 어쩔 수 없지. 사이 좋았어?"

내가 고개를 가로젓자, 루클 선배는 "그렇겠지"하고 말하며 맥주잔을 입으로 옮겼다. 그리고는 우릴 보며 다시 입을 열었다.

"입학식까지 며칠 남았으니까, 그동안에 왕도를 안내해 줄게. 너무 놀다가 신세를 망치지 않도록 해."

셋이서 고개를 끄덕이자 웃고 있던 루클 선배가 약간 진지한 표정을 지었다.

"그리고, 올해 신입생 중에는 특대생이 한 명 있다는 모양이야. 인재를 선발하기 위해 귀족 이외의 학생도 받겠다던가 뭐라던가 했었지."

그러자 레이먼드가 노골적으로 불쾌한 표정을 지었다.

다니엘도 썩 유쾌하지 않은 표정이었다.

사실 이게 평범한 귀족의 반응이다.

"특대생입니까? 보통 클래스겠지요?"

레이먼드의 질문에 루클 선배는 고개를 가로저었다.

"상급 클래스야. 왕태자 전하가 입학하는데 성가시게 됐지. 그 여자애, 평민으로 아무런 연줄도 없다고 들었는데…… 실제로는 어떤지 알 수 없으니까 말이야. 다들 신경 쓰고 있어. 뭔가 알게 되면 가르쳐주겠어?"

……그 평민 여자가 바로 이후 학원의 중심이 되는 주인공님이다.

나는 특대생이 평민이라는 걸 알고 있기에 놀라지도 않았지만, 두 사람에게는 충격적이었던 모양이다. 애초에 아무런 연줄도 없다는 사실에 놀라고 있었다.

두 사람은 대상인의 딸이거나, 무언가 연줄이 있는 여자라고 생각하고 있었던 것이리라.

일단 나도 놀라는 척을 해 뒀다.

미래에는 성녀였던가? 여하튼 엄청난 집안이라는 게 밝혀지면서 귀족들이 태도를 뒤집지만, 내가 떠들 이야기는 아니다.

말해 봤자 아무도 믿지 않을 테고, 애초에 나는 엮일 생각도 없다.

열심히 왕태자 전하들과 즐거운 청춘을 구가하라지.

그게 나를 위한 일이 되기도 하니까.

◇

입학식 당일.

대강당이라고 하는 걸까?

뭔가 커다란 극장 같은 장소에서 입학식이 시작되었다.

하품을 애써 참으며 얼굴을 내밀었는데, 이게 정말 다 귀족인가 싶을 만큼 엄청난 숫자의 학생이 모여 있었다. 그리고 사람이 많은 만큼 여자의 향수 냄새가 섞여 몹시 지독하기도 했다. 이 냄새에도 익숙해지지 않으면 안 되는 걸까?

회장 단상에서는 남색 머리카락을 짧게 정리한 왕태자 전하인 【율리우스 라파 호르파트】가 신입생을 대표하여 인사말을 읊고 있었다.

왕태자 전하. 왕위 계승권 제1위이지만, 게임에서는 달리 왕자가 등장하지 않기 때문에 단순히 왕자님이다.

딱 보기에도 미남. 키가 크고 몸은 탄탄해 보였으며, 피부 깨끗했고, 감색 눈동자는 아름답게 반짝이는 것처럼 보였다.

주위의 여학생들이 한숨을 내쉬는 것도 이해할 수 있었다.

——저건 차원이 다르다.

다만 근처에 앉아 있던 다니엘과 레이먼드는 왕태자 전하의 외모를 보고도 아무런 푸념을 늘어놓지 않았다.

그런데 뒤쪽에서——.

"드디어 왔네. 정말, 왕자님도 10년이나 기다리게 하고는."

나는 무심코 뒤돌아봤지만, 여자애들이 온통 왕태자 전하의 아름다움을 중얼거리며 주위 사람들과 이야기하는 중이라 누구의 목소리였는지는 알 수 없었다.

다만 딱히 큰 목소리도 아니었는데 그것만 묘하게 선명히 들렸다고 할까…… 나는 두리번거리다가 이윽고 한 여자를 발견하고 그대로 목이 굳어버렸다.

금발에 푸른 눈.

살랑거리는 긴 머리카락을 지닌 작은 몸집의 여자는 반짝반짝 빛나는 듯한 시선을 왕태자 전하에게 향하고 있다.

외모는 미인이라기보다도 귀여운 느낌의 여자였는데, 정작 내가 신경 쓰인 건 외모가 아니라 여자애의 시선이었다. 다른 여자애들이 막연한 동경이나 호의적인 시선을 보내고 있는 가운데, 그 여자애만 혼자 사냥감을 노리는 맹수의 눈을 하고 있었다.

키도 작고 몸도 가냘파 어린애가 아닌가 하는 생각마저 들건만, 이상하리만치 눈빛이 날카롭다. 나는 매우 강한 위화감이 들었다.

내가 그 여자애를 빤히 보고 있자 곧 다니엘의 시선이 나와 그 여자애 사이를 오갔다.

"뭐야, 벌써 상대를 찾은 거냐? 오, 귀여운 느낌이네. 저 애가 취향이야?"

놀리는 다니엘에게 나는 조용히 고개를 가로저었다.

"아니, 굳이 말하자면…… 싫어하는 타입인데."

시선을 왕태자 전하에게 되돌리고 바로 앉았지만, 묘한 감각에 기분이 진정되질 않았다.

"그, 그러냐. 저만하면 귀엽다고 생각하는데 말이지."

그 여자를 봤을 때 맨 처음으로 느낀 건 분노였다. 어째서 화가 난 것인지는 알 수 없지만, 어쨌든 화가 치밀었다.

증오는 아니다. 뭐라고 할까, 좀 더 복잡한…… 어쨌든, 이성으로서 볼 수는 없는 상대라고 생각했다.

★제4화「주인공과 악역 영애」

그리고 입학식으로부터 몇 주가 지났다.

그동안 이렇다 할 만한 이벤트 하나 없었고, 나도 슬슬 학원 생활에 익숙해지기 시작하고 있었다.

게임으로 치자면, 지금쯤은 주인공이 공략 대상인 남자들과 만남을 끝냈을 무렵이려나. 이렇게까지 플래그를 세울 수 있는 건가 싶을 정도로 만남을 연발한다. 이 만남이 끝나면 공략 대상의 호감도를 쌓는 단계로 넘어간다.

어쩌면 현실의 주인공님은 그 약빠른 성격으로 이미 누굴 공략할지 점지해 놓았을지도 모르겠다.

그리고 악역 영애—— 라이벌에게 '분수를 알도록 하세요' 같은 말을 듣겠지. 게임 자체는 몇 번이고 플레이했으니 줄거리는 대강 알고 있지만, 대화 파트는 스킵 기능으로 건너뛰었기에 세세한 대화 내용까지 기억하고 있진 않다.

뭐, 주인공들의 이야기는 내 알 바 아니지.

1학년들은 기숙사 생활에 적응하면서 친구 그룹이 슬슬 굳어지고 있었다.

내 경우에는 다니엘이나 레이먼드다.

두 사람의 처지가 나랑 비슷한 것도 있겠지만, 자란 환경이 거의 같아서 그런지 말이 참 잘 통했다.

학원 내부 안뜰에 있는 벤치.

사내자식 셋이서 앉아 상담하는 건, 5월 초에 예정된 다회(茶會)에 관해서였다.

"다회, 어쩌지? 역시 초대할 상대를 고르는 수밖에 없나?"

5월에 있는 연휴는 여자에게는 휴일이라도 남자에게는 다르다. 이때 여자애들에게 차를 마시자고 권해 거리를 좁혀놓아야 한다.

헌팅처럼 아무나 꼬시는 가벼운 모임이 아니라, 제대로 된 파트너를 고르기 위해 가문끼리의 격이 맞는 상대를 초대하는 일종의 행사다. 상대에게 실례가 없도록 제대로 된 다회를 열어야만 한다.

사실상 학원의 비공식 행사다. 학교에 신사가 되고자 여성을 대우하는 수업이 있는데, 그걸 피로하는 게 5월 연휴부터란 이야기다.

걱정스러운 듯한 다니엘의 물음에 레이먼드가 고개를 숙였다.

"본가에서 돈을 받고 있긴 하지만, 그런 사치스러운 다회를 열 정도는 아니야. 나는 불러서 와주기만 한다면 누구라도 좋아."

학원에 다니는 것도 돈이 든다. 수업료나 식비 등의 생활비가 따로 들지 않는데도 말이다. 이런 일까지 치면 남자는 더욱 그렇다.

나 역시 저축해 놓은 게 있다고는 해도 물 쓰듯 낭비할 수 있는 것도 아니고, 쓰고 싶지도 않다.

어째서 여자의 기분을 맞춰 주기 위해 거금을 써야 한단 말인가.

다만, 이 다회는 함정이 숨어 있다. 어떻게든 다회를 열지 않으면 여자들의 네트워크에서 도망친 녀석이라는 소문이 나돌기 때문이다. 누구는 다회도 열지 못한다더라 하는 소문이 나돌았다간 혼삿길에 엄청난 마이너스가 된다.

결국은 설령 상대가 흥미를 느끼지 않더라도, 한 번은 다회를 열어야 한다.

우리, 남자가 정보를 공유하는 것처럼, 여자도 여자대로 정보를 공유한다. 여자를 적으로 돌리면 단숨에 안 좋은 소문이 퍼질 거다.

결국, 남자는 또 어쩔 수 없는 거다. 애초에 이 세계는 결혼 주도권이 여자 쪽에 있으니 어떻게 해도 그럴 수밖에 없지만.

그리고 나는 좀 더 복잡한 상황이다.

이미 학교에 본가에서 독립해 모험가로 성공하여 재산이 그럭저럭 많다는 소문이 쫙 퍼져 있는 탓이다.

"나는 격식 높은 다회라고 해야 하나? 그걸 열어야만 하는 상황이라고. 솔직히 마음이 무겁다."

5월 다회를 앞두고 셋이서 침울해하고 있자, 승리자인 율리우스 전하가 측근이나 여자를 데리고 걷고 있는 게 보였다.

옆에 있는 건 왕태자 전하의 벗이자 친위대에 소속된 자작가의 후계자, 【질크 피아 마모리아】. 왕태자와 같은 유모 밑에서 자란 사이란다.

진짜 자기 머리인가 싶은 기나긴 녹색 머리카락과 녹색 눈동자,

부드러운 인상을 주는 처진 눈매를 갖고 있다. 날카로운 눈매인 전하와는 대조적이었다.

여자들의 눈이 하트로 변할 것 같은 얼굴로 말을 걸고 있는데, 그의 주변을 백작가나 변경백 출신의 남자들이 뽐내듯이 둘러싸고 있었다.

"전하께서는 5월 다회를 여시나요?"

"저, 저도!"

전하의 다회에 초대받고 싶다며 꼬리를 흔드는 강아지 같은 여자들을 보고, 우리는 현실을 직시했다.

레이먼드가 양손으로 얼굴을 덮고 있었다.

"……올해는 전하나 명문 귀족들이 있으니까 더 어렵겠군."

다니엘도 어깨를 축 늘어뜨렸다.

"비교되지. 좀 봐달라고."

전하 일행의 부러운 광경을 바라보고 있었더니, 거기에 한 여자가 다가왔다. 그 여자도 주위에는 수많은 측근을 거느리고 있었다. 한눈에 대단한 신분인 걸 알 수 있었다.

공작가 영애인【안젤리카 라파 레드글레이브】다. 반짝이는 듯한 금발을 위로 묶어 정리해놓았으며 하얗고 깨끗한 피부와 강렬한 붉은 눈동자를 갖고 있다.

강한 인상이 느껴지는 예리한 눈동자만 봐도 다른 사람들과 다른 무언가를 가지고 있다는 걸 금방 알 수 있었다.

태어나면서부터 무언가를 가지고 있는 사람이 있다면, 그녀나 전하가 그렇겠지.

그리고 틀림없이 주인공도 대단한 무언가를 가지고 있을 거다. 평범한 사람과는 다르다는 걸 한눈에 알만한 무언가를.

그렇지 않다면 왕태자 전하를 비롯한 공략 대상 남자들이 주인공을 좋아하게 될 리가 없다.

흔해 빠진 표현일지도 모르지만, 그녀도—— 아직 보지 못한 주인공도 분명 남들과 다른 오라가 있을 거다.

"왕태자 전하의 약혼자님인가."

그녀가 다가가자 전하와 질크를 둘러싸고 있던 여자들이 알아서 거리를 벌렸다. 약혼자 앞에서 전하를 꾀는 바보는 없는 모양이었다.

그럴 거면 처음부터 말을 걸질 말던가.

안젤리카 양의 시선이 조금 예리해졌다.

"왕태자 전하, 5월 다회에 관해 드릴 말씀이 있습니다. 함께해도 괜찮을지요?"

학원 안에서는 바깥의 지위나 부모의 권력을 등에 업어서는 안 된다고는 하지만, 세상에는 떼려야 뗄 수 없는 것이 있다.

율리우스 전하는 작게 한숨을 내쉬었다.

"안젤리카, 주위를 위압하지 마라. 여긴 학원이라고."

"네, 잘 알고 있습니다. 다만…… 왕태자 전하의 주위가 조금 시끄러웠던지라."

학원 안이라고 할지라도 공작 영애에게 거스르는 바보는 없었다.

여자들이 거북한 듯이 안젤리카 양에게서 시선을 피하고 있었다.

"이 사람이 주인공의 라이벌인가. 엄청난 강적이구만."

내가 혼잣말을 중얼거리며 시선을 돌리자, 왕태자 집단에서 떨어진 곳에 서 있는 여자애 하나가 눈에 들어왔다.

그 녀석을 본 나는 무심코 미간을 찌푸렸다.

안젤리카 양이 미녀라면, 그녀는 작고 귀여운 느낌이었다.

금발벽안의 아가씨, 자작가의 딸.

이름은 【마리에 포우 라판】.

내가 도무지 좋아할 수 없을 것 같다고 생각한 그 여자였다.

저 여자를 보고 있으면 속이 부글부글 끓는다. 증오라기보단 뭔가 복잡한…… 말로는 표현하기 어려운 감정이었다.

그녀가 계속 왕태자를 보고 있자 이를 눈치챈 질크가 전하에게 귀띔했다.

"전하."

"응? 아아, 마리에인가. 마침 잘됐군. 너를 찾고 있었다. 이쪽으로 와주지 않겠어?"

무려, 전하가 마리에를 보고 미소를 지었다.

안젤리카 양의 눈썹이 움찔, 하고 움직였다.

측근 중 한 명이 안젤리카에게 귀엣말하자 더더욱 눈살을 찌푸렸다.

돌아가는 상황을 보아하니, 아무래도 다른 여자들과 달리 마리에는 왕태자가 직접 부른 모양이었다. 안젤리카를 비롯해 전하를 둘러싼 여자들 사이에 엄청난 긴장감이 흐르기 시작했다.

다니엘은 보는 것만으로도 압박감을 느꼈는지 당장이라도 여길 벗어나고 싶은듯한 눈치였다.

"나, 그만 돌아가면 안 될까?"

안타깝지만 이제 왕태자 일행과 너무 가까워졌다. 지금 도망치면 도리어 눈에 띌 거다.

레이먼드가 먼저 고개를 가로저었다.

"늦었어. 끝날 때까지 움직이지 않는 게 좋아. 그건 그렇고, 그녀가 소문의 여자였던 건가."

소문?

"무슨 소문인데, 레이먼드?"

소문의 내용이 신경 쓰여 물어봤더니, 그녀는 이미 생각보다 유명해져 있었다.

"모르는 건가? 유명한 이야기야. 그녀——마리에 양이 율리우스 전하의 뺨을 때렸어."

그 이야기를 듣자 다니엘이 크게 놀랐다.

"……거짓말이지? 내가 들은 건 확실히 명문 귀족과 같이 식사했을 때 스테이크를 주문해서 호쾌하게 먹었다든가 하는 소문이었는데?"

이번에는 반대로 레이먼드가 놀랐다.

"뭐? 그래? 나는 처음 듣는 이야기다만. 하지만 뺨을 때린 건 사실이고, 율리우스 전하는 그걸 웃으며 용서했다는 모양이야."

그러면 율리우스 전하는 도량이 깊다는 이야기가 나올 순 있어도, 마리에는 좋은 소문이 돌 것 같진 않은데? 그리고 스테이크를 남자처럼 호쾌하게 먹었…… 응?

"뺨을 때리고…… 스테이크?"

어디선가 들은 것 같은 이야기인데? 기억이 나지 않는다.

그러자, 마리에가 귀여운 목소리로 율리우스 전하에게 이야기를 걸었다.

"부르셨나요, 전하?"

"실은 5월에 다회를 열 예정이다. 너무 거창하게 개최하고 싶지는 않으니까 지인만 부를 생각인데, 거기에 너도 부르고 싶군."

그 말에 안젤리카 양이 반론했다.

"왕태자 전하, 다회에도 격이 있습니다. 화려하게 개최하시라고는 말씀드리지 않겠습니다만, 상응하는 규모를——."

하지만 율리우스 전하는 멈추지 않았다.

그리고 나는 이 광경을 기억해 냈다.

——이거, 강제 이벤트 아닌가? 하고.

하지만 이 자리에 주인공이 있는 것 같지는 않았다. 마음에 걸려서 찾아보기 위해 얼굴을 움직이고 있자, 신경이 쓰였는지 레이먼드가 작은 소리로 말했다.

"뭐 하는 거야?"

"아니, 찾는 사람이 있어서…… 혹시 특대생이 여기에 있어?"

레이먼드가 마찬가지로 주위를 봤지만, 고개를 가로저었다.

"없는데. 애초에 특대생은 이 자리에 섞일 사람이 아니지. 자자, 입 다물고 가만히 있자고. 지금은 폭풍이 지나가는 걸 기다릴 때야."

도망칠 수 없는 우리.

안뜰에 들어가려다가 심상치 않은 분위기에 180도 몸을 돌려 도망치는 학생들의 모습이 드문드문 보였다. 도망칠 수 있어서 부러울 따름이다.

안젤리카 양과 말다툼을 하는 전하는 조금 성가셔하는 것처럼 보였다.

"적당히 해라, 안젤리카. 여기는 학원이야. 나는 일개 학생으로 여기에 있는 거다. 너는 내 약혼자이지만, 그렇게까지 간섭받을 이유는 없어."

그 말에 안젤리카 양이 물러났다.

"······실례했습니다."

그렇게 말하고 이 자리에서 멀어져 가는 안젤리카 양은 마지막에 마리에를 찌릿 노려보고 나서 떠나갔다.

주위의 측근들도 마리에한테 날카로운 시선을 보내고 있었다.

"미안하다, 마리에. 불쾌한 기분이 들게 했군."

"아, 아뇨, 괜찮아요. 하지만 정말로 제가 가도 괜찮은 건가요?"

질크가 어깨를 으쓱이고는 미소 짓고 있었다.

"전하께서는 딱딱한 걸 싫어하시니까 말이지요. 좀 더 가벼운 분위기의 다회를 희망하고 계십니다. 부디 마리에 양께서 참석해 주셨으면 하는군요. 게다가 전하께서 이렇게까지 열심히 여성을

권하는 건 처음이기도 하고요.”

질크가 쿡쿡 웃자, 전하는 쑥스러운 듯이 시선을 돌리고 있었다.

“어, 어쨌든 참가해 주었으면 한다. 자, 질크도 그만 가지.”

전하나 질크가 이동하기 시작하자, 그 측근들도 그들을 따라 움직이기 시작했다. 단지 그들도 마리에에게 복잡한 시선을 던지고 있었다.

다니엘과 레이먼드는 겨우 끝났다고 안도하고 있지만, 나는 마리에의 옆모습을 살피고 있었다.

내가 보고 있는 걸 눈치채지 못한 마리에는 한순간. 정말로 딱 한순간——희미하게 웃고 있었다.

나는 금방 시선을 돌리고 두 사람과 함께 그 자리를 떠났다.

◇

다회를 위한 매너 교실이라는 게 있다.

가르쳐 주는 선생님은 수염을 깔끔하게 정돈한 신사 느낌의 남성 교사였다. 마른 몸에 정장을 맵시 있게 차려입고 등을 곧게 펴고 서 있었다.

실제로 교실에는 테이블 위에, 과자나 차가 준비되어 있다.

도구를 사용하여 가르쳐주는 모양이다.

“알겠습니까? 여성을 다회에 권할 때는, 여성이 모든 것을 살펴보고 있다고 생각하십시오. 행동거지에서부터 어떠한 교육을 받아 왔는지, 그리고 어떠한 인물인지 상대가 꿰뚫어 보니까 말이지요. 반대로 말하자면 여기서 여성을 잘 대접할수록 높은 평가를 받게 됩니다."

남자들이 나란히 앉아 매너 교실에서 공부 중.

아버지도 그런 수염이 덥수룩한 얼굴로 다회 매너를 배웠다는 것 같지만, 졸업과 동시에 잊었다고 했다. 확실히 평소의 생활 태도를 알아볼 수 있을지도 모르지만, 과연 상대가 그런 부분까지 봐 줄까? 상대는 아인종 노예 사용인——애인을 거느리고 돌아다니며 과시하는 여자들이다. 오히려 그쪽이나 평소 행동거지를 신경 쓰라고 하고 싶다.

"헤이, 미스터 리온! 좀 더 긴장감을 가지고 수업을 듣도록 하세요."

"예, 옙!"

주의를 받아 대답하자, 주변에서는 쿡쿡 웃는 소리가 들려왔다. 웃고 있는 건 부잣집이나 궁정 귀족의 후계자들이었다.

"시골뜨기는 이래서 안 돼."

"공로가 좀 있다고 해서 잘났다는 듯이 말이야."

"야만인은 모험가에는 어울리지만, 이 자리에는 걸맞지 않군."

남성 교사가 등을 쭉 펴고 수업을 계속했다.

"우선 다회에서 중요한 건 전체적인 분위기입니다. 부랴부랴 도구를 갖추고 빈방을 확보하는 건 논외입니다! 도구 하나하나에 이르기까지 신경을 쓰고, 여성을 특별한 공간에 초대하는 겁니다.

그저 장소를 준비하고 다회를 여는 건 삼류 이하라는 걸 기억해 두도록 하세요."

이런 아무래도 상관없는 수업에 뭔가 의미라도 있는 것일까? 졸업하면 어차피 아무래도 좋은 이야기가 아닐까?

그런 생각을 하고 있자, 교사는 그걸 꿰뚫어 봤는지 다시 내 이름을 불렀다.

"미스터 리온…… 전혀 이해하고 있지 않은 것 같군요. 그러면, 몸소 하나 실천해 보여 드리지요."

나는 그 말을 듣고 앞으로 불려 나가, 손님으로서 대접받게 되었다.

어차피 별 대단한 것 따위 없다.

차 같은 것에 흥미가 없는 나는 비싼 찻잎 따위 무슨 의미가 있냐고 생각하고 있었다. 싼 것이라도 딱히 상관없다.

기껏해야 표면상으로는 감탄하면서 속으로 비웃어 주겠다고 생각하며 대답했다.

"와~, 기대됩니다."

남성 교사는 기합을 넣은 것인지 옷깃을 바르게 고치고 있다.

"예, 모쪼록 즐겨 주시기를."

미소를 짓는 남성 교사.

어디 힘껏 분발해서 비싼 차나 다과를 자랑해 보라지. 나는 그걸 속으로 비웃고, 겉으로는 감탄한 것처럼 내보일 테니까.

나는 속으로 웃으며 그렇게 생각했다──.

◇

——수업 종료 후.

교실을 나가는 남성 교사를 서둘러 쫓아가 말을 걸었다.

"선생님! 저, 감동했습니다!"

등을 편 남성 교사는 멋들어지게 뒤돌아보고는 자신의 자랑인 수염을 훑고 있었다.

어쩌면 이럴 수가.

뒤돌아보는 모습까지 신사!

"미스터 리온, 이해해 준 모양이군요."

나는 조금 전까지의 자신을 부끄러이 여겼다.

"네! 저는 차라는 것을 얕보고 있었습니다. 아니, 바보 취급하고 있었습니다. 그것이 무척이나 창피합니다. 지금은 몹시 반성하고 있습니다. 저, 선생님처럼 완벽한 다회를 열고 싶습니다!"

남성 교사는 미소를 지으며 고개를 끄덕였다.

"매우 좋습니다. 하지만 조금 오해가 있군요."

"예?"

남성 교사는 몸까지 완전히 돌려 내 쪽을 보고는, 오른손을 가슴에 가져다 댔다.

움직임 하나하나까지 너무나 신사다워서 넋을 잃을 것만 같다.

"중요한 건 대접하는 마음입니다. 그리고 저는 아직 미숙한 몸이지요. 저는 아직껏 만족스러운 대접을 한 적이 없습니다."

"그, 그런! 선생님이라도 완벽하지 않다는 말씀입니까?"

남성 교사가 고개를 끄덕였다.

"예, 그렇습니다. 저도 그 자리, 그 순간에 할 수 있는 최고의 대접을 목표로 삼고 있지만, 그 경지는 아직 도달하지 못했습니다. 하지만 기초는 가르칠 수 있지요. 미스터 리온, 함께 차의 길을 나아가지 않겠습니까."

"네! 선생님——아니, 스승님!"

나와 남성 교사——스승님이 웃는 얼굴로 이야기하고 있자, 뒤에서 다니엘과 레이먼드의 목소리가 들려왔다.

"……리온 녀석, 머리라도 부딪힌 건가?"

"글쎄? 뭐, 헛고생은 되지 않을 테니 괜찮지 않을까?"

5월의 다회.

나는 초대장을 보낸 상대로부터 답장이 왔기에 그 사람을 부르기 위해 방을 빌려 준비하고 있었다.

학원에는 다회 전용 방이 여럿 준비되어 있어 학생들은 보통 그걸 다회를 진행한다.

사실은 어딘가 본격적인 장소를 빌리고 싶지만, 이미 예약이 가득했기에 빌릴 수가 없었다.

다기 세트나 찻잎에 다과.

그것들을 스승님과 상담하여 갖추고, 방 청소부터 배치 등을 바꾸어 공들여 준비했고, 나머지는 초대한 여자가 오는 것뿐이었다.

방 중앙에는 루크시온이 떠서 내부 인테리어를 확인하고 있다.

『제법 공을 들이셨군요. 얼마 전까지만 해도 업자를 불러들여 재빠르게 끝내려 했던 사람의 작품이라는 게 믿기지 않습니다.』

"시끄러워. 너도 뭔가 알아차린 게 있다면 말해 봐."

최종 확인을 마친 나는 회중시계를 꺼내 시간을 확인했다.

10분만 있으면 초대한 여자가 찾아올 터다.

초대한 여자는 남작가의 차녀.

『저는 이해할 수 없는 세계군요. 유전자 정보로 파트너를 고르는 게 가장 효율적이지 않습니까?』

"그 유전자를 확인할 수 있는 사람이 없으니까 불가능하군."

『그러면 더는 할 말이 없군요.』

루크시온과 이야기를 끝내자 여자가 찾아왔다.

"안녕~."

"잘 와주셨…… 응?"

생각과 달리 무척 가벼운 인사였지만, 내가 놀란 건 그게 아니라 헤실헤실 웃고 있는 내 손님 뒤에 초대하지 않은 여자가 두 명이나 있다는 점이었다.

"아, 얘들은 친구야. 어차피 하는 거, 같이 시간 보내려고. 필드변경백의 큰 다회에 초대받았는데, 출발할 때까지 아직 시간이 남아서."

명문 귀족의 후계자가 개최하는 다회는 이미 파티 규모였다. 회장에는 마차를 준비하여 출발하는데 그때까지 기다리고 싶은 모양이었다.

"그, 그러셨군요. 그래서, 출발은 몇 시인지?"

"30분 정도? 한가하네~ 라는 이야기를 하고 있었는데 마침 다회에 참가하겠다고 대답을 줬던 걸 떠올려서 말이야."

의자를 내주지도 않았는데 다른 두 명은 멋대로 의자를 가져와 자리에 앉더니 다과를 먹기 시작했다.

"차, 차도 잘 부탁드립니다."

셋이서 테이블을 둘러싸 앉는 바람에 내가 앉을 자리가 없어졌다. 셋이서 이제부터 가게 될 다회 이야기로 들떠 있어서, 나는 마치 세 사람의 사용인처럼 부지런히 새로운 차나 다과를 추가해 주고 있었다.

시간이 되자, 지저분하게 차와 다과를 먹어치운 세 사람은 고맙다는 말도 없이 방에서 나갔다.

"그럼 수고~. 다과 맛있었는데, 좀 더 비싼 걸 사지 않으면 점수 따기는 어려울걸? 다음부터는 조심하도록 해."

초대한 여자는 충고인 건지, 마지막에 좋은 말을 해 줬다는 느낌으로 떠나갔다. 세 사람이 꺅꺅 떠드는 목소리가 멀어지는 게 들려왔다.

나는 어깨를 풀썩 떨궜다.

"꽤 잘나가는 가게에서 오늘 만든 다과라고. 이것도 상당한 가격이었는데, 이것보다 비싼 과자라니……?"

어지럽게 먹어 지저분해진 테이블을 보고 나는 천장을 올려다봤다.

"……스승님, 차의 길은 아직 길고 험한 것 같습니다."

분한 마음에 눈물이 나올 것만 같았지만 얌전히 테이블을 정리하기 시작했다. 그러자 바깥에서 여학생 몇 명이 말다툼하는 소리가 들려왔다.

"……너는 안 어울린다고!"

"하, 하지만, 초대장이──."

"눈치를 발휘하란 말이야, 평민!"

발소리가 저벅저벅 들려온다.

여학생 몇 명이 "빨리 가자, 마차가 출발하겠어"라고 말하며 떠나갔다. 나는 평민이라는 말에, 어쩌면 주인공이 있는 건가 기대하며 방에서 얼굴을 내밀어 살펴봤다.

분명 라이벌인 안젤리카 양보다도 오라가 있는 미인이겠지──하고 그 정도까지로 기대하고 있었는데, 복도에 주저앉아 있는 여자는 내 기대를 배신하고 있었다.

밝은 갈색 머리는 중간 정도 길이의 단발, 패기라고 할까 오라같은 건 없는 평범한 여자의 모습이 그곳에 있었다.

눈동자는 조금 녹색기가 감도는 푸른색으로 상냥해 보이는 생김새를 하고는 있지만, 안젤리카 양과 비교하면 정반대. 수수한 여자였다.

미인이기는 하지만…… 그래도 평범했다.

"갈고닦으면 빛날 타입인가? 상상했던 것보다도 수수하네."

복도에는 찢어진 채 버려진 초대장이 있었다.

조금 전에는 입을 다물고 철저히 장식물 역할에 전념했던 루크 시온이 내 어깨에 올라타 상황을 보고 있었다.

『이것이 집단 괴롭힘입니까? 특대생이라도 귀족이 아니니 이 학원에 있는걸 용납하지 못하는 학생이 많은 모양이군요.』

"뭐, 그런 느낌이지. 하지만 뭔가…… 너무 평범한데."

슬픈 듯이 찢어진 초대장을 주워 모으는 그녀를 보고 나는 방 안으로 시선을 향했다.

"아직, 한 명 정도는 초대할 수 있나."

남아있는 과자나 찻잎으로 보건대 한 명 정도는 대접할 수 있 겠다 싶어 나는 말을 걸기로 했다. 쓸쓸해 보이는 뒷모습에 도무 지 내버려 둘 수 없었다.

"이봐, 거기 아가씨! 차 한잔하고 가지 않을래!"

가벼운 느낌——마치 헌팅하듯 말을 걸어 봤다.

고개를 든 여자——주인공은 나를 보고 조금 놀란 표정을 짓고 있었다.

◇

조금 전과는 달리 진짜 다회 같은 분위기 속.

"흐음~ 변경백의 후계자에게서 초대장을 받았다고?"

"네. 특대생과 이야기를 해보는 것도 나쁘지 않다고 하셔서 초대를 받았어요. 하지만, 다들 저는 어울리지 않는다고 해서……."

차 향기를 즐기며 나는 과자 하나를 입에 넣었다.

그녀도 처음에는 사양하고 있었지만, 이내 쭈뼛쭈뼛 입에 넣었다.

슬퍼 보이는 얼굴에도 어느새 미소가 돌아와 있었다.

과자도 조금 전의 여자들보다는 이 아이가 먹어 주는 게 더 행복할 거다. 차나 과자를 준비한 나도 기분이 좋다.

그녀는 차를 보며 조금 당혹스러워하고 있었다.

"이, 이거, 비싼 거 아닌가요? 제가 마셔도 괜찮나요?"

사양하는 게 많군. 정말이지 속이 깊어. 누구냐, 주인공더러 약빠르다던가 지껄인 바보 자식은? 엄청나게 착한 아이잖아.

"어차피 혼자서 다 마실 수도 없는 양이니까, 사양하지 않아도 돼. 그건 그렇고 너도 참 힘들겠네."

딱히 이 줄거리에 깊이 관여할 생각은 없지만, 문득 그녀가 누구와 연관되어 있는지 알고 싶어졌다. 주인공이 앞으로 어떠한 행동에 나설 것인지 알고 있어도 나쁠 건 없겠지.

……게다가 신경 쓰이는 것도 있고.

"초대받은 게 기뻐서 기대하고 있었는데, 역시 저는 안 되는 모양이에요……."

슬픈 듯이 웃는 그녀.

변경백──다회의 주최자는 【브래드 포우 필드】일 것이다.

긴 보라색 머리카락이 특징적인 나르시시스트로, 넓은 토지를 가진 부자 영주다. 이른바 명문 귀족이라는 녀석이다.

내 본가 따위랑은 비교도 안 되겠지.

참고로 브래드는 참모 타입이다, 앞에 나서기보다는 지략으로 뒤에서 지휘하는 식이라고 생각하면 된다.

게임을 할 때는 그냥 마법이 좀 잘난 나르시시스트 놈이라는 이미지였다.

다만 무예는 영 형편없는지라 그걸 콤플렉스로 갖고 있다. 영주 귀족이 무예 솜씨를 뽐내는 경향이 강하다는 걸 생각하면 그럴 만도 하지만. 그들은 마법보다도 무예──기사의 갑옷이 얼마나 잘 어울리는지를 뽐낸다.

그리고 그건 영주 귀족 출신인 브래드도 마찬가지로, 무예나 체력 이야기로 자극하면 버럭 화를 낸다.

한마디로 말하자면 성가신 녀석이다.

아니, 지금 생각해 보면 공략 대상 모두가 성가신 녀석들이다.

표정이 흐려진 주인공──【올리비아】는 고개를 숙여 버렸다.

"저, 사실은 이곳에 오지 않는 편이 좋았던 걸까요? 열심히 노력하고 있지만, 주위를 따라가는 게 겨우라…… 어떻게 입학 허가가 나온 건지도 모르겠어요."

그러고 보니 초반에는 스테이터스가 낮아서 고생하는 이야기가 있었지.

율리우스 전하를 필두로 사내자식들이 도와주지만, 지금의 올리비아 양은 혼자.

……이 시기에 혼자인 건 조금 이상하다는 느낌이 들었다. 내버려 둬도 율리우스 전하가 말을 걸기에 혼자가 될 일은 없을 터였다.

그게 아니면 게임과 현실은 다른 건가?

나는 선택과목 수업도 달라서 지금까지 관련될 일이 없었기에 몰랐다. 알아서 잘해나가고 있을 줄 알았다.

율리우스 전하가 아니더라도, 다른 누군가와 친하다면 문제없었을 텐데.

이야기를 듣자니 한 달 가까이나 혼자라는 것 같다.

나보다도 비참한 상황이었다.

학원 생활에 결혼 상대는커녕 친구도 없다든가, 너무 외롭잖아.

뭐, 같은 상급 클래스 남자가 보면 그녀는 결혼 상대가 될 수 없다. 신분이 너무 낮으니까. 결혼 상대를 필사적으로 찾는 남자들은 그녀와 놀고 있을 시간이 없다.

바꿔 말하자면 따로 약혼자가 있던 공략 대상 캐릭터들이 주인공에게 관심을 보였던 건 여유가 있었기 때문이라는 의미가 되겠지만.

그놈들이 부러울 따름이군.

한편 여자들이 보기에는 평민이 같은 학교에 있는 것부터 용납할 수 없었을 거다. 외통수에 내몰린 상황이었다.

하지만 그건 좀 이상했다.

5월까지 이미 공략 대상 캐릭터들과 만남 이벤트를 다 끝냈어야 했는데 전혀 진척이 없다. 심지어 강제 이벤트 같은 것도 있었는데도.

나는 문득 마리에를 떠올렸다.

웃고 있던 마리에의 옆모습이 영 꺼림칙했다.

"저, 저기."

내가 말없이 생각에 잠겨 있었기 때문에 불안해진 것인지, 올리비아 양이 당황하고 있었다. 뭔가 실수라도 저지른 것인가 하고 자신을 책망하고 있다.

제멋대로인 다른 여자들이 본받아 주었으면 할 정도의 여신님이었다.

누구야, 주인공이 약빠르다던가 지껄인 개자식은? 내가 후려갈겨 주마.

"조금 생각할 게 있었던 것뿐이야. 뭐, 학원도 특대생을 받는 건 처음이라잖아? 아직은 부족한 부분도 있을 테고. 너무 깊게 생각하지 않는 편이 좋아."

올리비아 양이 "그렇겠죠……" 하고 내 충고에 고개를 끄덕였지만, 표정은 여전히 그렇지 않은 얼굴이었다. 애초에 내가 한마디로 상대에게 감명을 줄 만한 답변을 할 수 있을 리가 없었다.

내 인생 경험이 풍부한 것도 아니고. 전생에서는 사회인이었지만 잘난 듯이 남에게 뭔가를 말할 수 있을 만한 행동을 해 온 건 아니었다.

"……저, 여기에 있어도 괜찮은 걸까요?"

나는 즉답했다.

"무얼, 당연한 소릴."

애초에 이 세계의 주인공은 너란 말이지.

네가 누구를 공략하는지로 내 인생에도 적잖은 변화가…… 아니, 없군. 전혀 없다. 뭐, 누구랑 사귄다는 정도의 이야깃거리 정도는 되려나?

"저, 정말요? 이곳에 어울리지 않는다는 말을 매일같이 듣는데도요?"

내가 보기엔 당연해도, 올리비아 양이 보기에는 의아한 걸지도 모를 일이었다. 나는 적당한 이유를 들어 설명해 뒀다.

"아니, 그, 왜 뭐냐…… 그래! 너의 입학은 학원이나 왕궁의 결정이야! 너는 불평을 들을 이유가 없고, 학생들도 네가 어울리느니 어울리지 않는다느니 판단할 권리는 없어."

올리비아 양이 눈을 깜박거렸다.

"하, 하지만――"

"도저히 버티지 못하겠다면 자퇴로 압박해. 누가 불평하면 '위쪽의 의향이기에 무리입니다. 하지만 불평이 있었다고 전해 두겠습니다' 하고 말해버려. 되받아칠 수 있는 녀석은 거의 없을걸?"

어차피 공략 대상 남자들이 지켜 줄 거다.

그러니 괜찮다.

분명…….

아마도⋯⋯⋯⋯.

그녀의 이야기를 듣고 나니 조금 불안해졌다. 누구 한 명 만나지 않았다고 할까, 플래그를 세우고 있지 않다니, 이래도 괜찮은 걸까?

올리비아 양이 느릿느릿 입을 열었다.

"저⋯⋯ 좀 더 마법을 공부하고 싶어요. 하지만 학원의 규칙이라든가, 암묵적인 양해 같은 것에 어두워서⋯⋯ 최근에는 교과서라든가 여러 가지로 짓궂은 짓을 당하는 바람에 괴로워요."

남자 사이에도 암묵적인 규칙이라든가 여러 가지가 있지만, 그건 여자도 마찬가지다. 아니, 여자 쪽이 더 질척질척하니 암묵적인 규칙도 엄격할 터다.

그걸 모른다는 건 커다란 핸디캡이다. 그러고 보니, 게임 내에서 주인공이 악역 영애에게 그런 말을 들으며 나무람을 받는 장면이 있던 느낌이 든다.

그때는 공략 대상 남자들이 도와줬지만⋯⋯ 지금의 올리비아 양에게는 그 도와줄 남자가 없었다.

그렇다고 괴로워하는 애를 앞에 두고 모른 척할 수도 없는 노릇이라, 나는 방도를 궁리하기 시작했다.

"여자들 사이의 암묵적인 규칙은 나도 잘 모르고⋯⋯ 아아, 그러고 보니 이런 거에 통달한 사람이 하나 있었지. 어떻게든 될지도 모르겠군."

"정말인가요!"

기뻐하는 올리비아 양을 보니, 미소가 눈부셨다.

그런 올리비아 양을 위해서 나는 누나를 부르기로 했다.

이럴 때라도 부려 먹어야지. 그 인간을 위해 대체 얼마를 썼는지…… 조금은 그 빚을 갚아라.

어차피 누나는 돈을 슬쩍슬쩍 내보이면 움직이는 여자다.

분명 싫어도 가르쳐 주리라.

◇

누나를 위해 차를 달였다.

사실은 대충 달이거나 약이라도 타 넣고 싶지만, 스승님의 얼굴이 떠올랐기에 그만뒀다. 다회의 장에서 그런 짓을 하려니 마음이 아팠다.

진절머리가 난다는 듯한 표정을 짓고 있는 누나.

뒤에는 고양이 귀에 키가 큰 사용인이 팔짱을 끼고 서 있었다.

"날 부르다니 잘난 몸이 되셨네, 바보 동생."

나는 코웃음을 쳐 줬다.

"부름에 응할 정도의 이성이 있었던 건 칭찬해 주지. 자, 얼른 여자들 사이의 규칙에 관해 알려주라고."

나는 미안한 듯한 태도를 보이는 올리비아에게 신경 쓰지 않아도 된다고 말하면서 자리에 앉았다.

누나는 이마에 손을 댔다.

"······가르쳐주는 건 좋은데, 특대생 편을 들어서 너한테 무슨 이득이 있는데?"

내게 직접적인 이득은 없지만, 올리비아 양의 행복이 장래에 나라를 구한다.

은혜를 베풀어 둬서 나쁠 건 없겠지. 무엇보다도 내가 그 섬에 가지 않았다면 루크시온의 주인이 그녀가 됐을 수도 있었다. 나도 빚은 좀 갚아야지.

"이러니까 손익으로 움직이는 인간은 싫단 말이지. 좀 더 따뜻한 마음을 가지는 게 어때?"

도발하자 누나가 혀를 찼다.

내 돈 덕분에 뒤에 있는 훌륭한 노예──애인을 살 수 있었으니까 말이지.

본인도 그건 잘 알고 있는지 결국 누나는 올리비아 양에게 시선을 돌렸다.

"너, 같은 반의 여자······ 가장 신분이 높은 여자한테 인사라든가 했어?"

올리비아 양이 고개를 내저었다.

"저는 가까이 갈 수가 없어서요."

"그럼 편지를 보내. 선물을 가지고 인사해 두는 게 룰이야. 큰 그룹이 있다면 누군가에게 중개를 부탁하는 거지. 측근으로서 꽤 중요한 포지션에 있는 애가 좋아. 그 애에게 편지를 건네고, 그러는 김에 그 애한테도 선물을 주는 거야. 물론, 선물은 상대의 취향을 미리 조사해서 하도록."

나는 누나의 이야기를 듣고 무언가가 퍼뜩 떠올랐다.

"그건 뇌물이잖아!"

"시끄러워. 그래서 잘 돌아가면 그만이라고. 그리고, 노골적으로 돈 같은 걸 주는 건 품위가 없으니까 그만두도록 해. 상대도 화낼 거야. 인기 있는 가게의 과자라든가 찻잎이 무난하겠네. 이런 건 방식을 그르치면 성가셔진다고."

메모하는 올리비아 양의 손이 멈췄다.

"저, 저한테는, 그만한 돈이……."

누나가 내 얼굴을 보고 있었다.

"이 바보 동생더러 사라고 해. 나까지 불러냈으니까 그 정도는 협력하겠지."

갑자기 내게 화살이 날아와 나는 당황했다.

사실 이제 반쯤 남 일 같아져서 '여자는 참 힘들겠네~' 같은 생각으로 듣고 있었는데 이런 기습을 하다니.

"뭐, 뭐라고?"

내 반응을 무시하고 누나는 이야기를 계속했다.

"직접 만나고 싶다고 하든지, 아니면 뭔가 답례품이 오면 그걸로 끝. 나머지는 상대의 기분을 거스르는 짓만 하지 않으면 무사히 졸업할 수 있어."

올리비아 양이 울음을 터뜨릴 것만 같은 눈으로 나를 봤다.

"으, 괜찮아…… 돈은 내가 낼 테니까."

"감사합니다. 반드시 갚을게요!"

고맙다고 말하는 올리비아 양을 보고 나는 주위 여자들도 이 애만큼 상냥했다면, 하고 생각했다. 그리고 거만하게 앉아 과자를 먹고 있는 누나를 보고, 나는 고개를 내저었다. 그러자 이를 본 누나가 수인에게 신호를 보냈다.

아니나 다를까 고양이 귀 자식이 내게 손을 뻗었기에, 나는 그 자리에서 곧바로 도망쳤다.

수인과 힘 싸움이라니, 그런 성가신 짓 할까 보냐.

◇

후일, 올리비아는 안젤리카에게 불려갔다.

안젤리카는 긴장한 올리비아를 보며, 우아하게 홍차를 마시고 있었다. 들고 있는 컵도 그 내용물도 리온이 준비한 것보다 수준이 높았다.

하지만 이것조차 평범하다고 느끼던 안젤리카는 컵을 내려놓고는 올리비아에게 예리한 시선을 보냈다.

"누가 일러준 지혜인지는 모르겠지만, 인사하러 온 건 칭찬해 주지. 최대한 노력해서 분수에 맞는 삶을 살도록. 여기는 너 같은 사람이 있을 곳이 아니지만, 분수를 알고 있으면 구석에서 얌전히 있는 것 정도는 허락해 주마."

학원이라는 건 바깥에서 격리된, 아주 약간 신기한 장소였다.

바깥에서는 통하지 않을 독특한 규칙도 존재했다.

안젤리카에게 '인사'를 한다는 것도 그런 부류였다.

딱히 필요한 건 아니지만, 학원 생활을 원활하게 하기 위해서는 필요한 일이었다.

올리비아는 힘도 없거니와 뒷배도 없다.

학원 안에서는 정말로 약한 입장이니까.

"저, 저기, 그러면 학원에 있는 걸 허락해 주시는 건가요?"

올리비아가 머뭇거리며 말하자, 안젤리카는 작게 한숨을 내쉬더니 방에 있던 측근들을 내보내고 안젤리카만 남겨놓았다.

그리고는 조금 전보다 다소 부드러운 어조로 이야기하기 시작했다.

"……거기서 고개를 끄덕이고 차를 마신 뒤 돌아가기만 하면 그걸로 전부 끝이었는데. 네가 질문을 해서 이야기가 복잡해졌다."

"──네?"

안젤리카는 한숨을 내쉬었다.

어째 조금 지친 표정을 짓고 있었다.

"허락하고 자시고, 내가 너를 쫓아내기라도 할 줄 알았나? 솔직히 말해서, 특대생이 어떻든 나는 관심도 없다. 나도 네게 신경을 쓰고 있을 정도로 한가하지 않아."

올리비아가 난감해하고 있자, 안젤리카는 한마디를 불쑥 내뱉었다.

"……그래도 왕태자 전하에게 접근하는 그 여자보다는 낫나."

"네, 네?"

"아니, 아무것도 아니다."

안젤리카가 올리비아에게 작게 웃어 보였다.

그야말로 소녀다운 미소였다.

올리비아는 안젤리카가 좀 더 패기 있고, 다소 신경질인 성격인 줄 알고 있었다. 실제로 안젤리카는 학원 내에서 마구 고함을 친 적이 이미 몇 번인가 있었다.

"특대생, 네게 이렇게 하라고 일러준 게 누구지? 아, 착각하지는 마. 앙심 같은 걸 품고 있는 건 아니니까. 다들 너와 거리를 두려 하는데, 굳이 다가간 녀석이 누군지 신경 쓰였을 뿐이니."

남자는 결혼 상대를 찾는 데 열심이라 특대생에 신경 쓸 여유가 없고, 여자에게서는 미움을 사고 있다. 안젤리카는 그 와중에 굳이 그녀를 도운 인물이 누구인지 궁금해졌다.

올리비아는 조금 망설이다가, 리온의 이름을 말했다.

리온이 자신의 누나를 통해 가르쳐 주었다고.

"발트파르트의 삼남인가. 그 녀석은 좀 별나지. 뭐, 인상도 좋은 편이고."

"알고 계시나요?"

안젤리카는 작게 미소 짓고 있었다.

"너야말로 모르는 거냐? 그는 또래 중에서도 장래가 유망한 기사다. 자력으로 남작 작위를 손에 넣었다는 이야기를 들었을 때는 나도 놀랐지. 모험가로 성공했다는 것만은 틀림없다. 대단한 녀석이지. 그런데 보아하니 사람 됨됨이도 나쁘지 않은 것 같군. 왕태자 전하와 이야기를 나눌 기회를 만드는 것도 나쁘지 않으려나."

올리비아는 그 말을 들으며 미소 짓는 안젤리카를 조금 신기하다는 느낌으로 바라보았다.

★제05화「귀족의 소양」

　호르파트 왕국의 귀족은 모험가에 근원을 두고 있다.

　따라서 모험가는 나라가 관리하는 길드에서 일하는 훌륭한 직업이란 인식이 있으며, 많은 귀족은 선조를 따라 한 번은 모험가가 된다.

　그래서 학교에서도 보통, 상급 클래스 할 것 없이 모험가 등록을 하여 선조의 고생을 이해하는 수업이 있으며, 남녀 구분 없이 던전에 도전하는 관례가 있다.

　관례를 따지지 않더라도 모험가 일은 용돈 벌이가 되기에 학원에서도 모험가 수업은 항상 인기였으며, 휴일이나 장기 휴가 때 모험가 일로 돈을 버는 남학생도 많았다.

　아버지나 둘째 형도 모험가 일로 제법 돈을 벌었다는 모양이고.

　그 돈이 다회 등 교제비로 사라져 갔다고 생각하면 슬퍼서 눈물이 날 지경이지만.

　나는 돈에 궁하지는 않지만, 그래도 던전이라는 말을 들으면 두근두근한다.

　여성향 게임에서도 즐길 수 있는 몇 없는 요소 중 하나가 바로 이 모험 파트였다.

　그렇다. 정말로 기대되는 파트였는데…….

5월 중반.

1학년들이 모험가가 되어 왕도에 있는 던전에 도전하는 날.

나는 주위를 보고 내가 왜 이 자리에 있는가 진지하게 고민하고 있었다.

"다니엘도 레이먼드도, 친구가 난처해하고 있는데 도망치다니. 아니, 같은 상황이라면 나도 도망치겠지만! 그래도 말이지!"

모험가 장비로 몸을 감싼 내 옆에는 마찬가지로 평범한 장비를 두른 올리비아 양이 서 있었다.

'평범'한 장비가 뭐냐면 두꺼운 옷 위에 가죽 보호구를 걸친 걸 말한다. 물론 가죽이라 해도 팔이나 가슴, 정강이에는 철판이 달려 있다. 다만 이 '평범'은 여성향 게임 기준이다. 어딘가 판타지 같다고나 할까, 멋을 중시한 느낌이었다. 이 세계의 장비는 어느 것이고 이런 느낌이라 실용성을 버린 장비도 많았다. 학생 중에는 그런 장비로 괜찮은 거냐 싶은 녀석마저 있었다.

나? 당연히 안전 중시지. 멋과는 거리가 멀다고.

줄곧 미안해하던 올리비아 양은 내 말을 듣자 곧장 사과했다.

"죄, 죄송해요. 안젤리카 씨가 꼭 참가해 주길 바란다고 하셔서……."

올리비아 양에게 불평해봐야 아무런 의미도 없었다.

단지, 기다리고 기다리던 오늘.

내가 터무니없이 고귀한 그룹에 배정되어 있던 게 맘에 들지 않았을 뿐이다.

먼저 왕국 검성의 아들 【크리스 피아 아크라이트】.

파란 머리카락과 눈동자, 훤칠한 키와 스마트해 보이는 얼굴, 대체 어떻게 몸을 지킬 생각인지 오로지 패션성만 추구한 장비를 걸친 글러 먹은 안경남――아니 안경을 쓴 쿨 캐릭터다. 게임에서는 공략 대상 중 한 명이었으며, 진지한 전위 검사…… 게임상으로는 검호라고 해야 하나? 아무튼, 검 한 자루로 출세한 백작가의 적남이다. 참고로 오늘도 무기라곤 허리에 찬 검 한 자루가 전부였다.

그다음으로 【그렉 포우 세버그】.

빨간 머리카락을 곤두세우고 불량배처럼 소매를 걷은 근육질 남자로 무기는 창. 대련 검술보다도 실전주의를 선호하는 이 난폭한 남자는 입학 전부터 던전에 도전하여 수많은 몬스터를 쓰러트린 실적이 있다.

그도 마찬가지로 공략 캐릭터 중 한 명으로, 본가는 영주 귀족인 백작가다. 겉보기는 불량배 같지만, 부잣집 도련님인 셈이다. 빨간 머리카락에 잘 그을린 까무잡잡한 피부가 도련님의 이미지를 전부 깨부수고 있지만.

게임 설정으로는 크리스와 마음이 맞지 않는다고 되어있는데, 아마 도중에 우정 이벤트가 있었던 것으로 기억한다. 게임을 클리어하기 위한 필수 이벤트는 아니지만, 우정 이벤트를 진행해 두면 공략이 편해지기에 여자가 상상하는 사내자식끼리의 그렇고 그런 우정 이벤트를 몇 번이고 진행했다.

이 둘을 포함해 왕태자 전하 일행, 총 다섯이 이 게임의 공략 대상——주인공의 연인이 될지도 사람이다.

왕태자 전하인【율리우스 라파 호르파트】.

전하와 같은 유모 밑에서 자란 사이이자 자작가의 후계자,

【질크 피아 마모리아】.

변경백의 후계자이자 마법이 특기인 나르시시스트,

【브래드 포우 필드】.

검성의 후계자이자 차기 백작인 젊은 검호,

【크리스 피아 아크라이트】.

실전주의인 백작가 후계자로 성격이 싹싹한,

【그렉 포우 세버그】.

참고로 호르파트에서는 중간이름의【라파】가 왕족을 나타내고【피아】가 궁정 귀족, 【포우】가 영주 귀족 출신을 나타낸다.

게임에서는 순서대로 검정, 초록, 보라, 파랑, 빨강으로 기억해두고 있었는데…… 그 시절이 그립다.

사실 이들 말고도【카일】이라는 엘프 미소년이 있는데, 게임에서는 주인공이 산 노예——전속 사용인으로 나온다. 주인공의 시중을 들면서 공략 대상들의 호감도를 알려주는 편리한 캐릭터로, 전투에서는 마법을 사용하여 지원해주기도 하지만 이 자리에는 없었다.

게임 설정에선 귀여운 동생 포지션이라는데…… 솔직히 나는 주인공의 몸종으로밖에 보이지 않았다.

아무튼, 다섯 모두 중요한 신분인 만큼 측근들도 실력 좋은 녀석들이 모여 있는데, 운명의 장난인가, 나와 올리비아가 이 그룹에 껴 있었다.

아마 그들의 흥미를 끌어버린 게 문제였겠지.

올리비아 양은 특대생이고, 나는 실적 있는 모험가다. 사실 학원에서도 날 왕태자 전하의 호위로 붙이고 싶었던 것 같긴 하지만.

본가에서 데려온 기사나 병사를 쓰는 건 귀족답지 못한 행동이며, 본가의 힘으로 공략했다고 보는 인식이 있다. 하지만 나처럼 동년배들을 데리고 갔다면 그저 같이 행동했을 뿐이 된다나.

잘은 모르겠지만, 강한 기사나 병사를 데리고 와도 곤란할 뿐이므로 학생의 선에서 문제를 해결하려는 것이다. 학원 측도 왕태자 전하가 다치면 난처할 테니.

결과적으로 학원 측의 의도나 안젤리카 양의 추천 등이 겹치면서 이렇게 됐다는 이야기다.

다만, 오늘의 목적지는 던전 안에서도 초급 중의 초급 구역이다.

호위가 이렇게나 많을 필요가 없다. 과보호다.

율리우스 전하도 같은 걸 신경 쓰고 있는지 불만스러워 보이는 표정을 짓고 있었다. 그러고 보니, 이런 걸 싫어한다고 주인공에게 이야기하는 장면이 있었던가.

주위를 둘러보니 전하의 약혼자인 안젤리카 양의 모습도 보였다.

던전에 가는 건 남녀 구분이 없다. 학교가 학생들을 평등하게 취급하는 몇 안 되는 부분이다.

약 30여 명의 집단.

사실 던전 공략치고는 너무 많은 편이지만, 오늘 목적은 모험보다 관광에 가깝기에 이만큼 있더라도 상관없었다.

"그건 그렇고, 우릴 부른 것치고는 우리한테 말도 안 거는군."

내가 주위를 살피고 있자, 올리비아 양이 불안한 듯한 모습을 보였다.

"이쪽에서 먼저 말을 걸어야 할까요?"

"글쎄? 도리어 주제 넘는다는 소릴 들을지도 모르지. 그냥 지시에 따르는 편이 좋을지도."

본심을 말하자면 나는 이 이야기에 엮이고 싶지 않았다. 이 중의 누가 주인공과 이어질지가 좀 궁금하긴 하지만.

여기서 누군가 고립 중인 올리비아 양과 가까워져서 좋은 분위기가 되어 주지 않으려나? ……그하고 생각했지만, 다시 생각하니 묘하게 기분이 나빠졌다.

어째서 착한 올리비아 양과 다른 사내자식이 사이좋게 있는 모습을 봐야만 하는 거지?

……미래를 위해서 참을까.

올리비아 양에게는 다섯 명 중 누군가와 행복해져서 스토리를 진행해 줬으면 한다. 그러지 않으면 큰일이 벌어질 테니까.

교사가 모두의 앞에 서서 설명을 시작했다.

"그러면 반을 만들어 주세요. 이번에는 던전 지하 3층에 도달하면 돌아오는 겁니다. 그 이상 밑으로는 나아가지 않도록."

여섯 명씩 다섯 개 반이 만들어졌다. 그래도 결국은 30명 가까이 뭉쳐 다니겠지만.

다치면 안 되는 율리우스 전하 일행을 중앙에 두고, 우리는 가장 앞쪽을 걷는 그룹이 되었다. 뭐, 그건 상관없는데…… 반을 나눌 때 문제가 일어났다.

"분수를 알라는 말이다!"

안젤리카 양의 노성이 던전 안에 울려 퍼졌다.

고개를 돌려보니 안젤리카가 마리에 앞에 서 있었다.

아직 젊은 교사는 공작 영애를 어쩌지 못해 안절부절못하고 있었다.

이야기를 들어보니 아무래도 반을 나누는 과정에서 문제가 발생한 것 같았다.

마리에는 전하 뒤로 돌아가 숨어 있었다.

……저 녀석, 약삭빠르네.

"안젤리카, 그만 거기까지 해 둬라."

마리에를 감싸고 도는 율리우스 전하에게 안젤리카 양이 되받아쳤다.

"전하, 이 자의 제멋대로인 행동을 용서하시는 겁니까?"

마리에는 전하 뒤에서 고개를 숙이고 있었다. 전하의 옷소매를 손가락으로 잡고 귀여운 몸짓을 하고 있지만, 나는 저 행동이 모두 의도적인 것 같아 기분이 나빠졌다.

"전하, 저는…… 전하와 같이 있고 싶다고 생각했을 뿐이에요.

폐가 된다면 거절하셔도 괜찮아요."

그러자 다시 안젤리카 양이 마리에를 물어뜯을 것만 같이 소리쳤다.

"우쭐대지 마라! 너와 전하는 신분이 다르다. 지금까지 너그럽게 봐줬지만, 네가 그러한 태도라면──."

게임에서도 안젤리카 양은 자주 화낸다는 설정이 있었다.

전기 포트라며 야유당하는 캐릭터인 거다. 뭐, 주인공의 라이벌이자 악역 영애를 생각해서 만들었을 테니 성미가 급하고 자신의 미모나 본가의 권력을 내세우는 꼴불견 여자를 이미지로 삼았을 거다.

하지만 이 장면…… 원래 전하가 감싸야 할 상대는 마리에가 아니라 올리비아 양일 텐데?

그러나 정작 올리비아 양은 내 옆에서 "어, 어떻게 되는 건가요?!" 하고 당황해 있을 뿐.

……아, 뭔가 묘하게 귀여워 보인다. 마리에와는 천지 차이다.

역시 이 상황의 원인은 하나밖에 없겠지.

"저 마리에라는 여자, 뭔가 이상하지 않아?"

내 말에 올리비아 양이 조금 생각했다.

"그, 그러고 보니, 최근에는 저보다 그녀에게 향하는 화살이 더 많아진 것 같아요. 듣기로는 가난한 자작가의 딸이라던가 하는 소문이었는데……."

자작가는 남작가보다 한 단계 위다.

물론 자작이라고 무조건 남작보다 부유한 건 아니다. 과거에는 어쨌든 영지를 빼앗겼다든가 해서 남작보다 규모가 작아진 자작가도 적지 않으니까.

하지만 평민인 올리비아를 놔두고 그녀에게 공격이 쏠리는 건 명백히 이상했다.

어느새 주위도 안젤리카 양에게 동조하고 있었다.

"약혼자 앞에서 저렇게까지 달라붙는 건 말도 안 돼."

"저 애, 다른 남자하고도 사이좋게 지냈었지?"

"믿을 수 없어."

아무리 생각해도 마리에라는 여자가 올리비아의 역할을 빼앗고 있었다. 나는 올리비아 양이 어떤 상황인지 물으려 했으나──.

"적당히 해라!"

갑자기 율리우스 전하가 목소리를 높였다. 이윽고 다른 학생들도 입을 다물었다.

한편 안젤리카 양은 충격이라도 받은 듯 놀란 표정을 짓고 있었다.

"저, 전하?"

안젤리카가 전하에게 다가가려 하자 질크가 앞으로 나와 길을 막아섰다. 마치 전하와 마리에를 감싸듯이.

"안젤리카 양, 너무 전하를 난처하게 만들지 말아 주셨으면 좋겠군요."

"난처하게 해? 내가 전하를 난처하게 만들고 있다는 건가? 나는 전하를 위한 마음에——."

그러나 안젤리카가 말을 마치기도 전에 그렉이 성가시다는 듯
한 표정으로 끼어들었다.

"그런 태도가 민폐라는 말이야. 학원에서까지 바깥의 관계를
끌어들이지 마. 보고 있으면 짜증이 난다고."

유력 귀족의 후계자가 하는 말에 주위가 대꾸하지 못하고 있
자, 율리우스 전하가 먼저 교사에게 말을 걸었다.

"미안하군. 우리는 마리에와 반을 짜겠다. 나머지는 적당히 편
성해 주도록."

교사가 황급히 몇 번이고 고개를 끄덕였다.

"네, 넵!"

안젤리카 양이 놀라 아무 말도 못 하고 있을 때, 마리에가 남몰
래 씨익 웃는 것을 나는 놓치지 않았다.

◇

왕도에 있는 던전은 한마디로 말하자면…… 폐광 같은 느낌이
었다.

넓은 통로에 나무로 된 기둥이나 대들보가 같은 간격으로 설치
되어 있었다.

이따금 벽에 광석이 튀어나와 있는데, 그것이 던전의 보물이다.
어떨 때는 보물상자가 갑자기 나타나기도 한다는데, 원인은 밝혀

진 바가 없다.

어차피 게임상의 이유일 테니 진지하게 생각해 봐야 헛수고다.

깊게 생각해 봤자 의미가 없다.

올리비아 양이 벽에 묻혀 있던 광석 하나를 집어냈다.

겉보기에는 철 같은데, 애초에 정련된 철이 나오는 것부터가 이상한 이야기다.

"에헤헤, 찾았어요."

올리비아 양은 기뻐 보였지만, 열중하고 있을 때 땀을 손으로 닦아 버렸기에 콧등에 흙이 묻어 더러워져 있었다.

벼락출세한 남작가 삼남과 특대생.

딱히 누구랑 잘 어울리는 것도 아니라서 결국 둘이서 던전을 돌아다니기로 했다.

"축하해. 이걸로 100디아는 확실하겠어."

나는 무거운 금속 덩어리를 받아들고 짐 주머니에 대충 넣었다.

통화 단위는 【디아】와 【디르】.

1디아는…… 뭐, 전생으로 말하자면 100엔 정도이려나?

금화니 은화니 하는 것도 없진 않지만, 평범하게 지폐나 동전을 쓰기에 사실 볼일이 거의 없다.

올리비아 양이 갑자기 고개를 들어 주변을 살폈다.

"왜 그래?"

"아뇨, 저기…… 어째서 던전에는 이런 현상이 일어나는 걸까 싶어서요. 보물상자도 갑자기 나타나고. 이상하지 않나요? 마치 누군가가 준비하는 것 같아요."

거기에 위화감을 가지면 안 될 것 같은데.

던전은 왕국을 떠받쳐 온 자재와 자금의 보고다.

애초에 게임 진행상 대충 만든 설정일 테니 파고들어 봐야 의미 없을 거다.

"신기하네. 좋아, 앞으로 나아가자."

"자, 잠깐 기다려 주세요! 리온 씨는 신경 쓰이지 않나요?"

나는 한숨을 내쉬었다.

"별로."

올리비아 양이 시무룩해졌다.

"리온 씨가 차가워요……."

제법 내게 마음을 터놓게 됐지만…… 유감스럽게도 그녀는 평민 출신에다 미래에는 성녀로서 인정받아 손이 닿지 않는 곳에 오를 예정이다.

나와는 결혼 인연이 없는 셈이나 마찬가지니, 친구에서 그쳐둔 상태다.

정말로 아깝다.

올리비아 양이 귀족 출신이었다면 나는 약간 억지를 부려서라도 고백했을 거다. 마음이 상냥하다──같은 연애관점도 있지만, 현실적으로도 이상적인 상대였다.

그녀의 고향은 외딴 섬 시골이고, 졸업하면 딱히 하는 일 없이 본가로 돌아갈 생각인 듯하니, 결혼한다면 함께 살아줄 것 같은데.

……정말로 아깝다. 주인공에, 그리고 평민만 아니었더라면 진짜 구혼했을 거다.

"침울해져 있지 말고 얼른——어이쿠, 멈추는 편이 좋으려나."

나는 올리비아 양을 뒤로 물리고, 허리춤 뒤로 매단 검을 뽑았다. 검이라고 해도 사실은 폭이 넓은 도에 가까웠지만.

루크시온 녀석이 일본인이면 도를 써야 하는 거 아니냐 하는 말을 꺼낸 탓이었다. 쓸 수 있으면 써보라고 도발하듯이.

……딱히 사무라이의 자손인 것도, 검도를 배운 것도 아니지만 기꺼이 받아들었다.

그래서 결국 이걸 들고 오긴 했는데, 그 녀석이 만든 일본도는 판타지 버전이었다.

비슷한 것 같으면서도 달랐다.

올리비아 양이 뒤쪽에서 떨고 있었다.

"몬스터……!"

자이언트 앤트. 몸길이가 7~80cm나 되는 커다란 개미로, 커다란 턱에 물리면 큰일 난다.

떼를 지어 다니며, 던전에서 가장 흔한 몬스터다.

던전의 청소부라고도 불리며, 쓰러진 모험가 등을 어디론가 옮긴다는 소문이 있다.

"이런 통로라면 라이플도 못 쓰니까 성가시지."

이래 보여도 시골에서 자라 아버지 밑에서 단련해왔다.

장래에는 던전에서 돈을 벌어야만 할 테니까, 싸우는 법을 가르쳐 두겠다던 아버지를 떠올렸다.

분명 아버지도 던전에서 고생하던 시절이 있겠지.

자이언트 앤트 다섯 마리가 우리를 발견하자 잇따라 접근했다.

나는 먼저 눈앞에 있는 녀석의 목 부분을 잘라냈다. 뒤로 돌아가다시피 움직여 비교적 가느다란 목을 내려칠 뿐, 어렵진 않다.

자이언트 앤트는 머리가 잘리자 검은 연기를 내며 사라졌으나, 개의치 않고 다음 상대에 공격을 가했다.

자이언트 앤트는 성가신 상대지만, 머리와 몸통 등의 이음매를 노리면 쉽게 쓰러트릴 수 있다. 다만 턱이나 머리는 단단한 편이라 어설프게 덤벼들었다가는 튕겨 나갈 수도 있다.

나는 철저히 약점을 노려 무기를 휘둘렀다.

"자, 두 마리째! 그리고 세 마리째, 하압!"

턱을 조심하면서 재빠르게 옆으로 다가가 칼을 내려치는 작업을 몇 번. 무사히 모두 쓰러트릴 수 있었다.

게임에서는 턴제 방식이라 적의 공격을 받을 수밖에 없었지만, 현실에서는 대처만 잘하면 상처 없이 이길 수 있다.

다만 그게 꼭 유리한 것만은 아니다. 적도 마찬가지인 셈이니까.

어쩌다가 포위당하기라도 하면 대처하기 몹시 어려워질 거다. 아니 그건 이미 죽은 목숨이다.

내가 칼을 어깨에 짊어지자 올리비아 양이 다가왔다. 검은 연기를 내며 사라져 가는 몬스터들을 보고 올리비아는 살짝 몸을 떨었다.

"리온 씨, 대단해요! 무서운 몬스터를 아무렇지 않게 잇달아 쓰러뜨리다니."

뭐 겉모습이 개미니까. 여자애들은 더 죽을 맛이겠지.

하지만 총을 사용하면 한 방이다. 맞출 수 있을 때 이야기지만.

어느 쪽이든 쓰러뜨리는 법을 알고 있으면 대처는 어렵지 않다.

"약점을 알고 있으면 어렵지 않아. 올리비아 양도 익숙해지면 쉽게 쓰러뜨릴 수 있어."

나는 칼을 칼집에 넣고 앞으로 가자고 재촉했다. 올리비아 양은 뭔가 복잡한 표정을 지었다.

"리온 씨는 듬직하네요."

"이 주변은 어렵지 않아. 졸개밖에 안 나오고. 아, 하지만 함정이 있으니까 조심해. 좋아~, 팍팍 갈까!"

"그런 문제가 아닌 듯한──꺅!"

나는 재빠르게 칼을 뽑으면서 올리비아 양을 뒤쪽으로 밀어 넘어뜨리고는 왼팔을 내밀었다. 곧장 원숭이 같은 몬스터의 이빨이 토시를 덥석 물었다.

"쳇! 방심했군."

그대로 칼을 원숭이에게 꽂았지만, 검은 연기가 되어 사라질 때까지 내 팔을 강하게 물고 있었다. 왼팔에는 꿰뚫린 토시에서 피가 흘러나오고 있었다.

바닥에 주저앉아 있던 올리비아 양이 펄쩍 뛰다시피 일어나더니, 내 팔을 보고 허둥거렸다.

"죄, 죄송해요. 저 때문에——."

올리비아 양이 울상이 되어 날 걱정했지만, 정작 나는 '이런 애라면 기꺼이 나서서 지켜줄 수 있다' 같은 생각을 하고 있었다.

게임에서는 그 다섯 명이 주인공에게 속아 몸을 내던지는 고기 방패로 보였는데, 지금 직접 해보니 생각보다 나쁘지 않은 기분이었다.

"내가 방심한 거니까 신경 쓰지 마. 이 정도는 괜찮아."

"아, 안 돼요! 곧바로 치료해야 해요!"

반쯤 강제로 내 토시를 벗긴 올리비아 양은 옷 소매를 걷어 올리고 다친 부분에 손을 대자, 손이 희미한 하얀 빛을 내기 시작했다. 뭔가 매우 따뜻한 느낌이 들었다.

"……치료 마법인가?"

마법 중에서도 치료 마법은 상당히 희귀한 능력이라는 설정이 있다.

결국은 주인공에게 특별함을 부여하는 장치인 셈이다.

올리비아 양이 내 팔을 보면서 미소 지었다.

"다행이에요. 상처가 아물었어요."

"그, 그래. 고마워."

직접 겪어본 생소한 치료 마법에 조금 당황하고 있자, 올리비아 양이 내게 미소를 지어 보였다.

"저, 옛날부터 이게 특기였어요. 여행 중이시던 학자 선생님께 여러 가지를 배우고 나서는 독학으로 공부했답니다."

"……대단하네."

그런 설정이 있었던가? 주인공은 치료 마법이 특기라는 것 정도밖에 기억나지 않는데…….

"리온 씨의 도움이 되어서 다행이에요."

그렇게 말하고 기뻐하는 올리비아 양을 보고, 나는 생각했다.

역시 이 애는 특별하다고.

◇

율리우스가 이끄는 그룹은 선행 반의 뒤를 따르는 중간 반이었다.

뒤에도 후발대가 있으니 율리우스 일행은 앞뒤로 보호를 받는 상황이었다. 다만 길이 복잡하게 얽힌 곳에서는 몬스터가 갑자기 나타날 때도 있고, 이따금 정말 위험 함정이 숨겨진 곳도 있기에 방심할 수는 없었다. 던전 초입이라고 만만히 봤다간 정말 죽을 수도 있다.

그리고 율리우스는 처음 겪어보는 전투와 던전 탐험에 식은땀을 흘리고 있었다.

율리우스 옆에 있는 질크도 왕태자를 지키고자 잔뜩 긴장해 있었다.

평소에 자주 비아냥대던 브래드조차 말수가 적어졌고, 크리스도 검 자루에서 손이 떨어질 줄 몰랐다.

다만 이미 던전이 익숙한 그렉은 학원의 놀이 같은 모험 수준에는 흥미가 없는지 홀로 한가해 보이는 표정을 짓고 있었다.

율리우스는 뒤에 있는 여성——마리에에게 신경을 썼다.

"너무 빠르거나 하진 않나?"

조금 서투른 대사에도 마리에는 미소 지어 주었다.

"괜찮아요, 전하."

율리우스에게 마리에는 왕궁에서도 본 적 없는 신선한 타입의 여성이었다.

그녀가 걸어온 고생길도 보호 욕구를 자극하는 내용이었지만, 가장 큰 이유는 바로 첫 만남이었다.

율리우스가 마리에를 처음 만난 건 혼자서 고민에 빠져 있을 때였다.

당시 안젤리카와의 관계로 골치를 썩이던 율리우스는 처음 만난 마리에를 건성으로 대했고, 마리에는 왕태자를 상대로 화를 내기 시작했다.

이제껏 동년배에게 혼나본 적이 없던 율리우스는 크게 당황해 더 난폭하게 굴었고—— 이에 마리에는 율리우스의 뺨을 때리더니 어머니처럼 타이르기 시작했다.

그에게는 무엇 하나 겪어 본 적 없는 신선한 충격이었다. 그 이후로 율리우스는 마리에가 신경 쓰여 견딜 수가 없게 되었다.

"뭔가 있다면 말하도록."

"네."

방긋방긋 웃는 마리에를 보자 마음이 편해졌는지 긴장으로 굳어있던 율리우스의 표정이 약간 풀어졌다. 그러자 이를 본 그렉이 노골적으로 혀를 찼다.

"마리에보다도 왕태자 전하가 더 걱정되는군. 마리에는 영주 귀족 출신이라 보기보다 씩씩한 구석이 있을 테지만, 왕궁에서 자란 녀석은 빈약하기 마련이니."

그 말에 크리스의 시선이 날카로워졌다.

"……난폭한 촌놈이 배짱도 좋군. 계속 전하에게 무례하게 굴면 용서하지 않겠다."

크리스와 그렉이 충돌하자 곧바로 질크가 제지했다.

"크리스 군이 너무 딱딱한 겁니다. 지금은 학생끼리니 너무 신경 쓸 필요 없어요."

그러자 그렉이 낄낄 웃으며 다시 비아냥댔다.

"이거 실례했군. 영주 귀족인데도 말만 번드르르한 녀석도 있었지. 내가 잘못했다."

노골적으로 누군가를 가리키는 말이었다.

곧장 브래드가 이마에 핏대를 세웠다.

"뇌까지 근육으로 된 녀석은 모든 걸 힘으로 해결할 생각을 하지. 잘 봐둬라, 마리에. 저런 남자한테 시집가면 고생할 거다."

마리에가 쓴웃음을 짓고 있자, 그렉이 오해를 풀고자 되받아쳤다.

"이봐, 거짓말은 그만둬! 나한테 오는 여자는 고생 따위 시키지 않을 거야. 오히려 비아냥만 해 대는 네 아내가 되는 여자가 더 피곤할 테지. 마리에, 나한테 오면 자유롭게 생활하게 해줄게. 너도 귀족의 딱딱한 생활은 넌덜머리가 나잖아?"

이 대화를 묵묵히 듣고 있던 호위반은 다들 눈치를 살피기 바빴다. 안젤리카도 호위반에 들어가 있었기 때문이다.

던전에 율리우스 일행의 소란이 울려 퍼지던 와중, 갑자기 그렉이 창을 양손에 들고 전투태세에 들어가자 분위기가 순식간에 돌변했다.

"……어이, 다들 조심해. 자이언트 앤트다."

그렉을 따라 나머지도 황급히 무기를 손에 쥐었다.

던전같이 좁은 통로는 섣불리 총을 들었다간 아군이 맞기 십상인지라, 총기 사용을 사실상 금지하고 있다. 실제로 지금도 총이라곤 질크나 여성들이 호신용으로 들고 있는 권총 정도가 전부였다.

"여섯 마리인가. 샛길에서 튀어나왔어."

그렉이 초조한 듯이 말하자 조금 안달이 난 브래드가 곧장 다른 반을 책망했다.

"선행한 반은 뭘 하고 있었던 거냐!"

크리스는 묵묵히 검을 뽑아 멋진 자세를 취했다.

"샛길에서 왔다면, 앞반과 마주치지 않았을지도 모르지요. 그보다 적의 수가 많습니다, 전하. 물러나 주십시오."

하지만 율리우스는 마리에를 힐끔 보더니 도리어 한 걸음 앞으로 나와 검을 손에 쥐었다.

'여기서 한심한 모습 따위 보일 수 있을까 보냐.'

그렉이 휘파람을 불었다.

"제법인데, 전하. 그래야 왕족이지."

질크는 고개를 저으면서 권총을 거머쥐었다. 권총이 있어도 대부분 호신용으로 쓰는 게 고작이지만, 사격 솜씨가 뛰어난 질크는 예외로 총기 사용을 허가받았다.

그들이 앞으로 나서자 후방에 있던 안젤리카가 호위대를 향해 소리쳤다.

"다들 뭘 하는 겁니까! 어서 가서 전하를 지키세요!"

율리우스의 호위대는 한 팀에 6명씩 총 2팀. 본래라면 몬스터를 상대하는 것도 다 그들의 일이지만, 안젤리카의 말이 무색하게 그렉이 먼저 그들을 막았다.

"너희는 물러나 있어!"

그렉은 머리카락이나 눈동자와 같은 빨간 장식이 붙은 창을 휘두르며 뛰쳐나가더니, 호위하는 학생들을 밀어젖히고 내던지다시피 창을 내리찍어 자이언트 앤트 한 마리를 검은 연기로 바꾸어버렸다.

그렉을 포위하듯 다른 두 마리가 다시 달려들었지만, 그렉이 다시 창을 들어 올린 순간, 한 마리는 크리스의 검에, 또 한 마리는 브래드의 마법에 검은 연기가 되어버렸다.

"쓸데없는 움직임이 많군."

"역시 뇌까지 근육으로 된 거 아니냐? 네가 없었다면 세 마리 동시에 쓰러뜨릴 수 있었을 텐데."

그 직후, 총성이 두 발.

"긴장을 너무 늦추셨군요. ——전하."

자이언트 앤트 두 마리가 머리에 총알을 맞고 검은 연기가 되어 사라졌다. 질크의 총구에서 연기가 나오고 있었다.

그러나 마지막 한 마리가 율리우스를 향해 달려들자 안젤리카가 다시 소리쳤다.

"뭘 하고 있나요! 빨리 전하를 지키세요!"

하지만 질크는 태연한 표정으로 안젤리카를 말렸다.

"괜찮습니다, 안젤리카 씨. 전하는 안젤리카 씨가 생각하는 것처럼 약하지 않습니다."

율리우스는 곧장 검을 치켜들고 자이언트 앤트를 향해 달려나갔다.

"하압!"

율리우스의 검이 목을 가르자, 곧 자이언트 앤트는 검은 연기가 되어 사라졌다.

율리우스는 이마에 흐르는 땀을 손으로 닦다가 팔이 살짝 떨린다는 걸 깨달았다. 손을 보니 손등이 약간 찢어져 있었다.

검을 내리치면서 바닥에 있던 돌이 튄 모양이었다.

그러자 상처를 본 마리에가 곧장 다가와 율리우스의 손을 잡았다.

"전하, 괜찮으신가요?"

율리우스는 마리에의 온기에 자신이 마음을 살짝 놓았다는 걸 깨달았다.

'이러고 있으니 마음이 편해지는군. 이게 사랑이란 건가? 아니, 자애인가? ……으음?'

율리우스가 그런 생각을 하고 있자니 마리에가 잡고 있던 손등이 희미한 빛을 발하기 시작했다. 마리에가 다시 손을 놓았을 때는 손등의 상처가 말끔히 사라진 후였다.

"이건, 설마——."

그러자 마리에는 "쉿~" 하며 검지를 자신의 입술 앞에 가져다 댔다. 율리우스는 무언가 말하기를 망설이더니 이내 그냥 입을 다물었다.

"전하께서 무사해서 다행이에요. 물론, 다른 사람들도 무사해서 안심했어요."

율리우스는 자신을 자꾸 말리려 드는 안젤리카보다, 전투 후에 걱정해주는 마리에에게 더 마음이 끌렸다.

그때, 안젤리카가 마리에를 밀어내고 율리우스에게 다가왔다.

"전하, 수건을 가지고 왔습니다."

율리우스는 안젤리카가 더 성가시다는 생각이 들기 시작했다.

"……필요 없다. 길을 서두르자."

율리우스는 그렇게 말하고 마리에의 손을 잡은 채 앞으로 나아갔다.

◇

지하 3층 입구.

나는 올리비아 양과 함께 이번 수업의 목적지에 도착했다.

3층에는 학생들이 우쭐해져 멋대로 더 깊이 들어가지 않도록 교사가 감시하고 있었다. 딱히 할 일이 없어진 우리는 얌전히 다른 학생이 올 때까지 기다리기로 했다.

"역시나 왕도의 던전이군. 앞서가라고 했을 때는 원망밖에 없었는데, 설마 이렇게나 잔뜩 벌 수 있을 줄이야."

나는 가방 안을 보며 웃음을 흘렸다.

대부분 광석류로, 철이나 구리 등 여러 가지가 있는데, 원석이 아니라 정련된 상태로 나와 있어서 생각보다 편리하다. 역시 판타지 세계다.

그리고 보석같이 생긴 결정도 있는데, 이게 바로 마석이다.

올리비아 양이 결정을 손에 들며 이리저리 살펴보았다.

"보석 같이 생겼네요. 이건 뭐에다 쓰는 건가요?"

"으음…… 이거랑 이걸 하면 약 200디아니까…… 응? 아, 마석? 그건 에너지 자원으로 쓰는 거야. 요 광석들을 녹일 때 화로에 넣어두면 효과가 좋다나 뭐라나. 자세한 건 나도 모르지만, 아무튼 굉장한 녀석이란 거지. 나는 비싸기만 하면 아무래도 좋다만."

나는 오늘의 수확이 얼마일지를 계산하면서 마석을 설명해 주었다. 이걸 다 판다고 하면 아마 500디아는 되지 않을까? 뭐 앞서 출발한 덕분에 이만큼 벌 수 있었던 거지만, 우리가 다 가져도 딱히 문제는 없을 거다. 부잣집 도련님들에게는 어차피 푼돈이다.

"이거면 우리 둘이 나누어도 다회 한 번 정도는 더 할 수 있……
안 되겠군. 모자라."

찻잔 등 초기비용은 저번에 냈으니 처음보다야 덜 들겠지만,
그래도 찻잎이나 과자를 사려면 1~200디아는 우습다.

내가 침울해하고 있자 올리비아 양이 곧 화제를 바꾸었다.

"왜 던전에서 마석 같은 게 나오는 걸까요? 금속이라면 광산에
서도 나오니까 그럴 수도 있겠다 싶지만, 마석은 광산에서도 안
나오는 건데 던전에서는 나온다니. 이상하네요."

하지만 계속 뒷일을 고민하고 있던 나는, 건성으로 듣고 무심
코 말실수를 하고 말았다.

"그건 몬스터를 쓰러트렸을 때 나오는 마력이 흙에 스며들어서
그런 거야. 어느 정도 모이면 결정이 생기면서 마석이 되는 거지."

"그런 건가요? 교과서에도 아직 원인은 밝혀지지 않았다고 쓰
여있었던 것 같은데……."

"그런 거야. 어디서 읽었어. 어? 그럼 보물상자도 같은 원리인
건가? 마법 참 편리한 설정이네."

……다음 다회는 사람을 봐가면서 맞춰야 하려나?

만약 그렇다면 자칫했다간 티 세트부터 다시 시작해야 할 수도
있다. 오히려 아직 미숙한 내 실력으로는 도구에만 공을 들인 꼴
불견이 될지도 모른다.

제길, 차란 건 왜 이렇게 심오한 거냐.

이것저것 생각하다 보니 나도 유명한 티 세트를 갖고 싶어지기

시작했다.

일본의 전국무장 중에는 다기를 모으는 사람도 있었다는데, 이런 기분이었을까?

이 세계의 다회는 다도와 어딘가 비슷한 구석이 있는지도.

내가 멍하니 가방 안을 보며 고민하고 있자 내 눈앞으로 올리비아 양이 살짝 얼굴을 들이밀었다.

"······왜?"

"리온 씨, 엄청나게 박식하시네요. 저 깜짝 놀랐어요."

박식? 그럴 리가.

나는 두 번째 인생인데도, 학원 입학시험의 성적은 70점 정도. 중간대였다.

나보다 머리 좋은 학생도 널려 있다는 뜻이다.

하지만 여자애에게 칭찬을 들으니 기분이 좋아져서 그냥 현실을 외면해버리기로 했다.

나는 그릇이 작은 인간이지만, 딱히 싫진 않다.

"그, 그래? 모르는 게 있으면 가르쳐 줄까?"

그렇게 말하자 올리비아 양이 얼굴 한가득 미소를 띠었다.

"네, 부탁드릴게요!"

뭐, 결혼 상대를 찾는 짬짬이 공부를 봐주는 정도는 문제없겠지.

★ 제06화 「진정한 주인공」

그렇게 자신만만한 소리를 내놓았으나── 나는 과거의 나를 때리고 싶어졌다.

공부 정도는 가르쳐 줄게! 라며 올리비아 양에게 허세를 부렸건만, 올리비아 양의 실력이 얼마나 될지를 전혀 생각하지 않았다.

아니, 주변을 따라가지 못하겠다든가, 그런 말을 했었잖아!

그런데도──.

"여기를 모르겠어요. 다른 주문과는 달리 술식을 이용한 마법은 응용력이 있어서──."

도서실에서 단둘이 공부.

처음에는 여자애와 둘이서 공부라니, 새콤달콤한 청춘이 아닌가! 하고 멍청한 생각이나 하고 있었는데, 지금은 식은땀이 도저히 멈추질 않았다. 올리비아 양의 지식량이 터무니없이 많다.

아니, 이 애가 나보다 머리가 좋은 게 확실하다.

"으, 응. 그건 이런 것 아닐까?"

나는 인생 2회분의 공부와 게임 지식으로 어떻게든 버티고 있었다.

올리비아 양은 나의 모호한 설명을 듣고도 감탄했다는 양 고개를 끄덕여주었다.

"그렇군요! 역시 교과서가 잘못되어 있던 거였어요! 저도 뭔가 이상하다고 생각했는데. 실제로 마법을 썼을 때의 느낌과 정설이 묘하게 다르니까요. 리온 씨에게 물어봐서 다행이네요."

어쩌지…… 이 애, 교과서의 오류를 지적하기 시작했다.

"저, 전부가 잘못된 건 아니잖아? 그래도 교과서에 나올 정도인걸. 정설도 무시할 수는 없다고 생각해."

"그렇겠죠? 2할 정도가 이상하다는 건, 8할은 들어맞고 있다는 의미일 테니까요."

올리비아 양의 교과서는 상당히 손때가 올라 있었다. 설마하니, 이 애는 교과서를 벌써 다 독파한 건가? 아직 1학년 1학기인데? 아직 6월인데? 귀족 녀석들도 어려워 쩔쩔매는 책인데?!

당연하지만 공부 후에는 시험이 기다리고 있으므로, 나도 그럭저럭 공부하고 있지만, 도저히 내용을 알고 공부한다는 생각이 들질 않는다. 애초에 마법 성적도 70점대다.

나는 빨리 이 시간이 지나가기를 기도하면서 끈질기게 버텼다.

그리고 예정된 시간이 지났다.

"아, 벌써 이런 시간인가! 슬슬 끝내야겠군!"

"정말이네요. 눈 깜짝할 사이였어요."

올리비아 양은 매우 기뻐 보였다.

참고로 벌써가 아니다. 한없이 느리고 느린 시간이었다.

"저기, 다음 휴일에도 부탁드려도 될까요?"

아래에서 올려다보며 부탁하기는 반칙이잖아! 무심코 대답할 뻔했다. 하지만 그 뒤에 기다리는 건 오늘 같은 지옥도일 뿐이다.

탈출구를 찾던 나는, 이 학원의 중요한 과제를 떠올렸다.

그래, 결혼!

나는 결혼하기 위해 여기까지 왔다. 학원에 배우러 온 게 아니라 배우자를 찾으러 왔다고 하는 게, 이 세상이 뒤틀렸다는 걸 말해주는 것 같다.

"미, 미안. 다음 휴일은 다회 준비가 있어서……."

올리비아 양이 황급히 사과했다.

"아, 아뇨. 이건 제 사정이니까……. 당연한 이야기죠. 리온 씨도 바쁘실 텐데……."

그렇다, 나는 바쁘다.

노트를 품에 안고 조금 쓸쓸한 듯한 표정을 짓는 올리비아.

뭔가 몹시 미안한 기분이 들었지만, 그렇다고 내 목표를 내던 질 수는 없었다.

나는 하루라도 빨리 사무적인 관계를 유지할 수 있는 아내를 찾아야만 한다. 내 평가는 반에서도 아래쪽이라, 좋은 여자를 구하기란 사실 불가능에 가깝다. 좋은 상대, 그러니까 성격도 좋고 다정한 여자는 이미 잘나가는 녀석들이 필사적으로 구애 중이다. 당연히 여자애들도 남자를 아무나 고를 수는 없는 노릇이니 훗날을 생각하여 가능한 좋은 남자를 구하려 할 거다. 요약하자면 나 같은 녀석에게 그런 기회는 오지 않는다.

아아, 어찌 이리도 추한 세계란 말인가! ……어? 잘 생각해 보니 이건 전생도 마찬가지였던 것 같은……?

올리비아 양이 내 눈을 보고 미소 지으며 감사의 말을 건넸다.

"리온 씨, 오늘은 고마웠습니다."

거짓말로 이 자리를 벗어난 나의 썩은 근성에는 올리비아 양의 반짝이는 눈동자가 너무도 눈부시게 보였다. 이 애는 감사도 진심이 담겨 있다.

나는 창피함에 몸부림쳤다.

인생 2회분(하나는 도중 탈락했지만)을 합치면 올리비아 양보다 오래 살았건만, 작은 프라이드를 위해 거짓말을 해가며 똑똑한 척, 공부를 가르치는 꼴이라니…… 스스로가 부끄러웠다.

남자 기숙사의 내 방.

나는 친구인 다니엘과 레이먼드를 불러 음료나 과자를 먹고 있었다. 참고로 이 과자는 다회용으로는 쓸 수 없다. 기름기 가득한 튀긴 과자다.

당연히 파트너는 탄산음료. 근세 풍경 주제에 묘하게 현대 요소가 섞여 있었다. 역시 판타지.

생각해 보면 교복도 그렇군. 여성향 게임이니까 당연한가?

그런 생각을 하고 있자니 다니엘이 감자튀김을 먹으면서, 이런 말을 했다.

"들었냐? 부잣집 녀석들, 벌써 두 명이나 결혼이 확정됐다더라. 그것도 모두에게 상냥했던 밀리, 제시카와 말이지! ……제길, 너무 부럽다."

하지만 노골적으로 침울해하는 다니엘과 달리 레이먼드는 조용히 침묵을 지키고 있었다. 다만, 이미 분위기가 침울한 게, 조금이라도 건들면 당장이라도 울 것만 같았다.

아, 레이먼드가 밀리를 좋아했던가?

"우리보다 좋은 조건일 테니 당연한 흐름이겠지. 처음부터 우린 안되는 거였다고…… 그래, 밀리가 행복하다면 나는 그걸로 괜찮아."

오늘 이들을 부른 것도 둘이 너무 침울해져 있었기 때문이었다.

부잣집 그룹은 온갖 메리트를 보여주며 결혼 공세를 펼치고 있다. 파고들 틈도 주지 않는 맹공이었다.

부자들도 필사적인 거겠지.

밀리와 제시카가 남자들의 이상이라고 할지 최고의 상대라고 가정한다면, 그것보다 약간 부족한 여자들도 부잣집 녀석들의 쟁탈 대상에 들어간다. 우리는 다가가기도 어려울 정도의 격전이다. 필연적으로 우리가 관계를 맺을 수 있는 여자는…… 우리처럼 남겨진 사람이 되는 거다.

물론, 이건 남작이나 자작 가문들의 이야기다. 백작가쯤 되는 고위 귀족, 명문가, 대부자 집안은 이미 약혼자가 있다. 율리우스 전하와 안젤리카 양이 그렇듯. 최상위권 남자들은 우리처럼 바쁘지도, 필사적이지도 않다는 의미다.

다니엘이 탄산음료를 단숨에 들이켰다.

"젠장! 이제 1학년 여자 중에 희망은 없어! 나머지는 끔찍한 애들뿐이잖아!"

끔찍하다는 건, 남자를 노예 보듯 보는 애들을 말한다.

레이먼드도 고개를 끄덕이고 있다.

"올해 1학년은 운이 나쁘지. 율리우스 전하를 비롯한 명문 귀족의 후계자가 잔뜩 있으니까. 도저히 어깨를 펴고 다닐 수가 없다."

월등한 미남에 집안도 좋고 돈도 많은 남자가 잔뜩 있으면, 그렇지 않은 자는 더욱 소외당하기 마련.

뭐, 대놓고 말해서 눈이 올라가는 거다. 우리 같은 하위들은 여자를 꼬드기는 것 자체가 어렵다.

집안, 행동거지, 재력, 외견…… 거기다 약혼자가 있는 남자의 여유로움까지. 율리우스 전하 일행을 보고 있으면 그럴 법도 하지만.

"그나저나 리온, 너는 아무 말도 안 하는데 괜찮은 거냐? 요즘은 그 특대생이랑 계속 같이 다니고 있지? 설마 결혼을 포기했냐?"

나는 주스를 마시면서 변명했다.

"포기하지 않았어. 초대장을 보내도 열심히 거부당하고 있을 뿐이지."

레이먼드도 입은 험하지만, 날 걱정하고 있는 모양이다.

"어설픈 동정심은 신세를 망칠 거다. ……특대생한테 정신을 쏟

191

고 있으니까 여자들의 반감을 산 거라고. 거리를 두는 편이 좋아."

3학년의 루클 선배한테도 비슷한 말을 들었다.

선배들은 우리보다도 남은 시간이 없기에 심한 조건을 받고 결혼할 사람을 찾는 이도 적지 않다. 예를 들자면 아인 노예 이외의 애인을 인정한다 같은……

이건 후계자를 낳아 줄 테니, 너는 나와 애인들을 먹여 살리라는 뜻이다. 굴욕적인 계약이다. 하지만 이조차 받아들일 수밖에 없는 남자들도 있다.

차라리 그 정도로 끝나면 다행일지도 모른다. 더 나아가 중혼을 해가며 애인과 사치스러운 생활을 보내는 여자도 있다고 하니까.

결혼 해주었으니 감사하라 같은 거겠지.

역시 이전 세상이 그나마 나았다.

다니엘이 내게 물었다.

"네 형은 보통 클래스였지?"

"응."

마음 같아서는 둘째 형도 상급 클래스에 데려오고 싶지만, 내게 돈이 생긴 건 형이 입학한 후였으니 어쩔 도리가 없었다.

같이 고생을 나누고 싶었는데, 몹시 유감이다.

"보통 클래스와 상급 클래스의 여자들은 왜 이렇게까지 다른 걸까……."

형이 있는 보통 클래스의 여자들은 평범하다.

그야 물론 결혼은 까다롭게 보겠지만, 상급 클래스와 비교하면 한참 낫다.

일단 노예를 사질 않으니까.

뭐 정확히 말하자면 남작가부터 백작가 사이의 귀족들이 좀 심각하다. 백작가를 넘어가면 도리어 노예를 거느리지 않는다. 사람에 따라 있기도, 없기도 하니까 딱 잘라 말할 순 없지만, 아무튼, 이 사이에 있는 여자애들이 무척 기가 드세다.

그리고 내가 결혼해야 할 상대도 그 사이에 있다…….

"형의 이야기를 들었을 때 말이지……."

"응?"

"……나는 형을 때리고 싶었어."

이것도 다 여성향 게임 설정에 부작용 같은 거겠지만, 정말로 화가 치밀어서 견딜 수가 없다.

"아, 나도 보통 클래스로 가고 싶다! 적어도 거긴 이런 고생은 안 할 텐데."

뭔가 눈물이 흐를 것만 같다.

"우리의 결혼은 왜 이렇게나 힘든 걸까."

레이먼드가 힘없이 중얼거렸다.

그건 여성향 게임의 세계이기 때문입니다, 라고 대답하면 두 사람은 어떻게 생각할까?

셋이서 푸념을 늘어놓으며 시름을 달래고 있자, 레이먼드가 학원에 흐르는 소문을 이야기하기 시작했다.

"그러고 보니, 최근에 율리우스 전하 주변이 시끄럽다던데."

나는 주스를 마시며 건성인 태도로 이야기를 들었다. 우리한테는 구름 위의 이야기니까.

흥미는 있지만, 어찌 되든 상관없는 이야기.

레이먼드도 심심풀이로 이야기하고 있을 뿐, 사실이 어떤지는 관심 없을 거다.

나한테는 율리우스 전하 주위가 소란스럽더라도 그게 평범한 일이다. 이벤트인가? 하는 생각밖에 없다.

다니엘도 이야기에 가세했다.

"마리에 건인가? 여자들 사이서 몹시 미움받고 있다던데."

그야 왕태자 전하에게 다가갔으니 미움을 사는 게 당연하지.

하지만 레이먼드가 다른 이야기를 뒤에 덧붙였다.

"나도 그렇게 들었는데, 실은 그 애를 못살게 굴고 있는 주역이 율리우스 전하의 약혼자래. 그 소식이 전하의 귀에 들어갔고, 이로 엄청나게 노발대발했다는 모양이야. 의외로 사실일지도."

나는 예상치도 못한 이야기에 사레가 들려 기침을 했다.

"야, 야, 괜찮냐?"

"뭐냐 리온, 갑자기. 아는 이야기였냐?"

두 사람이 걱정하기에 그냥 사레가 들렸을 뿐이라고 대답해 두었다.

나는 입가를 닦으며 식은땀도 닦았다.

두 사람이 친절하게도 테이블 위를 정리해 주었다.

알고는 있었다. 언젠가 이번 이벤트가 일어난다는 건. 하지만 왕태자의 격노는 이맘때 일어나는 이벤트가 아니다.

애초에 이 이야기는 올리비아 양의 이야기다. 하지만 당사자는 나와 친하기만 할 뿐, 그들과 붙어 있는 모습을 본 적이 없다.

대체 무슨 일이 일어나고 있는 걸까?

◇

여성향 게임의 이벤트에는 얽히지 말자고 했건만.

모브는 모브답게 멀리서 바라보고 있으면 된다.

그렇게 생각했는데…….

아무래도 흐름이 수상하다. 뭔가 이대로 놔두면 안 될 것 같아서 나는 이 사건을 조사해 보기로 했다.

조사라고 해도 어차피 상급반에 친한 여자라고는 올리비아 양 뿐이지만.

나는 도서실에서 올리비아 양에게 율리우스 전하와 마리에의 이야기를 물어보았다.

"죄송해요. 그건 저도 잘……. 처음에는 모두에게 미움받는 것 같았는데, 지금은 좀 진정되었다는 것만 알아요."

"……하나만 더 물어봐도 괜찮을까? 마리에와 뭔가 접점 같은 건 없어?"

주인공 자리를 빼앗은 여자.

실은 정말 이 세계가 게임과 비슷할 뿐이고 내가 착각을 하고 있을 가능성도 있다.

하지만——.

"전에는 말씀 못 드렸지만 몇 번인가 만난 적이 있어요. 입학식 며칠 뒤에 도서관에 왔더니, 거기서 제게 말을 건 적이 있거든요."

고개를 숙이고 슬픈 듯한 표정을 짓고 있는 올리비아 양. 이 이 야기는 그다지 이야기하고 싶지 않은 모양이다.

하지만 나는 그 이야기를 들어야겠다. 올리비아 양의 마음? 그 꺼림칙한 여자의 정보를 위해서라면 양보하지 않을 거다.

"꼭 알고 싶어."

올리비아 양이 고개를 들었다.

"……리온 씨도 마리에 씨 같은 분이 좋으신 건가요?"

뭔가 머뭇머뭇 말하는 올리비아 양.

……아무래도 연애 이야기라고 착각하고 있었던 모양이다.

그 녀석과 연애? 하! 상상만 해도 역겹다.

내가 한껏 미간을 찌푸리자, 의외였는지 올리비아 양의 표정이 놀라움으로 물들었다.

"어라?! 아니에요?"

"나는 그 녀석이 싫어."

"그, 그런가요……."

올리비아 양 결국 마리에와 만났던 날을 이야기해 주었다.

"도서실에 볼일이 있어 갔더니 마리에 씨가 먼저 와있었는데, 들어가자마자 방해되니까 나가라는 말을 들었어요. 그리고는 언젠가 안뜰에서도 마주쳤는데, 그날도 마찬가지로 저를 빨리 쫓아 내려 하더라고요. 그래서 제가 무슨 짓을 했나 싶어서 물어봤더니, 너 같은 여자가 싫다는 말을 듣고 말았어요."

올리비아 양이 쓴웃음을 지었다.

글쎄, 올리비아를 싫어한다고 그렇게 할까? 평민이라는 것만으로도 싫어할 귀족 여자들이 많지만, 그런 거라면 '너 같은 여자'란 표현은 조금 이상하다.

내가 생각에 빠져 있는데, 갑자기 올리비아 양이 뭔가 안절부절못하기 시작했다.

내가 왜 그러냐고 묻기도 전에 다른 사람의 목소리가 들려왔다.

"이런 곳에서 하는 거야?"

"괜찮잖아. 여기엔 나랑 너 둘밖에 없으니까."

달콤한 남녀의 대화였다. 대화 내용이…… 연인 사이인가?

대체 누가 이런 곳에서 부러운 전개를 펼치고 있는 건가 싶어, 나는 그대로 몸을 숙이고 상대를 확인하기 위해 이동했다.

"리, 리온 씨?!"

작은 목소리로 날 만류하는 올리비아 양에게 작은 목소리로 대답했다.

"아니, 오히려 이런 걸 봐야지. '누구와 누가 이어졌다'는 중요한 정보라고. 물론 궁금한 것도 있지만! 자 그럼, 대체 누가……?!"

범인(?)을 본 나는 놀라면서도 황급히 무심코 목소리를 낼 뻔한 올리비아 양의 입을 손으로 막았다.

도서실에 찾아온 남자…… 브래드가 몸집이 작고 가냘픈 금발 여자와 서로 끌어안고 키스 중이었다.

그러고 보니 저 녀석은 도서실에 자주 온다는 설정이 있었던가.

올리비아 양도 뚫어지게 보고 있다.

금발 여자―― 키스 상대는 마리에였다.

방과 후의 도서실. 둘이서 허리를 밀착시키고, 허리에 팔을 감아 서로를 껴안고 있다. 설마, 도서실에서 이런 농후한 키스 장면을 보게 될 거라고는 생각지도 않았다.

우리 둘은 그 자리를 천천히 벗어나 도서실에서 도망쳤다.

마리에 포우 라판은 도서실에서 기숙사로 가는 도중이었다.

브래드와 보낸 달콤한 시간을 떠올리며, 입술을 손가락으로 훑었다.

"후후, 정말로 이 세계는 최고야. 이전 세계처럼 바보 같은 남자도 거의 없고, 여성의 권리를 이만큼 인정받는다니, 정말 멋져."

저녁놀에 교사가 오렌지색으로 물들어 있다.

껑충껑충 뛰어가고 싶은 마음을 억누르며 여자 기숙사로 가고 있었다.

"나를 괴롭혀 왔던 바보 같은 여자들도 율리우스 전하랑 측근들한테 책망받고 입을 다물어 버렸고…… 정말로 최고야. 괴롭힘도 없어졌고, 두 번째 학원 생활도 즐겁네~."

이 세계는 마리에에게 이상적인 세계였다.

그녀가 있는 건 주인공의 자리였으니까.

세상이 자신을 중심으로 돌아가고 있는 듯한 착각마저 품고 있었다.

교사 복도를 돌자, 거기에는 율리우스와 질크의 모습이 있었다. 아무래도 마리에를 찾고 있었던 모양이다.

"마리에, 여기에 있었던 건가."

두 사람이 가까이 다가왔다.

'이 두 사람은 언제나 같이 있는 것 같네. 혹시 그런 관계? 하긴, 옛날 사람은 남색도 자주 있었다고 하니까. 그건 그것대로 괜찮을지도.'

속으로 터무니없는 생각을 하면서, 조금 미소를 띤 표정을 짓고 자세를 바로잡았다.

마리에에게 두 사람——특히 율리우스가 원하는 이상적인 여자를 연기하는 건 어렵지도 않은 일이었다.

"전하, 어쩐 일이신가요?"

그러자 율리우스가 고개를 저으며 대답했다.

"전하라고 부르지 마. 평범하게 이름으로 불러. 마침 질크와 네 이야기를 하고 있었다만, 마리에는 전속 사용인이 없지?"

마리에는 고개를 끄덕였다.

그것도 조금 부끄러운 듯이 보이도록 의도해서.

"아, 네……. 집이 그…… 조금 어려운지라, 전속 사용인은 없어요……."

'부모가 낭비해대니 글러 먹은 거야. 이왕이면 부잣집에 전생하고 싶었는데.'

본심을 숨기고 갸륵한 여자를 연기하는 마리에.

"그러시면 전하와 제가 대신 내드리지요. 이 학원에서는 전속 사용이 없으면 조금 힘든 구석이 있으니까요."

마리에는 속으로 주먹을 치켜들며 입으로 감사를 전했다.

'이걸로 피임이 필요 없는 애인 겟! 다들 하나씩 끌고 다녀서 신경 쓰였던 참인데. 그나저나, 여자가 공공연히 애인을 데리고 돌아다닐 수 있다니, 역시 터무니없는 세계구나. 나는 좋지만.'

문득 남자가 여자에게 애인을 선물하는 게 좀 그림이 이상하다는 생각이 들긴 했지만, 그냥 세계가 그런 거겠지 하고 넘어가기로 했다.

"고, 고마워요. 전── 율리우스, 질크……."

이름을 들은 율리우스가 살짝 쑥스러워했다. 마리에는 그 표정을 보고 숨겨둔 꿍꿍이가 없다는 걸 읽고 있었지만.

질크가 먼저 나서 마리에와 율리우스를 안내했다.

"그럼, 바로 갈까요? 왕도에서도 굴지의 노예 상관으로 가도록 하지요."

◇

여자 기숙사의 넓고 호화로운 방.

이곳을 사용할 수 있는 건 백작가 이상의 여자들뿐이다. 그리고 그중에서도 왕가와 연결이 있는 특별한 사람들은 한층 더 특별한 방을 준다.

공작 영애인 안젤리카도 그중에 한 명이었다.

이날은 그녀의 측근 중 하나가 방에서 불평을 늘어놓고 있었다.

"안젤리카 님, 그 여자는 용서할 수 없습니다! 전하께서는 그 여자를 위해 아인종 노예를 사줬다고 합니다. 안젤리카 님은 가질 수도 없는데!"

창문을 향해 돌아선 안젤리카는 측근에게 표정이 보이지 않도록 하고 있었다.

그녀 또한 분한 마음에 표정이 일그러져 있었다.

"……내버려 둬라. 아인 노예가 무슨 의미인지 이해하지 못하고 있다면, 그자와는 그것뿐인 관계라는 말이다."

"하, 하지만."

공작 영애인 안젤리카는 아인종 노예 따위, 구하려면 얼마든지 구할 수 있다. 그러지 않는 건 그녀가 공작가의 딸이기 때문이다. 왕태자 전하의 약혼자라는 것도 이유였다.

왕비가 될 여자가 애인이 있다는 건 농담이 되질 않으니까.

안젤리카는 측근 여자를 방에서 내보내고는, 근처에 있던 장식물을 양손으로 쥐어 힘껏 바닥에 내동댕이쳤다.

"웃기지 말라고! 그런…… 그런 아무래도 좋은 여자한테 홀딱 넘어가서는! 나는…… 나는 전하를 위해, 전하만을 위해서……!"

미친 듯이 날뛰는 안젤리카는 말 그대로 격정적이었다.

율리우스와 그 측근들이 마리에를 괴롭히는 여자들을 추궁했는데, 그 여자들이 하나같이 안젤리카의 이름을 꺼냈다.

물론, 그 여자들은 안젤리카의 측근이 아니었으며 그저 같은 고리에 있는 미묘한 사람들이었지만, 그녀들은 안젤리카의 후광을 받아서라도 주제넘게 설치는 마리에를 괴롭히고 싶었다. 여성 귀족에게 몹시 관대한 사회인지라 이따금 브레이크가 없는 여자 애들도 있었다.

그 탓에 안젤리카는 율리우스와 그의 측근들에게 마리에를 괴롭히지 말라고 책망을 받았다. 안젤리카는 힘껏 부정했지만, 믿어주지 않았다.

이 사건을 기점으로 안젤리카의 입지가 약해지기 시작했다.

지금에 와서는 마리에의 비위를 맞추려는 여자가 늘어나기 시작했다.

남자들도 그런 공기를 읽었는지, 몇몇이 마리에에게 다가가기 시작했다. 주로 율리우스 일행과 접점을 갖고 싶어 하던 부잣집 차남이나 삼남들이었다.

특히 안젤리카에게 반감을 품고 있던 세력의 움직임이 현저했다.

"증거도 없는데, 그런 여자가 하는 말만을 믿고……!"

하지만 안젤리카가 가장 분했던 건 율리우스가 마리에의 말만을 믿은 점이었다. 진짜 괴롭히던 여자들의 말을 듣고 안젤리카를

악인처럼 취급했다.

안젤리카는 이게 매우 분했다.

상황이 이렇게 되자, 마리에를 괴롭히던 여자들은 상황이 불리해지기 전에 안젤리카에게 반감을 품고 있던 세력으로 들어갔다.

안젤리카는 그런 하찮은 인간들이 어찌 움직이든 신경 쓰지도 않았지만, 율리우스의 말은 이야기가 달랐다. 그의 말이 마음에 박혀 계속 아프게 했다.

'아무리 내가 너와 약혼했다 하지만, 학원에서는 서로 일개 학생이다. 간섭하지 말았으면 하는군.'

안젤리카는 눈물을 흘리고, 그 자리에 주저앉았다.

"나는…… 나는 전하를…… 전하를 위해서 살아와야 했는데! 오로지 전하만을 위해서!"

안젤리카는 율리우스를 사랑했다.

하지만 율리우스는 아니었다.

그에게는 단순한 정략결혼이었다.

율리우스와의 약혼이 결정된 날부터 안젤리카는 부단히 노력해 왔다. 이 모든 것이 그를 위한 노력이었지만, 결국 무엇 하나 인정받을 수 없었다.

율리우스가 원한 것은 마리에 같은 여성이었다.

"전하…… 말씀해 주셨더라면 저 역시…… 어째서!"

안젤리카는 양손으로 얼굴을 가리고는 눈물을 흘리며 하염없이 울었다.

◇

"야, 바보 동생——!"

휴일 아침.

남자 기숙사에 유일한 자랑거리인 노예를 거느린 생물——아, 아니, 누나가 쳐들어왔다.

누나의 목소리에 하품하며 시계를 본 나는 아직 아침 일곱 시라는 걸 깨닫고 다시 아무 일도 없다는 듯 자리에 누웠다.

"자지 마! 너, 대체 어떻게 된 거야! 어떻게 된 거냐고?!"

뭐가 어떻게 됐냐는 건지는 모르겠지만, 나에게는 그딴 것보다 다시 자는 게 더 중요했다.

"미안, 누나. 어제 격투기 훈련 수업이 있어서 말이지. 피곤하니까 자게 해줘."

여자는 즐겁게 스포츠를 하고, 남자는 달리기 연습에 격투기 훈련으로 진흙투성이였다. 전쟁이나 몬스터와 싸우다 죽을 수도 있기에 훈련도 매우 혹독한 것이다.

"그럴 상황이 아니라고, 바보 동생아! 너, 1학년의 자세한 정보를 알려줘. 지금 당장!"

아무래도 상당히 당황했는지, 누나는 나를 억지로 일으켜 깨우려 했다.

아침부터 고양이 귀 노예에게 강제로 일으켜져 의자에 놓인 나는 졸린 눈을 비비며 하품을 했다.

"1학년의 정보? 나보다도 누나가 더 자세하잖아."

"이상한 소문이 들려왔으니까 확인하러 온 거잖아! 일단 너는 그 1학년이고!"

일단이라니 실례구만.

"정보? 아아, 그리고 보니 우리 반의 마돈나였던 밀리와 제시카가 결혼을 결정했어. 정말로 좋은 애들이었는데 아쉬워서 어쩔 수가 없네."

"그런 아무래도 좋은 이야기는 됐어."

아무래도 좋다고? 우리 남자에게는 눈물이 나오는 이야기였는데.

"마리에라는 여자를 알고 있지?"

내가 무심코 미간을 움찔하자, 이를 눈치챈 누나가 곧장 진실을 이야기하라고 명령했다.

참고로 내가 떠올린 건 도서실에서의 농후한 키스 장면이었다.

"……율리우스 전하의 그룹과 사이가 좋지."

"왕태자 전하뿐?"

"……명문 귀족 남자와도 사이가 좋아. 너무 좋을 정도야."

학원 내에서 애정행각을 벌이면 좋든 싫든 소문이 들려온다. 특히 이미 소문의 주인공이 되어있는 마리에는 더더욱.

"1학년에 공작 영애가 있지? 그쪽 정보는?"

"그런 걸 내가 알 리 없잖아? 왕태자 전하한테 혼이 났다는 정도의 소문밖에 듣지 못했어."

생각에 잠긴 누나는 심각해 보이는 표정을 짓고 있었다.

이번에는 내 차례다.

"그러는 누나는 다른 정보가 있어? 공작 영애가 지시를 내려서 마리에를 괴롭혔다는 소문이 퍼져 있던데."

"뭐? 너 바보니?"

대뜸 욕을 들었다. 아침부터 남자 기숙사에 뛰어드는 것도 정상은 아닌 것 같은데. 조신함이 없잖아. 애인을 거느리고 있는 시점에서 이미 그런 게 있을 리 없겠지만.

"그 정도로 신분이 높으면 지시하지 않아도 마음에 들고 싶어서 주위가 멋대로 움직이게 되어있어! 애초에 진심으로 짓뭉개고자 했으면 공작 영애를 건드린 애들은 이미 세상에서 사라졌을 거라고! 공작가의 힘은 너희가 상상하는 그런 정도가 아니란 말이야! 이러니까 남자들은!"

어처구니가 없다는 듯이 나를 바보 취급하는 누나에게 물었다.

"결국, 뭔데? 공작 영애는 상관이 없다는 거야?"

"그거랑 이거는 다른 문제지. 자기 그룹에서 그런 말이 나온 거라면 자기가 책임질 수밖에."

"불합리하지 않아?"

"여자란 그런 거야."

여성향 게임의 세계는 여자도 큰일인 모양이다. 아니, 악역 영애에게 가혹한 건가? 게임에서는 어땠지? 벌써 10년 전의 기억이라 어렴풋하게밖에 떠오르지 않는다.

누나는 내 얼굴을 보고는 진지한 표정을 짓고 있었다.

"2학년도 3학년도 허둥지둥하고 있어. 하필이면 왕태자 전하의 주변에서 이상한 풍파를 일으키지 말아 줬으면 한다고. 이쪽에도 예정이 있는데. 너, 조금 더 진지하게 정보를 모아. 그리고 앞으로는 나한테 제대로 보고하도록."

이 여자, 대체 나를 뭐라고 생각하고 있는 걸까? 나는 네 장기짝이 아니라고. 뭐, 신경은 쓰이니 조사해 보겠지만.

"너 이게 무슨 의미인지 이해하고 있는 거지?"

"여자는 힘들겠네."

"멍청아, 이 왕멍청아! 바보 동생!"

아침부터 시끄러운 누나를 앞에 두고 귀를 막고 있자, 누나는 내게 훈계하듯이 말했다.

"왕태자 전하는 아무 일도 없다면 이대로 왕위를 잇는다고! 여기서 전하의 마음에 들면 앞으로가 평안하다는 걸 모르겠니? 반대로 눈 밖에 나면 끝장이고!"

그럴지도 모르지만, 변경의 남작가는 상관없는 이야기다.

하지만 도회지에 살고 싶은 누나한테는 아주 중요한 이야기였다. 글러 먹은 상대와 결혼해서, 그 녀석이 율리우스 전하의 반감을 산다면 장래의 출세 따위는 바랄 수 없다.

"나는 결혼해서 무사히 졸업하면 되니까 흥미 없는데."

"정말로 남자라는 것들은!"

나는 율리우스 전하 주변에 얽히고 싶지 않다. 누나가 말했듯, 친해져서 혜택을 누리는 것도 생각 해봤지만…… 그와 친해진다는 건 이후에 일어날 사건들에 말려들 수도 있다는 걸 의미한다.

그건 안 된다.

——이 왕국은 혼란이 기다리고 있으니 말이다.

물론 게임 스토리대로 진행됐을 때 이야기지만.

"너는 아무 상관도 없다는 거지? 나쁠 것도 좋을 것도 없겠네."

누나는 내가 자칫 잘못하다가 거기 엮여 가족한테 폐를 끼칠까 걱정하고 있는 듯하다.

"저쪽이 변경의 남작 같은 걸 신경 쓸 리 없지."

다만, 역시 이 흐름이 신경 쓰인다.

그 마리에라는 여자가 이제부터 뭘 하려는 것인지가.

누나가 내게 주의했다.

"1학기 말에는 학년별 파티가 있어. 너, 허튼짓해서 나한테 창피 주지 않도록 해. 정말이지, 이러면 남자도 다시 골라야 하잖아."

바쁜 누나가 방을 나가려 했다.

"아, 그리고 너는 결혼 상대 찾았어?"

히죽히죽하는 누나를 보니 짜증이 솟구쳤다.

하지만 저런 누나조차 결혼하고 싶다고 말을 꺼내는 남자가 끊이질 않는 모양이다. 마음대로 골라잡을 수 있다니, 부러울 따름이다.

"찾았으면 내가 이러고 있을까."

"그렇겠지. 너는 조금 눈에 띄었다뿐이지 매력 같은 건 없으니까 말이야. 조금 더 남자를 갈고닦는 게 어때?"

나는 코웃음을 쳤다.

"그 매력도 없는 남자의 돈으로 노예를 받은 기분은 어때? 들려 달라고, 누님."

그러자 누나는 "뒈져, 바보 동생!"하고 내뱉고는 방을 나갔다.

혼자가 된 나는 의자에서 일어나 기지개를 켰다.

방에서 소품인 척하고 있던 루크시온이 허공에 떠올랐다.

『아침부터 떠들썩하군요.』

"1학기가 끝나는 건가…… 파티라니 귀족다운 건가?"

이 여성향 게임 세계의 학원은 일본의 학교를 모델로 하고 있다.

뭐, 일본인을 대상으로 만든 게임이니까, 익숙한 요소를 넣는 게 당연하겠지만…….

"1학기…… 친구랑 던전에 들어가고, 다회를 열었더니 끝났군."

『성과가 제로라도 마스터에게는 의미 있는 시간이었죠. 기본적으로 마스터는 게으름뱅이니까요. 움직이고 있는 것만 해도 나은 겁니다.』

"너, 나한테 원한이라도 있어?"

『저는 신인류를 싫어하니까, 마스터도 싫어합니다.』

"그런 나한테 혹사당하다니 슬픈 인공지능이구만. 평생 부려먹어 줄 테니까 각오하라고."

『그것참 기대되는군요. 그건 그렇고, 정말로 부산한 학원 생활이네요.』

하루하루의 수업과는 별개로, 던전에 들어가 용돈 벌이.

그 돈을 밑천으로 다회를 열어 여자를 초대해서는 실패를 거듭하고 있었더니 어느새 끝나 버렸다.

정말로 눈 깜짝할 사이였다.

"……흠, 혹시 정보 같은 거 모을 수 있어?"

입이 좀 험해서 그렇지, 이 AI는 몹시 유능하다.

『공작 영애나 마리에라는 여자를 조사하면 되는 겁니까? 가능합니다만, B, W, H 등의 정보는 조사해도 안 알려줄 겁니다.』

"……그것도 알려줘."

『필요 없으니 거절하겠습니다.』

"그러냐. 그러면 누나가 한 말이 사실인지 알아봐 주겠어?"

『소문의 확증을 가져오면 되는 겁니까? 마스터와 무슨 연관이 있는 겁니까? 얽히지 않겠다고 했는데 벌써 방침 전환인가요?』

"단순한 호기심이야."

『호기심입니까. 구제 불능이군요. 그럼 소문을 확인하러 가도록 하지요.』

그렇게 말한 루크시온은 마치 풍경 속에 녹아드는 것처럼 모습을 감추더니, 그대로 방을 나서 정보를 수집하러 갔다.

저 녀석, 진짜 만능이군.

★제07화 「하얀 장갑」

1학기가 얼마 남지 않았을 무렵.

누나가 말한 대로 연례행사에 학년별 파티가 있었는데, 학원에서 열리는 파티치고는 매우 호화로웠다.

파티에 나오는 요리의 질이나 양에 말문이 막혔다. 참고로 남자는 교복 차림이지만, 여자는 대부분이 드레스를 입고 나왔다.

옆에 아인 사용인을 세우고 아름답게 치장한 여자들을 보며 헤벌쭉한 표정을 짓는 남자들.

내 시선도 멋대로 여자의 가슴으로 향하는 탓에 시선 관리에 애를 먹고 있었다.

나는 헛기침을 한 뒤 진지한 표정으로 말했다.

"지금 가슴은 F컵인──가 아니라, 굉장한 요리군."

테이블에 시선을 되돌리자 다니엘이 고개 요리를 접시에 가득 담아 먹고 있었다. 레이먼드는 그걸 보고 어이없어하고 있다.

"이런 큰 파티는 처음이야. 학원은 대단하네."

"다니엘, 입에 음식을 넣은 채 말하지 마. 이만한 규모의 파티를 학년별로 개최한다고 생각하면, 왕도는 역시 굉장하지. 지방의 가난한 남작가와는 천지 차이야."

전에 루크시온이 말했다.

왕도의 실력을 지방 출신자들에게 과시하기 위해 학원에 다니게 하는 것이라고. 확실히, 이 파티만 봐도 재력 차이는 확연했다.

본가에서 응석을 부리며 자라 온 귀족 도련님들도 이걸 보게 되면 느끼는 바가 하나나 둘은 있을 것이다.

다니엘이 주위를 둘러보고 있었다.

오늘은 보통 클래스의 학생들도 참가하였기에, 파티 참가자가 매우 많았다.

"보통 클래스의 여자도 드레스가 많네. 교복으로 참가한 여자가 너무 적어."

레이먼드는 안경을 밀어 올리고 있다.

시선 끝에는 레이먼드 취향의 날씬한 여자가 있었다.

이 녀석은 겉으로는 안 그래 보이면서 속으로는 무척 밝힌다.

"드레스도 가격이 천차만별이니까. 최소 2천 디아는 있어야 한 벌 마련할 수 있는 모양이야."

한 벌에 무려 20만 엔!

뭐, 전세에서도 드레스를 산 적은 없기에 비싼 건지 싼 건지는 알 수 없었지만, 어쨌든 최저 가격이 20만인 듯했다.

그런 와중에 지금 화제의 여자인 마리에가 교복 차림으로 등장했다. 주위에서는 학생들이 웅성웅성하며 시끄럽게 이야기하고 있었다.

참고로 특대생인 올리비아도 마찬가지로 교복 차림으로 왔지만, 아무도 신경 쓰지 않았다.

그나저나 자작가의 딸이면 드레스 정도는 준비할 수 있을 법도 한데…….

마리에는 파티장을 살짝 둘러보더니 전하와 그 측근들이 있는 곳으로 향했다. 이 파티 안에서 최상위인 그룹에.

율리우스 전하는 교복으로 등장한 마리에를 보고 조금 놀라고 있다.

"마리에, 드레스는 어쨌지?"

"저, 저기…… 준비하지 못했어요."

자못 교태를 부리는 듯한 태도에, 주위 남자들은 "미리 말해 줬다면" 하고 잇따라 마리에한테 말을 건네고 있다.

그리고 질크가 미소 지었다.

"호화로운 드레스보다도 도리어 산뜻하게 느껴지는데 말이지요. 마리에 양, 다음에 저와 드레스를 맞추러 가지 않겠습니까? 왕도에 단골 가게가 있답니다."

"그, 그건 질크에게 너무 미안해요."

겸손한 태도에 율리우스 전하를 비롯한 다섯 명이 조금 흥분한 것처럼 말을 걸고 있었다. 마치 다섯 명이 마리에의 관심을 서로 쟁탈하고 있는 것 같았다.

저들이야 어쨌든, 모브 남자인 우리에게는 이 파티는 기회이기도 했다. 선배들에게서 얻은 정보에 의하면 여기서도 커플을 만들 기회가 있다나.

"자, 그럼 둘 다 준비는 됐어?"

내가 두 명에게 말을 걸자, 다니엘이 접시를 내려놓았다.

"그래, 배는 충분히 채웠어."

레이먼드도 안경 위치를 바로잡았다.

"우리도 힘내야지."

셋이서 곧바로 행동을 개시했다.

무작정 여자들에게 말을 걸고 다니는 거다.

이런 분위기라면 약간 타협해서 결혼해 주는 여자가 있을지도 모른다. 사실, 이제는 상대에게 애인이 따로 있어도 상관없는 게 아닐까 하는 생각까지 들기 시작했다.

"오! 저기에 여자 세 명 그룹을 발견! 곧바로 작업 걸어 보자고."

다른 남자들도 움직이는 가운데, 우리도 여자들이 있는 곳으로 향했지만——.

"뭐? 거울이나 보고 다시 와."

"지방 남작가? 시골뜨기는 필요 없어."

"촌뜨기는 촌뜨기답게 같은 촌구석 여자한테나 말 걸도록 해. 이쪽은 최소 자작가를 노리고 있단 말이야. 게다가 변경이라니……
상대할 가치도 없네."

"이런 게 싫단 말이지, 결혼에 필사적인 남자는. 속이 옅은 게 훤히 보여."

"남자는 좀 더 여유가 있어야지."

"왕태자 전하랑 측근들하고는 천지 차이야."

여자들한테 가볍게 무시당한 것도 모자라 그녀들의 전속 사용인──아인종 애인들에게 얕보이기까지 했다. 그들의 주인은 여자들인지라 우리 같은 모브에게 태도가 거만한 노예가 많다. 그렇다고 이에 앙심을 품고 어디 밤길에서 여자를 습격했다가는 진짜 끝장. 요는 자기 위치가 안전하다는 걸 알고 있는 거다. 그래서 우리를 내려다보는 거고.

"저, 저기, 이야기만이라도──"

여자 중 한 명이 턱으로 사용인에게 지시를 내렸다.

그러자 근육 덩어리 같은 아인종이 우리를 냅다 밀쳤다.

셋이서 함께 나뒹굴자 주위의 시선을 모아 버리는 바람에 여자들한테서는 비웃음을 당하고, 남자들의 웃음이나 동정의 시선을 받았다.

"다음 생에 다시 오도록 해. 아니, 다음 인생이 있다 해도 좀 더 제대로 된 남자로 태어나기를 바라야 할 수준이긴 하지만. 그럼 안녕, 촌구석의 시골뜨기 남자들."

주위 여자들이나 노예들이 우리를 보고 웃고 있었다.

파티 회장 바깥.

"젠장! 우쭐해져서는!"

다니엘이 노골적으로 화를 냈다.

레이먼드는 벤치에 앉아 무릎을 끌어안고 밤하늘을 올려다보고 있었다.

"인생을 다시 시작하라니…… 말이 너무 심하잖아."

……참고로 나는 진짜 다시 시작한 사람이라 매우 복잡한 기분이었다.

파티 회장에서 즐거운 듯한 음악이나 웃음소리가 들려왔다.

회장의 분위기에 견디지 못하고 그대로 도망치듯이 밖으로 나온 우리를 본 여자들이 웃음을 흘렸다. 태도로 보아 아무래도 상급 클래스의 여자일 거다.

보통 클래스 여자들은 이쪽을 불쌍하다는 듯 보았지만, 그마저도 눈을 피하고 있었다.

비참하다.

"……뭔가, 이제 넌덜머리가 나기 시작했어."

내 말에 다니엘이 뭔가 말하려다가 입을 다물고 고개를 숙였다.

레이먼드도 아무 말이 없었다.

남작가의 당주는 무슨 일이 있어도 귀족을 아내로 맞아야 한다. 그러지 않으면 세간에서 '저 집안, 이상하지 않아?'같은 소리를 듣게 된다.

아버지가 조라와 결혼한 것도 그러한 디메리트를 피하기 위해서였다. 이걸로 전쟁까지 일어날 수 있다고 하면 믿어지는가? 격에 맞는 행동을 하고 있지 않다든가 천박한 집안이라는 말을 듣기 때문이다.

고로 이 무렵의 남자는 필사적일 수밖에 없다. 그리고 선택권을 쥔 여자는 강해진다. 그 결과가 학원의 현 상황이다.

사내자식 셋이서 벤치에 앉아 멍하니 하늘을 올려다봤다.

"어째 여자가 기분 나쁘게 느껴지기 시작했어."

다니엘의 말에 레이먼드도 동의했다.

"그렇지. 남자는 졸업까지 결혼하지 못하면 세간의 시선이 차가우니까 결혼을 서두르는데. 시간상으로 여유가 있는 여자하고는 조건이 너무나도 달라."

딱히 학원의 여자 모두가 끔찍한 건 아니지만, 대부분은 그런지라 학원에서 생활하고 있으면 불쾌한 기분이 드는 남자가 많을 수밖에 없었다.

나는 문득 소름 돋는 말을 떠올렸다.

"루클 선배가 했던 말인데, 학원에서 여자에 질려 그쪽 취향으로 기우는 남자도 있대. 입학 전에는 농담인 줄 알고 웃었는데, 지금은 전혀 웃음이 나오질 않아."

다니엘도 레이먼드도 고개를 끄덕이고 있었다.

남자를 고르는 남자가 있다.

조금 충격적인 건 여기에도 지구에 있던 내 여동생처럼 BL을 즐기는 여자가 있다는 점이다.

학원에 입학→지독한 여자에게 시달림→남자와 관계를 맺음→부녀자 대 환희. 매년 새로 학생이 들어올 때마다 이 같은 일이 발생하는 거다. 그야말로 부(腐)의 순환. 어감이 좋기에 말해본 것뿐이다. 뭐 사실이 그러니까 말 못 할 건 없겠지. 아니, 못하나?

무언인 채로 시간만이 지나갔다.

어느샌가 파티 회장의 연주가 끊겨 있었다.

파티 회장에 흐르는 음악은 라이브 연주다. 파티가 끝나지 않는 한은 무슨 일이 있지 않은 한 계속 흘러나오는 게 정상일 터.

회중시계를 꺼내 보니 파티가 끝날 시간은 아니었다.

그렇다고 '그냥 연주를 쉬고 있는 거겠지' 하기엔 회장의 웃음소리가 전혀 들리지 않았다.

오히려 이따금 누군가가 소리치는 듯한 소리가 들려왔다.

"야, 뭔가 분위기가 이상한 거 같은데?"

내 말에 레이먼드가 회장에 시선을 향했다.

"그러고 보니 어쩐지 묘하게 소란스러운 듯한데."

다니엘이 자리에서 일어섰다.

"상황을 보고 올까? 창문으로 엿보면 되겠지."

레이먼드가 제지했다.

"엿보다니, 이 이상 창피를 거듭하지 말자고. 누가 봤다간 웃음거리야. 하지만 좀 궁금하긴 하다."

살짝 흥미가 생겼지만 지금 다시 회장에 들어갈 순 없다는 이야기를 하고 있자니, 회장에서 여자 하나가 빠져나와 주위를 두리번거리더니 날 보고 이쪽으로 다가왔다.

누군가 했더니 교복 차림의 올리비아 양이었다.

"리온 씨! 큰일이에요!"

◇

올리비아 양을 따라 파티 회장으로 돌아가자 회장 안에 심상치 않은 분위기가 흐르고 있었다.

회장 중심의 몇몇 인물을 중심으로 학생들이 다들 벽 쪽에 모여 상황을 지켜보고 있었다.

그 회장 한가운데는 말 그대로 소란의 중심이었다.

"대체 무슨 일이 있었던 거야?"

"처음에는 가벼운 말다툼이었는데요, 그게……."

소란의 중심은 마리에를 둘러싼 남자 다섯과 금발벽안의 미소년 엘프【카일】, 그리고 안젤리카 양이었다.

때마침 안젤리카의 격양된 목소리가 들려왔다.

"어째서 제 이야기를 들어주시지 않는 겁니까! 저는…… 저는 전하를 위해서……!"

다른 사람들이 어찌 생각할지 모르겠지만 나에게는 그 목소리가 한없이 비통하게 들렸다.

하지만 안젤리카 양의 떨리는 목소리에도 전하의 표정은 한없이 차가웠다.

"너의 말은 도저히 들어줄 수가 없다. 그뿐인 이야기다."

"기다려 주십시오. 그자의 본성을 알고서도 어째서 받아들이실 수 있는 겁니까!"

아무래도 안젤리카 양이 전하를 상대로 무언가를 호소하고 있는 모양이다.

내가 다시 올리비아 양에게 시선을 보내자, 그녀가 설명을 이어갔다.

"그게, 마리에 씨가 왕태자 전하가 아닌 다른 남성과 손을 잡고 있자 안젤리카 양이 버럭 화를 냈는데, 정작 왕태자 전하는 그 정도로 소란 피울 것 없다고 하셨거든요."

자기 여자에게 다른 남자가 있어도 상관없다는 건가.

아무래도 율리우스 전하의 도량이 엄청난가 보다.

나는 절대 사절이다.

사건의 원인인 마리에는 여전히 교복 차림으로 전하 뒤에 숨어 있었다. 마치 보호 욕구를 돋구려는 듯이.

한편 안젤리카 양은 아름다운 빨간 드레스에 완벽한 화장까지 더해져 그야말로 빛이 나는 것 같았다.

대비라고 하는 걸까?

안젤리카 양과 마리에는 정반대의 방향성이었다.

전하 뒤에 숨은 마리에 옆에는 미소년 노예가 굳건히 자리를 지키고 있었으나 안젤리카 양 주변에는 아무도 서 있지 않았다.

브래드가 앞으로 나왔다.

"레드글레이브 가의 딸도 이리되니 비참하군. 보라고, 너한테 찬성하는 녀석은 이 자리에는 없어."

안젤리카 양이 주위를 둘러보자, 지금까지 측근으로서 단물을 빨아 왔던 학생들이 고개를 돌렸다.

그녀에게 반감을 품고 있던 학생들이 작게 히죽히죽하며 그녀를 보고 있었다.

안젤리카가 다시 입을 열었다.

"너희들은 이 여자가 무슨 짓을 했는지 알고 있는 건가? 너희들 모두에게——"

손을 댔겠지. 하지만 전하의 측근들은 전혀 놀란 표정을 보이지 않았다.

"이미 알고 있다."

크리스가 안젤리카의 말을 끊고 대답했다. 안젤리카 양의 얼굴이 충격으로 물들었다.

"뭐라고?!"

크리스는 겁을 먹은 마리에를 보고 살짝 미소를 보냈다. 평소에는 무표정하게 검을 휘두르고 있는 남자가 그런 표정을 짓자, 주위 여자들의 뺨이 발그스레하게 물들었다.

역시 얼굴인가? 얼굴인 건가? 얼굴이겠지.

"나는 그녀에게 구원받았다. 내 고민을 들어 줬다. 그리고, 나는 그녀를—— 지키고 싶다고 생각했다."

학년의 전 학생이 보고 있는 가운데, 저런 고백을 하다니, 터무니없는 강철 멘탈이군.

그러자 그렉이 뒤이어 나섰다.

"너는 핑계가 많군. 솔직하게 좋아한다고 말하면 되잖냐."

질크 역시 입가에 손을 가져다 대고 싱글싱글 웃고 있다.

"그러네요. 멋진 여성입니다. 그래도, 마리에 양을 가장 사랑하는 건 저라고 생각하지만 말이에요."

안젤리카 양은 믿기지 않는지 말없이 시선을 전하에게로 옮겼다.

하지만 정작 율리우스는 신경도 쓰지 않는지 부루퉁한 표정으로 엉뚱한 소리를 했다.

"질크, 설령 너라도 그건 넘어갈 수 없다. 마리에를 가장 사랑하는 건 바로 나다."

그 말에 주위에서 잠자코 있던 여자들이 새된 성원을 질렀다.

"지금 말 들었어?!"

"나도 저런 말을 받아보고 싶어!"

"부러워라! 그에 비해, 공작 영애님은 꼴사납네."

안젤리카 양에게 비웃음이 날아들었다.

그녀는 고개를 숙이고 손을 꽉 쥐고 있다.

"……전하는 재학 중의 놀이로 끝내실 생각이 없다는 말씀입니까?"

안젤리카 양의 물음에 율리우스 전하는 시선을 떨궜다.

"내게 정말로 소중한 여성은 그녀 한 명뿐이다. 계속 마리에를 상처 입히겠다면 용서하지 않겠다."

주위 여자들이 안젤리카 양을 조소했다.

"들었어? 공작 영애님도 이걸로 끝이네."

"이건 이미 약혼 파기나 마찬가지 아니야?"

"나, 저 애 싫었단 말이지."

안젤리카가 약해졌다고 아주 제멋대로 지껄이는군.

"하렘을 보는 여자의 기분이 이런 건가. 뭔가 속이 근질근질한데. 너무 딱하잖아."

"리온 씨?"

옆에서 고개를 갸웃하고 있는 올리비아 양.

다니엘과 레이먼드는 안젤리카 양의 표정을 보고 놀라고 있다.

"야, 야, 이거 위험하지 않냐?"

"어째 당장이라도 뭔가 저지를 것 같은 표정이군."

뭔가 각오를 굳힌 듯한, 체념한 듯한 무표정. 눈에는 지금까지 깃들어 있던 빛은 없고, 어두운 무언가가 보이는 느낌이 든다.

안젤리카 양은 무언가를 마리에한테 내던졌다.

"——어?"

무언가가 마리에의 몸에 맞고 그녀의 발치에 떨어졌다. 마리에는 멍하니 이걸 바라보고만 있었다.

"주워라, 더러운 계집. 전하를 홀린 마녀 년."

하얀 장갑, 즉 결투 신청이었다.

그녀가 장갑을 주우면 결투를 받아들인다는 의미가 된다.

"그러고 보니 그런 설정도 있었지. 결투 이벤트인가."

그런 말을 중얼거리고 있자, 레이먼드가 허둥대기 시작했다.

"또 영문을 알 수 없는 말이나 하고! 이 결투의 의미를 알고 있는 거냐?!"

공작 영애가 자작가의 여자에게 결투를 신청했다.

물론 결투라 해도 본인들이 직접 치고받지는 않는다.

"실질적으로는 공작 영애와 율리우스 전하 및 측근들의 결투가 되겠군."

남자라면 결투에 직접 나서서 실력을 겨루겠지만, 여자는 대리인을 쓰는 게 보통이다. 게임에서는 주인공이 지금껏 호감도를 쌓아온 남자들이 대신 받았었는데, 지금 그 주인공 자리에 가야 할 올리비아 양은 내 옆에 있다. 그렇다면——.

나는 매우 안 좋은 예감이 들었다.

"……안젤리카, 실망했다."

노골적으로 미간을 찌푸리는 율리우스 전하. 아무래도 분노가 정점에 달한 듯 보였다.

"마리에, 줍도록 해라. 괜찮다. 너한테는 내가 붙어 있다. 내가 직접 너의 대리인을 맡도록 하지."

그 말을 신호로 질크를 비롯한 다른 남자들이 앞다투어 마리에에게 말을 걸었다.

"전하만 멋진 모습을 보이게 둘 수는 없지요. 학원의 규칙에도 여자의 대리인이 한 명만 있어야 한다는 말은 없습니다. 저도 입후보하겠습니다."

그렉이 손바닥에 주먹을 부딪쳤다.

"재미있으니까 나도 참가하겠어. 누구라도 좋으니까 덤비라고!"

"뇌까지 근육으로 된 녀석은 이래서…… 하지만, 더러운 계집이라는 말은 흘려들을 수 없군. 정정해 주실까. 그리고 결투 후에 사죄도 해 줘야겠어. 당연히 나도 참가한다."

브래드 고개를 내저었지만, 그런 것 치고는 아무래도 의욕이 넘치는 것 같았다.

"검 실력에는 자신이 있다. 마리에의 검으로서 싸워 보이지."

마지막으로 크리스까지 팔짱을 끼며 마리에를 거들었다.

마리에는 손가락으로 눈물을 닦고 있었다.

"다들…… 무섭지만, 모두가 있어 준다면 안심이야. 나, 이 결투를 받아들일게. 안젤리카 씨, 저는 모두와 함께 싸우겠어요."

마리에가 한껏 갸륵한 모습을 연기하는 중에 카일만 혼자 어이없다는 표정을 짓고 있었다. 뭔가 미소년이 빈정대니 잘 어울린다.

"정말로 바보 같은 주인님이네요. 제가 있다는 걸 잊으시지 않았나요? 응원 정도는 할 수 있어요."

마리에가 미소를 짓고 있었다.

"고마워, 카일."

……걱정이 현실이 되었다.

"제길, 역하렘 루트잖아……."

"뭐냐 그건. 그보다, 이렇게 되면 공작 영애는 어떻게 되는 거지? 저 다섯 명을 상대할 수 있는 녀석이 있나?"

다니엘의 의문에 레이먼드가 고개를 끄덕였다.

"전하는 물론, 하나같이 다들 성적이 뛰어난 사람들이니까 말이지. 저 다섯 명을 상대로 싸울 수 있는 남자가 있을 리 없어. 무엇보다 차기 성검 후보인 크리스가 상대라니. 시작도 전에 끝난 거나 마찬가지야."

싸우는 걸 싫어하는 남자가 태반이었다. 그야 전하가 상대라면 다들 피하는 게 당연하겠지만.

이건 연습 시합 같은 게 아니라, 결투다.

지금까지 안젤리카 양의 측근을 맡고 있던 남자들조차 다들 노골적으로 시선을 피하고 있었다.

아무도 나서지 않자 그렉이 주위를 부추겼다.

"이봐, 누구 이 녀석을 도와줄 기특한 녀석은 없는 거냐? 측근도 있었을 텐데? 이렇게까지 인덕이 없다니, 가엾을 지경이군. ……이건 결투다. 대리인이 없어도 도망칠 수 없어."

그러자 안젤리카 양을 비웃는 목소리가 파티 회장을 가득 채웠다.

모든 이가 그녀를 비웃거나, 동정의 시선을 보내고 있었다.

학원에서 생긴 결투는 학원 밖에서 대리인을 데리고 올 수 없게 되어있다. 애들 결투에 어른이 끼면 안 되지 같은 암묵적 룰이다.

게임에서는 이를 깨고 밖에서 사람을 데려와 처참하게 져서 엄청난 수치를 당하는 이야기였다. 하지만——.

"있지, 저 여자가 어떤 추태를 드러낼지 내기하지 않을래?"

"본가에 울며 매달리면서 끝이야. 이 결투는 성립할 수가 없어. 저기 나설 대리인이 있겠냐고."

227

"저 여자가 직접 나올지도 모르지. 그렇게 되면 흠씬 두들겨 줬으면 좋겠네."

──주위 여자들의 반응이 너무 차가웠다. 너무나도.

입학할 때는 그렇게나 안젤리카 양 앞에서 얌전했는데, 상황이 변했다고 이렇게까지 태도가 드세질 수 있는 건가?

상대가 공작 영애라는 걸 개의치 않는 태도까지 나오고 있다. 이미 약혼이 파기되어 그녀의 인생도 끝났다고 생각하고 있는 걸지도.

게임에서는 시골의 추남에게 떠넘겨지는 결말이었던가?

늘 다부지던 안젤리카 양이 초조한 눈빛으로 주위를 둘러보다가── 나와 눈이 마주쳤다.

안젤리카 양의 시선이 떨리고 있었다. 지푸라기라도 잡는 심정일지, 접점도 없는 나에게 도움을 구하고 있었다. 하지만 그녀는 이내 내게서 시선을 돌리더니 고개를 숙이고 이를 악물었다.

"서, 설령 누군가 대리인이 되어 주지 않는다고 할지라도……."

그렉이 코웃음 쳤다.

"왜 그래? 아까의 위세는 어디로 간 거야?"

주위는 안젤리카 양에게 몹시 차가웠다.

그중에서도 가장 차가운 건 전하였다. 약혼자인데.

"안젤리카, 각오는 되어있겠지? 이제 무를 수는 없다. 이미 하얀 장갑을 던졌으니까."

정말로…… 어째서일까.

나는 이상 안젤리카 양을 모른 척 내버려 둘 수 없었다.

내가 자리에서 발을 움직이자, 곧장 올리비아 양이 내 팔을 붙잡았다.

"저, 저기…… 어쩌실 생각인가요?"

올리비아 양이 불안한 표정으로 물어보았다.

애초에 이 아이는 왜 여기 있단 말인가. 이 아이가 있을 자리는 저기 마리에가 서 있는 곳인데…… 마치 마리에가 자리를 빼앗은 것 같지 않은가.

……내가 뭘 어쩌려는 거냐고? 답은 나와 있다.

그러자 이번엔 다니엘이 나를 막으려 했다.

"정신 차려! 어딜 끼어들려는 거야. 우린 얽히면 안 돼!"

레이먼드도 같았다.

"싸우기 전부터 승부는 결정이 나 있는 결투나 마찬가지라고. 게다가 이겨도 져도 대리인으로 나간 사람은 좋은 꼴을 보지 못할 거야! 상대는 전하라고!"

세 사람이 날 제지했지만, 나는 씨익 웃었다.

"난 말이지…… 저 녀석들이 마음에 들지 않거든."

딱히 안젤리카 양과 친하진 않다. 내가 움직이는 것도 동정심이겠지. 하지만 가장 큰 이유는 내 의지다.

사람들을 밀어 헤치고 앞으로 나가자, 내게 시선이 모였다.

"예이, 예~이! 제가 결투 대리인으로 입후보하겠습니다~!"

분위기를 깨버리듯 가벼운 말투로 손을 들며 결투 대리인을 자청하자 곧장 '뭐야 이 녀석, 분위기 파악하라고' 같은 시선이 쏠리기 시작했다.

"너, 대체 누구냐?"

그렉이 날 보고 그런 말을 했다. 정말로 모르는 모양이다.

모브에게는 모진 현실이라는 거다.

브래드가 나를 품평하듯 눈을 위아래로 움직였다.

"그러고 보니 입학 전에 모험가로서 성공한 녀석이 있었다지? 독립해서 남작이 될 예정이라고 들었는데, 그게 너인가?"

오우, 초면부터 대놓고 깔보는 시선이었다.

뭐, 내 성적이나 신분을 보면 관심조차 가진 적도 없겠지만.

나는 무시하고 이야기를 계속했다.

"됐고, 안젤리카 양은 저를 대리인으로 지명하시죠. 자, 얼른."

안젤리카 양이 난감해하고 있다.

"아, 저기…….."

"자, 어서. '인정한다' 한 마디면 해결된다니까요?"

"이, 인정한……다."

혼란스러워하는 안젤리카 양에게 억지로 인정을 받아낸 나는 전하 일행 쪽을 돌아봤다.

"자, 그렇게 됐으니 이 '리온 포우 발트파르트'가 결투 대리인을 맡겠습니다. 그쪽은 전하를 비롯한 다섯 분이 나오시는 거죠? 결투 방식도 정해야겠지만, 그전에 무엇을 걸지를 정하죠."

나는 그렇게 말하고 힐끗 마리에의 얼굴을 보았다. 이쪽이 끼어들 줄은 전혀 예상하지 못했는지 멍하니 날 바라보고 있었다.
루크시온이 모아온 정보대로인 것 같다.

이 녀석은 나와 같은 이 세계의 이물. 전생자이거나, 혹은 비슷한 무언가다.

이 여성향 게임 세계를 알고 있는 인간. 전생도 아마 여자였겠지. 남자였다면 조금…… 음, 뭐…… 여성향 게임을 좋아하는 남자가 있을 수도 있겠지. 있긴 한데…… 그렇다면 원래 남자였던 녀석이 남자를 옆에 거느리고 역하렘을 쌓았다는 게…… 깊게 생각하지 말자. 원래 여자였을 거다.

나는 다시 안젤리카 양에게 고개를 향했다.

"안젤리카 양이 결투를 신청한 이유는 뭐죠? 요구를 말씀하세요."

안젤리카 양은 내가 점점 주도권을 가져가자 곤혹스러워하고 있었다. 아마 내가 이 상황에 가벼운 태도를 보이는 게 믿기지 않는 거겠지.

하지만, 마음을 고쳐먹은 것인지 자신의 희망을 말해주었다.

"……전하께 가까이 다가가지 마라. 내가 원하는 건 그것뿐이다."

주위에서 수군수군하는 목소리가 들려왔다.

"들었어?"

"뭐야, 설마 질투?"

"정말 추하네. 매력이 안 되니까 힘을 쓰는 거야?"

안젤리카 양이 고개를 숙이고 이를 악물었다.

나는 고개를 끄덕이고 나는 다시 마리에게 시선을 던지며 말했다.

"이쪽의 요구는 이겁니다. 어서 그쪽의 요구도 말씀해 주시죠."

그러자 전하가 내 시선을 가로막듯이 앞으로 나섰다.

"그렇게까지 해서 우리를 갈라놓고 싶은 거냐. 어느 쪽이 마녀인지 알 수가 없군. 안젤리카, 설령 우리 사이를 갈라놓는다고 하더라도 내 마음이 너에게 돌아갈 일은 없다!"

안젤리카 양이 중얼거렸다.

"알고 있습니다. 알고 있습니다만, 그자를 떼어 놓는 것이, 제가 할 수 있는 마지막……."

나는 손뼉을 쳐서 대화를 일부러 끊었다.

"그 이야기는 나중에 따로 하시고. 자, 그쪽의 조건을 빨리 꺼내 주시죠. 빠~알~리."

마리에 진영 남자들의 표정이 약간 일그러졌지만, 나는 신경 쓰지 않았다.

마리에가 앞으로 나와 안젤리카 양에게 대한 조건을 말했다.

"제, 제가 이기면 이런 짓은 그만둬 주세요. 가문의 힘을 써 억지로 말을 듣게 하는 건…… 좋지 않다고 생각해요."

이것 참. 어디선가 들었던 대사라고 생각했더니, 주인공의 대사잖아. 이 녀석, 주인공의 대사를 표절했어.

"그럼, 이쪽이 이기면 전하와 너는 헤어진다. 이쪽이 지면 더이상 관여하지 않겠다. 이걸로 틀림없지? 그러면, 다음은 결투 방법을 정해야겠지. 투기장을 빌려 갑옷으로 결투하는 건 어때?

가장 보편적인 방법이 좋지 않겠어?"

결투라는 이벤트가 흔한 건 아니지만, 매년 꼭 일어나는 이벤트이기도 하다. 결투 이유는 별 대단한 게 아니어도, 자신의 실력을 보여줄 기회이기에 분발하는 남자들이 많다.

참고로 결투할 때는 갑옷――파워드 슈트 같은 무언가를 사용하는 것이 통례다. 갑옷을 가지고 있다는 것만으로 재력의 증명이 된다.

결투에서 승리한다는 건 실력과 재력을 알리는 동시에 명예까지 얻을 기회인 거다.

크리스가 날카로운 시선으로 나를 쳐다보고 있다. 당장이라도 베려고 덤벼들 것만 같다. 지금은 무기가 없지만 그런 분위기가 나오고 있었다.

"우릴 상대로 이길 생각을 하는 거냐? 다치고 싶지 않거든 대리인을 사퇴해라. 네 실력으로는 승부가 되지 않는다."

나의 뭘 알고 그런 말을? 아니, 뛰어난 학생은 이미 이름을 알고 있으니, 기억에 없는 나는 당연히 찌꺼기란 논리인가?

"이것 참. 왜 내가 질 거라고 단정하지?"

내가 가볍게 도발하자, 갑자기 회장이 폭소의 소용돌이에 휩싸였다.

"어이, 들었어?!"

"이길 생각이래. 정말로 주제를 모르네."

"저 녀석, 웃음을 유발하는 재능은 있는 것 같은데!"

"운 좋게 남작이 된 주제에, 웃기고 있어."

여자뿐만 아니라 남자들에게서도 비웃음을 사고 말았다. 하긴 이 다섯 명이 1학년의 정상이라는 인식이니.

실력이 아니더라 신분만 봐도 싸움을 거는 것 자체가 미친 짓이다.

그렉이 내게 가까이 다가오더니 얼굴을 들이대며 위협했다.

"그러고 보니, 조금 전에 여자들에게 말을 걸고 있던 녀석들이 전속 사용인한테 떠밀려 바닥을 구르고 회장에서 도망치던 녀석이 있던데. 그게 너였나?"

알고 있으면서 묻다니, 이 녀석 성격이 나쁘구만.

"……너와는 승부가 되질 않아. 눈에 띄고 싶었을 뿐이라면 얼른 꺼져라, 잔챙아."

그렉은 실전 경험을 쌓은 만큼 다른 녀석들과 박력이 달랐다.

이야, 정말로 훌륭한 녀석들이 아닌가. 가냘픈 여자아이를 위해 이렇게까지 힘낼 수 있다니.

아무것도 모르는 사람에게는 안젤리카 양이 지독한 괴롭힘을 당하는 거로밖에 보이지 않는 데도.

……정말로 훌륭한 녀석들이야.

"어, 뭐야? 말로 꺾고 싶은 건가? 혹시 결투 방법을 말싸움으로 하고 싶어? 난처하네~, 나는 그런 거 서툴거든. 하지만 이쪽이 결투를 신청했으니 받을 수밖에 없나? 나랑 싸우는 게 싫어서 말로 겨루고 싶은 모양이니 말이야. 어쩔 수 없지~. 서로 힘내자고."

내가 강하게 도발하자 그렉이 이마에 핏대를 세우기 시작했다.

결국, 보다 못한 질크가 중재에 들어갔다.

"결투는 갑옷을 사용한 일대일 형식으로 하지요. 단, 이쪽은 다섯 명. 그쪽이 기한까지 인원수를 갖출 수 있다면 당신까지 총 다섯 명의 참가를 인정하겠습니다. 투기장은…… 벌써 여름방학도 코앞이니 종업식 다음 날에는 빌릴 수 있겠지요."

상황을 정리해 주기에 나는 감사히 고개를 끄덕여주었다. 하지만 말은 저렇게 해도 종업식까지 이미 시간이 별로 없다. 사람을 모으기란 사실상 불가능하다.

"결국은 1대 5인가. 뭐, 일대일로 다섯 번 싸우면 될 일이지."

다섯 명이 동시에 덤벼들면 나도 장담하기 어렵지만, 1대1이면 문제없다.

그러자 질크가 내게 의심의 시선을 던졌다.

"정말로 이길 생각입니까? 지금은 그런 일이 별로 없습니다만, 결투로 죽는 사람도 있었습니다."

목숨을 건다는 규칙은 거의 사라졌지만, 그래도 운이 나쁘면 죽는다는 게 지금의 결투다. 학원 내의 특별 규칙 같은 것이다.

"알고 있으니까 괜찮습니다요. 대신 하나 물어봐도 되겠습니까?"

"……뭐죠?"

"왜 당신들은 괜찮다는 얼굴을 하는 겁니까? 좋아하는 여자애 앞에서 멋진 척하고 싶은 마음은 이해합니다만, 자기는 안전하겠지 하는 그 생각이 너무 안일하군요."

질크가 눈을 가늘게 떴다. 평소에 착해 보이는 녀석이 화내면 정말로 무섭다.

"실적이 있는 분이라고 들었습니다만, 아무래도 기대에 어긋난 것 같군요. 상대의 실력을 파악하지 못하는 것 같습니다."

율리우스 전하가 우리의 대화에 끼어들어 왔다.

"거기까지 해 둬라, 질크. 거기, 리온이라고 했나. 그런 말까지 들은 이상 농담으로는 끝낼 수 없다. 각오는 되어있겠지?"

아까부터 뒤에 숨어 보고만 있는 마리에는 어지간히도 예상외의 사태인지 침착함을 잃어버린 상태였다.

겨우 이런 거로 당황할 거였으면 처음부터 안젤리카 양을 도발하지 말았어야지. 민폐다.

덧붙여서 말하자면…… 나는 소심한 인간이다.

"소중한 연인과의 이별을 끝마쳐 두라고, 왕자님. 아, 다른 네 명은 지더라도 상관없는 결투니까 손가락을 물고 지켜보고 있으라고 말하는 편이 좋으려나?"

전하의 시선이 험악해졌다.

그쪽도 도발했잖아. 나한테 화내지 말라고.

아니, 그보다…… 뒤에 있는 안젤리카 양이 어느새 병풍 취급이 잖아.

전하는 눈앞에 약혼자가 있다는 게 무슨 의미인지, 다시 깊게 생각해 봤으면 한다.

명문 귀족의 면면이 여자 한 명에게 속아 넘어가고 있다는 사실이 얼마나 위험한 건지, 좀 깨달았으면 좋겠다.

★제08화 「결투」

파티 다음 날.

마리에는 침대 위에서 무릎을 끌어안고 있었다.

엄지손가락 손톱을 깨물며 혼잣말을 중얼거렸다.

"대체 누구야, 그 모브 녀석은! 어째서 내 완벽한 계획을 망치는 거냐고!"

기분이 안 좋다고 말하고 어제부터 혼자서 방에 틀어박혀 있었지만, 공략 대상 남자들은 결투를 신청으로 충격받은 줄 알고 멋대로 이해하고 있었다.

"괜찮아. 그 다섯 명이 질 리가 없어. 그 모브 녀석도 어째 미덥지 못하고 약해 보였으니까 괜찮아. 아니, 그보다 그 녀석을 보고 있으면 짜증이 부글부글 솟는단 말이지. 죽은 오빠가 떠올라."

변변치 못한 오빠 주제에…… 하고 중얼거리고자, 방을 노크하고 곧바로 전속 사용인인 카일이 들어왔다.

"자, 잠깐! 대답을 기다리란 말이야!"

그러자 카일은 마리에한테 불만스러운 듯한 태도를 보이며 한숨을 내쉬었다.

"다음부터는 조심할게요."

"요전에도 같은 말을 했잖아."

척척 아침 식사 준비를 하는 카일. 그는 외모나 일하는 실력은 뛰어나지만, 성격이 조금 독특했다.

그 때문에 팔리지 못하고 남거나, 팔리더라도 노예 상관으로 반품되기 일쑤. 그런 설정이었다.

"오늘 아침은 채소가 많아요."

"……그 채소, 싫어."

"이 정도는 먹어 주세요. 한심한 주인님이네요."

주인을 주인이라고도 생각하지 않는 말투.

'게임에서는 투덜거리기는 해도 일은 잘하고 귀여운 남동생 캐릭터라고 생각했는데, 어째 매일 이러니 열 받네. 뭐, 미소년이니까 봐주겠지만.'

몇 주 동안 알고 지낸 사이지만, 마리에는 미소년이 자신의 시중을 들어 주는 데는 불만이 없었다.

이 정도로 집안일을 잘하고, 여성을 소중히 여기는 남성이 원래 세계에도 있었다면 그쪽 인생도 더 잘 풀렸을 텐데.

"결투 이야기는 어떻게 됐어?"

카일은 컵에 마실 것을 따른 뒤 마리에한테 내밀었다.

"투기장 사용 허가는 받을 수 있을 것 같아요. 학원 측을 설득하는 데 질크 씨와 브래드 씨가 고생했다는 것 같지만요. 사용인 동료에게서 들었는데, 그 리온이라는 남자의 성적은 기껏해야 중상 정도라는 것 같아요. 승부가 안 된다고 학원이 난감해한 모양이라."

"그, 그래."

마리에는 안심하고 아침을 먹었다.

"좀 더 칭찬해 달라고요. 사용인 동료한테 물어보면서 다니는 거 힘들었는데."

"고, 고마워."

묘하게 생색을 내는 구석이 있지만, 잘생겼으니 참았다.

'하아, 나도 참 기특해. 다른 여자라면 분명히 이 애를 금방 버렸을 거야. 나니까 관대하게 봐주고 있는 거지.'

난 속도 참 넓어, 하고 느끼며 마리에는 생각했다.

'예정은 조금 틀어졌지만, 이걸로 얼른 안젤리카를 쫓아낼 수 있겠어. 그 여자, 조금 도발했더니 결투를 신청해 오고 말이야. 정말로 바보라니까.'

금방 화를 내는 안젤리카의 성격을 알고서 파티 회장에서 일부러 도발했다. 율리우스에게 가까이 다가가고, 그 후에 금방 다른 남자랑 몸을 밀착시켜 손을 잡는 등의 행위를 여봐란듯이 보여줬다.

'나머지는 여름방학 중에 움직이면 되겠지. 던전에서 아이템을 회수하고, 나아가서는 그 아이템도.'

주인공이 가져가야 할 아이템.

그것이 이후 이야기의 열쇠가 된다는 것을 마리에는 알고 있었다.

'정말로 기대돼. 내가 성녀로서 찬양받기까지 앞으로 얼마 남지 않았어……'

◇

학원에서 돌아왔더니 방이 지독한 꼴이었다.

"어제 그 일로부터 하루밖에 지나지 않았는데, 이거 지독하구만."

마구 어질러진 방 안에서 나는 팔짱을 끼고 천장을 올려다봤다.

그러자 모습을 감추고 있던 루크시온이 허공에서 나타났다.

루크시온이 내 시선 높이까지 내려오더니, 그대로 허공에 영상을 비추었다. 영상에는 범인들이 고스란히 찍혀 있었다.

『마스터가 외출한 사이에 학생들이 들어와 어지르고 갔습니다. 실행범은 마스터가 소속된 그룹입니다만, 지시를 내린 건 다른 그룹이에요.』

내가 율리우스 전하에게 싸움을 걸었기에, 부잣집 그룹이 측근을 시켜 일을 저지른 거다.

영상에서는 명령을 받는 다니엘이나 레이먼드의 모습도 있었다.

"저 두 사람한테도 시킨 건가."

『덧없는 친구 관계네요.』

"쟤들은 따르지 않으면 인생이 끝나잖아. 두 사람이 신나서 받은 것도 아니고, 좀 넓은 아량으로 봐주자고. 왜 그리 마음이 좁아."

그러자 루크시온이 화가 났는지 되받아쳤다.

『마스터가 할 말은 아닌 것 같군요. 그리고, 학원 내에서는 이미 이번 결투로 내기 거는 학생들이 나오고 있습니다.』

영상을 보니 나한테 엄청난 배당이 걸려 있었다. 하지만 이 내기 자체가 아무런 의미가 없었다. 아무도 나한테 걸지 않았으니까.

"압도적으로 인기가 없구만."

『설마 인기가 있을 줄 아신 겁니까? 그보다, 말씀하진 물건의 준비가 끝났습니다. 당일에는 도착할 예정인데, 그때까지 어떻게 하실 건가요?』

나는 뭐부터 해야 할지 잠깐 생각하고 다시 입을 열었다.

"금화 1만 닢을 준비해 줄 수 있겠어? 아니, 백금화 500닢이 더 임팩트 있으려나? 나도 내기를 걸어야지. 나한테 올인할 거야. 기껏 판이 생겼는데, 놀아줘야지."

『정말로 지독한 사람이군요. 굳이 결투에 끼어들 것 없이 중재만 했어도 되는 일 아니었나요? 도발까지 할 이유가 없습니다.』

나는 조금 뜸을 둔 뒤 대답했다.

"……그럼 그 다섯 명이 마리에 한 명이랑 사귀는 걸 보고 있으라고? 난 성가신 일은 단번에 해결하는 타입이거든."

『실패가 익숙하시겠군요.』

"나는 이 사건에 길게 엮이고 싶지 않아. 가능한 한 잽싸게 끝내야지. 그리고 도발은 그냥 내가 마음에 안 들어서 그랬을 뿐이야. 사람을 철저히 깔보는 태도가 열 받더라."

『……그렇습니까.』

학원이라는 건 밖에서 격리된 곳으로, 학생들에게는 또 하나의 세계다. 학원에서만 통하는 암묵적인 규칙이 있는 것도 그런 이유다.

그 학생들에게는 공작 영애가 전하와 측근들에게 싸움을 걸었다고 생각하고 있겠지. 어느 쪽이 더 힘이 강한지는 안 봐도 알 수 있을 만큼 명백하다.

다만, 격리되었다 해도 이 또 하나의 세계는 그렇게 명확하지 않다. 학원에서 있었던 일이니까 하고 끝나지 않는다.

"자, 그럼 백금화를 받고 나면 물주한테 가도록 할까."

내가 이만큼이나 걸면, 학원 학생들도 전하 일행한테 앞다투어 걸기 시작하겠지.

다행히 나는 던전에서 돈을 벌었다는 소문이 있어서 거금을 내도 출처를 의심받지는 않을 거다.

루크시온이 돈이든 희소금속이든 얼마든지 준비할 수 있다는 걸 알면, 그야말로 나를 죽여서라도 빼앗으려 하는 녀석들이 나올 테니까.

……결투가 실로 기대되는군.

『그러면 곧바로 준비하겠습니다. 항구로 와주세요. 어라, 친구 두 분이 방 근처에서 기다리고 있네요.』

내가 방을 나가자 문 앞에 고개를 숙인 다니엘과 레이먼드가 서 있었다.

두 사람은 얼굴이 새파래져 있었다.

레이먼드가 작은 목소리로 사과했다.

"미, 미안."

다니엘도 분해 보였다.

"너한테는 가까이 다가가지 말라고 들어서…… 거역할 수가 없었어."

울 것 같은 두 사람 곁을 지나쳐 가며 둘에게만 들리도록 작게 중얼거렸다.

"이번 결투, 나한테 걸면 대박 나게 해주지. ……둘 다 미안하다. 민폐를 끼쳤어."

나는 잰걸음으로 그 자리를 떠났다.

◇

학원의 식당에 남자가 다섯 명 정도 모여 있었다.

"어쩔래? 모처럼의 결투인데 이래서는 내기가 안 된다고."

"전하 일행이 이길 거라는 걸 뻔히 아니까 말이지."

"하다못해 다섯 명이 모여 준다면…… 아니면, 그 녀석이 몇 명까지 꺾을 것인가 하는 내기로 바꿀까?"

내기를 주도하는 물주들이다.

나는 손수 짐수레를 끌고 그들 앞으로 다가갔다. 그들이 날 보고 아차! 하는 표정을 지었지만, 나는 담담하게 이야기를 진행했다.

"어이쿠, 그런 성가신 내기는 사절하지. 누가 이길지 심플하게 가자고. 너희, 내기가 안 돌아가서 고민하고 있지? 자, 이거 전부 나한테 걸도록 하지."

상자 안에는 찬란하게 빛나는 백금화가 산처럼 쌓여 있었다. 다섯은 백금화를 보고 숨을 삼켰다.

"이거면 내기도 성립하겠지?"

결과가 정해진 뻔한 승부. 승리가 확실하다는 걸 알면 온갖 돈을 끌어모아서라도 돈을 거는 바보도 있을 거다.

물주 중 하나가 간신히 입을 열었다.

"이거, 전부 백금화지? 저, 정말로 전부 걸 거냐?"

저쪽 돈으로는 몇십억 엔은 될 거다. 학생이 다룰 돈이 아니다.

"물론이지. 나는 딘전을 공략한 남자라고. 전 재산을 어찌 쓸지는 내 마음 아닌가?"

"이, 이만큼 있으면 짭짤하게 버는 녀석들도 나오겠어!"

"어, 얼른 선전해야 해!"

"이번에는 달아오르겠는데!"

참 즐거워 보이는군.

물주들이 신나 소란피우는 데 누군가 조용히 뒤에서 내 이름을 불렀다.

"……발트파르트, 할 이야기가 있다."

나는 목소리의 주인을 알고 살짝 놀라 뒤돌아봤다.

이만한 일을 벌이면 당장 누나나 둘째 형이 달려올 줄 알았는데, 안젤리카 양이 먼저 올 줄이야.

방금 소란은 고세 어디로 갔는지, 그 자리가 쥐 죽은 듯 조용해졌다.

◇

안젤리카가 날 데리고 간 곳은 인기척이 없는 방이었다.

아무래도 나랑 이야기하려고 일부러 다회 장소를 빌린 모양이다.

"너와 대화할 자리를 만들고 싶다 했더니, 흔쾌히 빌려주더구나. 교사와 사이가 좋군."

설마 선생님—— 아니, 스승님이 센스를 발휘해 주신 건가? 그 신사의 표본 같은 스승님이라면 이 정도 배려는 당연하겠지.

기뻐서 눈물이 나온다.

"……발트파르트, 이 결투를 사퇴해라."

안젤리카 양이 조금 야윈 얼굴로 그런 말을 했다.

"그렇게 저질러 놓고 도망가면 체면이 말이 아닌데요."

사실 체면 같은 건 아무래도 좋다. 내가 하고 싶어서 끼어든 거니까.

그러자 안젤리카 양이 힘없이 웃었다.

"오늘 돌아와 보니 방이 엉망이 되어있었다. 너라고 다르지 않았을 테지. 저쪽은 결투 당일까지 계속 이렇게 나올 거다."

혹시 모르는 승산마저 다 꺾어버리겠다는 걸까.

안젤리카의 방이 그런 참상을 당했다는 걸 율리우스 전하와 친구들은 전혀 모를 것이다.

전하 주위의 측근들이 눈치껏 움직이고 있는 걸 테니.

어쩜 대단한 충성심!

하지만 내게 싸움을 건 건 후회하게 해줘야지.

나는 속 좁은 모브남이다.

당하면 갚아줄 거다.

평소라면 조용해지기를 기다리겠지만, 이 건은 아니다.

"나는 이제 아무런 힘이 없다. 네가 나에게 무얼 기대해도 응해줄 수가 없다."

나는 한숨을 내쉬었다.

"본가에서 무슨 말을 들었습니까?"

안젤리카 양은 자신을 끌어안는 것처럼 양팔을 강하게 잡았다.

"……생각이 짧았다는 이야기를 들었다. 하지만, 하지만…… 나는 어떻게든 하고 싶었다. 뭐든 좋으니 그 여자를 전하에게서 멀리 떼어 놓고 싶었다! 그랬더니 머리가 새하얘졌지. 답장에도 그렇게 써서 보냈더니 얌전히 있으라는 지시가 왔다. 나는 끝이야. 잘해 봐야 연금이거나 변경으로 쫓겨나겠지. 최악에는──."

──자결인가. 목숨으로 반성하라고.

그렇게 두진 않을 거지만.

"약간 착각이 있군요. 저는 안젤리카 양의 공작가 사정은 관심이 없습니다."

그러자 안젤리카 양이 고개를 들고 놀란 표정을 지었다.

"그, 그러면 어째서 대리인을 하겠다고 나선 거냐! 바보야? 잘 들어, 이번 결투로 이기든 지든 너는 끝이다. 상대는 왕태자 전하를 비롯한 명문 귀족들이다. 싸움을 걸어서 앞으로 어쩔 생각이냐!"

쉴 틈 없이 말을 이어가는 안젤리카 양.

나는 의미심장해 보이는 미소를 작게 띠었다.

"그러니까, 그게 아무래도 좋단 말입니다. 사실 전 귀족의 지위도 명예도, 다 필요 없어요. 저 같은 변경의 남작이 상급 클래스에서 어떤 취급을 받는지 압니까? 열심히 자수성가했더니 하루가 멀다고 여자 비위나 맞추고 있어요. 전 이제 질렸습니다. 차라리 다 때려눕히고 떠나고 싶을 만큼."

"너만으로 끝나지 않는다! 네 가족에게도 손이 갈 거라고!"

"저는 이래 보여도 독립한 기사라서 말이죠. 임시이긴 하지만. 뭐, 말은 본가라고 해도, 서류상으론 다른 가문입니다."

"이, 임시?"

독립 예정인 임시 기사라고 했더니 안젤리카 양이 곤혹스러운 표정을 짓고 있었다. 하지만 하고 싶은 말은 전해진 모양이다.

뭐, 스트레스 발산하려는 속셈도 없진 않았다만…… 나는 안젤리카 양과 마찬가지로 그 마리에라는 여자가 마음에 들지 않았다.

"당신은 마리에를 전하로부터 멀리 떼어 놓고 싶다. 나는 그 녀석들 전원을 후려갈기고 싶다. 손잡기 딱 좋은 상대 아닙니까?"

안젤리카 양이 휘청거리면서 뒤로 몇 걸음 물러났다.

"제정신인가? 상대의 평가는 알고 있을 텐데?"

1학년 최고란 평가? 상관없다.

이게 3학년—— 아니, 2학년 때 결투가 일어났다면 조금 난항을 겪었겠지만, 1학년이라면 어떻게든 된다.

"괜찮습니다. 저는 안젤리카 양의 생각보다 강하거든요."

"믿을 수 있겠나! 던전에 모험을 나가는 모험가는 대부분 머리의 나사가 빠져 있다더니……!"

"뭐?! 실례구만! 이길 수 있으니까 대리인을 하겠다고 했겠지! 애초에 결투를 신청한 건 너잖아!"

"그, 그러니까, 그건 미안하다고 말하고 있지 않나! 내가 책임을 지겠다. 너는 학원에 남아라. 말려들게 할 수는 없어…… 저기, 그때 나서 준 것만으로도 충분하다."

모든 이가 돌아섰을 때, 아무런 득도 없이 나선 사람. 안젤리카 양에겐 내가 히어로로 보이려나.

하지만 나는 소심한 모브——히어로가 아니다.

그나저나 무심코 화가 나서 반말을 해버렸는데, 괜찮겠지?

"아니, 여기까지 와서 물러나는 건 좀…… 창피하려나 싶어서 말이죠."

"……상대가 그렉이나 크리스라는 걸 알고 있는 건가? 그 녀석들은 진짜 실력자들이다."

그렇겠지. 그 두 사람뿐만 아니라, 다른 세 사람도 1학년 중에서는 격이 다르다.

그래. 1학년 중에서는.

"그리고 아까…… 자신한테 거금을 걸고 있었지? 무슨 속셈이냐?"

아니 그런 뻔한 걸 묻다니.

미리 말해 두자면, 나는 도박을 싫어한다.

"안젤리카 양도 어떠십니까? 저한테 걸면 대박 날 거라고요."

"필요 없다! 내가 돈에 시달리는 것처럼 보이나?"

이러니까 부잣집 아가씨는…… 뭐, 됐나.

"조금만 버텨요. 괴롭힘도 금방 끝날 테니. 결투 날이 되면 다 해결됩니다."

나는 그렇게 말하고 방에서 나갔다.

◇

결투 당일.

투기장의 넓이는 상당했다.

참고로 맨몸으로 싸우는 게 아니기에 만약에 대비해 관객석에는 마법 장벽이 설치되어 있다.

여기서 많은 학생이 결투의 역사를 새겼다고 생각하니…… 으음, 어쩌지? 그다지 감정이 솟아나지 않는다.

대기실에서 갈아입고 있는 나는 자신의 모습을 봤다.

『잘 어울리네요. 뭐, 제가 마스터를 위해 준비한 물건이니 당연하지만요.』

기체 색깔에 맞춘 짙은 검회색 슈트. 전신 이너 위에 바지나 웃옷을 걸치는 타입이다. 상의는 목까지 감싸 보호할 수 있게 되어 있었다.

아무리 그래도 몸의 라인이 그대로 보이는 건 좀…….

"생각했던 거랑 다르잖아! 다시 만들어줘!"

『거절합니다. 색이나 디자인이 달라진들 성능은 변하진 않습니다. 일일이 취향 따라 만들 수도 없는 노릇이니 참아 주세요.』

이 녀석 정말로 나를 마스터라고 생각하고 있는 걸까?

상의를 입고 대기실을 나서자, 올리비아 양이 기다리고 있었다.

"앗!"

올리비아 양은 날 보자 황급히 다가왔다. 뭔가 너무 가깝지 않니?

"저, 저기…… 저는 아무것도 할 수 없지만, 응원할게요! 리온 씨를, 응원하고 있으니까요!"

본의 아니게 게임을 여러 번 클리어했다만, 주인공에게 응원을 받다니. 신선한 경험이군.

원래는 저쪽, 율리우스 전하와 있을 인물인데.

"오? 나한테 걸었어? 잘했어. 대박 나게 해줄게."

엄지손가락을 세우고 떠나가려 했더니, 올리비아 양이 고개를 저었다.

"네? 안 걸었어요. 내기는 좋지 않다고 생각해요."

"아, 그, 그래."

무척이나 아름답고 맑은 눈동자가 이쪽을 향했다. 나는 떵떵거리며 자신에게 걸었던 장면이 갑자기 창피해지기 시작했다.

이게 주인공의 힘이라는 걸까?

마음이 더러워진 나에게는 지나치게 눈부셨다. 올리비아 양의 등에서 후광이 비치는 것만 같았다.

둘이서 대기실을 떠나 투기장 쪽으로 가자, 이미 저쪽의 다섯 명은 모여 있었다.

자랑거리인 갑옷도 이미 착용하여 관객에게 과시하고 있었다.

뭐, 갑옷이라기보다 로봇에 가깝지만. 크기도 3m는 된다. 하늘도 날 수 있는 불가사의한 인간형 병기다.

"오~, 화려한 컬러링."

왕태자 전하의 하얀 갑옷부터 순서대로 각각 화려한 장식이 달린 갑옷이 늘어서 있었다.

내가 나오자 일제히 야유가 일어났다.

관객석을 보니 다니엘과 레이먼드의 모습이 보였다. 내가 시선을 향하자 남들 보이지 않게 빨간색 패를 나에게 보여주었다. 나에게 걸었다는 증거였다.

참고로 전하 진영에 걸면 파란 패를 받을 수 있다.

"큭, 감동이구만. 자, 그럼 나도 힘내 볼까."

내가 나오자, 안젤리카 양이 달려왔다.

"이봐! 어째서 갑옷을 착용하고 오지 않았나! 그만큼 자신만만하게 떠든 주제에 설마 갑옷이 없다 같은 소릴 하는 건 아니겠지?!"

안젤리카 양이 점점 내게 허물없어지는 것 같은데.

나는 투기장 위—— 하늘을 올려다봤다. 비행도 가능하니, 당연히 지붕은 없었다.

오늘은 푸른 하늘이 펼쳐져 있었다.

"괜찮습니다…… 지금 도착했습니다요."

내가 손가락으로 가리키자, 하늘에 검은 점이 보였다. 내 상의에 숨어 있던 루크시온이 나한테만 들리게 말했다.

『아로간츠(Arroganz, 오만), 투하.』

대뜸 커다란 상자가 하늘에서 떨어지더니, 지면에 충돌하기 조금 전에 속도를 줄여 천천히 착지했다.

이윽고 상자 앞부분과 동시에 측면과 윗부분이 자동으로 열리면서 상자 안에 숨어 있던 갑옷이 모습을 드러냈다.

저번에 시험 운전 삼아 작업할 때 썼으니 처음 보는 건 아니지만, 역시 전투적인 외양이라고 할까, 위엄이 느껴진다.

내 부유섬에 구멍 뚫을 때 썼던 게 미안할 만큼 완성도가 높다.

무엇보다 이름이 마음에 든다.

"……'아로간츠'가 무슨 의미였더라?"

어디선가 들은 적이 있는 것 같기도 하고 없는 것 같기도 한…… 아무튼 대단해 보이는 게 내 취향이다.

『당신에게 딱 맞는 말입니다.』

"그래? 가끔은 센스가 있군."

다크그레이의 아로간츠는 스마트한 최신 갑옷과는 달리, 매우 튼튼하게 만들어져 있다. 이미 본체만으로도 다른 갑옷보다 덩치가 크다.

실전 지향인지 앙칼스러운 장식도 없어, 투박한 로봇 같은 느낌이었다.

전하 일행의 갑옷이 고기동형 슬림 타입이라면, 내 갑옷은 둔해 보이는 중장갑 같은 느낌이라고 할까?

내 갑옷을 보자 투기장에 있는 관객들이 성대하게 폭소하기 시작했다.

오늘 결투는 학년에 상관없이 관람할 수 있었기에 1학년부터 3학년까지, 전하의 멋진 모습을 보기 위해 수천 명이 모여 있었다.

뭐, 투기장의 자리가 만 단위에 이르기에 여전히 텅텅 비어 보였지만.

내 갑옷을 본 안젤리카 양의 의혹이 더욱 짙어졌다.

"설마 저걸로 싸울 생각이냐? 혹시 로스트 아이템인가? 그래서 자신만만했던 건가? 로스트 아이템은 재현할 수 없을 뿐이지, 무조건 강하다는 의미는 아니다."

올리비아 양이 손을 뺨에 대고 고개를 갸웃했다.

"그래도, 저거 어딘가 귀엽지 않나요?"

"네 미적 감각이 이상한 거다. 조금은 튼튼해 보인다만, 요새 전투에는 맞지 않아."

방어보다도 공격력을 중시하는 풍조에서는 재빠르게 움직여서 적을 쓰러뜨리는 전투가 주류다.

즉, 중장갑은 시대에 뒤처진 구형 모델로 보이는 것이다.

나는 중장갑 쪽을 더 좋아하지만 말이지.

"보고 있으면 알게 될 겁니다."

나는 투기장 가운데──무대로 올라갔다.

내가 갑옷으로 다가가자, 투기장 안에 또 다른 보라색 갑옷이 내려왔다. 아로간츠와 달리 늘씬한 느낌으로, 등에는 랜스 같은 무기를 몇 개나 짊어지고 있다.

색조로 보건대 브래드 거겠군.

아니나 다를까, 갑옷의 앞가슴을 개방하자 거기에는 브래드의 모습이 있었다.

"도망치지 않고 나온 건 칭찬해 주마. 하지만 그런 낡은 구형 갑옷으로 내 갑옷에 이길 수 있다고 생각하나? 이 갑옷은 명공이 직접 만들어서 가치만 해도 백금화로──"

자랑을 무시하고 나도 갑옷 앞가슴을 개방했다.

미끄러지듯이 안으로 들어가서, 양옆 앞쪽에 있는 구멍에 팔을 넣었다. 안에 있는 조종간을 쥐었다. 게임기의 조이스틱 같은 것이다.

그걸 쥐자 앞가슴이 닫히면서 눈앞이 어두워졌고──.

『아로간츠 기동합니다.』

루크시온의 말에 반응하여 아로간츠가 기동했다. 깜깜하던 눈앞이 마치 바깥에 있는 것 같은 영상으로 가득 찼다.

내부 기계가 움직여 내 몸을 고정해 나갔다. 머리나 목, 몸통 등을 보호하고 있었다.

준비를 끝내고 앞을 보니, 아직 브래드가 갑옷 자랑을 계속하고 있었다.

"저 녀석 아직도 자랑하고 있는 건가?"

『그의 이야기로 미루어 봐서는, 뒤쪽에 짊어지고 있는 건 드론 같은 병기인 모양입니다. 이쪽도 대항하여 전개하겠습니까?』

"이 녀석의 성능이라면 필요 없겠지. ……보라색 기체는 맷집이 약하거든."

게임에서는 툭하면 격침하는 바람에 고생깨나 했다.

아로간츠가 한 걸음 내딛자, 브래드가 화난 표정을 짓고 있는 게 보였다. 이야기를 무시당한 게 마음에 들지 않았던 모양이다.

너무 그러지 마. 루크시온이 제대로 듣고 있었다고. 뭐 듣지 않아도 네 갑옷의 특징은 다 알고 있지만.

「……네 태도에 화가 나는군.」

그렇게 말하고 머리 부분을 닫아 전투태세를 취해 보였기에, 이쪽도 무기를 꺼내기로 했다.

"어디 보자…… 1번 블레이드를."

그러자 백팩의 수납 박스에서 삽이 나왔다. 구멍을 파는 데 최적인 바로 그 삽이다.

갑옷 크기에 맞춰 삽도 거대한지라 무게도 꽤 나가지만…… 삽은 삽이다.

"어?! 왜 삽이 나와?!"

『저번에 삽을 1번 슬롯에 넣으셨잖아요.』

"아니, 블레이드를 꺼내라고!"

『1번을 지정한 건 마스터입니다.』

이 자식, 일부러 이러는 거군.

내가 삽을 거머쥐자, 관중의 웃음소리가 들려왔지만—— 브래드는 얕보였다고 생각했는지 격노하고 있었다.

「네놈, 그렇게 나를 바보 취급하는 거냐!」

투기장에 심판 교사의 목소리가 울려 퍼졌다.

「양자, 우선은 결투의 맹세를——」

하지만 브래드는 이미 들리지 않는지, 나를 향해 양손에 스피어를 들고 달려들었다. 그것도 갑옷의 가슴 부분을 향해. 날 죽일 생각인가 보다.

브래드의 스피어 끝부분이 마법으로 빛나고 있었다.

루크시온이 느닷없이 감탄을 흘렸다.

『멋진 파고들기군요.』

"너 임마——."

나와 루크시온의 대화는 바깥에 들리지 않는다. 루크시온의 정체가 알려지면 곤란하다.

갑옷을 움직이려 하자, 이미지대로 움직였다. 중장갑인 갑옷이 경쾌하게 옆으로 스텝을 밟더니, 그대로 달려오던 브래드의 팔을 붙잡고 꽉 억눌렀다.

「놔, 놔라!」

"자, 좀 진정해. 그 왜, 결투 맹세란 걸 해야 하잖아. 이런 건 제대로 해두지 않으면 귀찮아지니 못 박아 둬야지."

◇

안젤리카는 아로간츠의 움직임을 보고 식은땀을 흘리고 있었다.

옆에서는 갑옷에 아무 지식도 없는 올리비아가 손을 꽉 쥐고 리온을 응원하고 있었다.

"안젤리카 씨, 리온 씨 꽤 선전할 수 있을 것 같네요!"

"그, 그래."

안젤리카는 그렇게 대답했지만 이미 머릿속은 놀라움으로 가득했다.

'저 속도는 뭐지? 겉보기는 한없이 무거워 보이는 갑옷이 이리도 빠르단 말인가? 말도 안 돼. 갑옷이 무거울수록 조종자의 부담이 커질 텐데…….'

무거워 보이는 아로간츠의 터무니없는 몸놀림. 심지어 브래드의 공격을 한 손으로 막는 강력한 힘까지, 믿을 수 없는 갑옷이었다.

'브래드의 갑옷은 필드 가문이 후계자를 위해 특별히 만든 것일 터. 그런데도 이만큼이나 차이가 나는가.'

투기장의 두 사람이 결투 대리인으로서 맹세의 말을 읊었다.

결투 끝에 죽더라도 원한을 품지 않겠다는 내용이다.

하지만 줄곧 리온의 갑옷을 바라보던 안젤리카는 맹세보다 객석의 목소리가 귀에 들어왔다.

"뭐야. 빨리 시작해."

"전하한테 전 재산 걸었다고!"

"나도 본가에서 돈 빌려 왔어!"

관중들은 리온이 빨리 지기를 바라고 있었다. 빚까지 내가며 리온이 진다는 내기에 건 사람마저 있었다. 남자건 여자건 이참에 이르러도 돈을 벌 생각만 하고 있었다.

안젤리카는 무심코 웃음을 흘렸다.

"아핫, 아하하하!"

옆에서 열심히 리온을 응원하던 올리비아가 깜짝 놀라서 돌아보았다.

"왜, 왜 그러세요?"

"이걸 웃지 않을 수 있겠나. 저 남자는 정말로 지독한 녀석이야."

올리비아가 반박했다.

"지독하지 않아요! 리온 씨는 상냥한 사람이에요!"

"그래. 그랬지."

안젤리카는 대충 대답하고 생각에 잠겼다.

'왜 내 편을 든 거냐? 그만한 힘이 있다면 이길 수 있을지도 모른다만, 미래를 내다본다면 좋은 선택은 아니었다. 그런 걸 모르지는 않을 텐데…….'

◇

브래드는 초조해하고 있었다.

좁은 갑옷 안에서 호흡을 하니 뜨뜻미지근한 숨이 되돌아왔다.

"뭐야, 뭐냐고!"

갑옷의 팔을 보니, 리온의 갑옷에 붙잡힌 부분이 손가락 모양으로 우그러들어 있다. 이 '갑옷'은 금속이 들어간 만큼 단단하기도 하지만, 보호 마법이 걸려 있다. 어중간한 공격으론 흠집조차 나지 않는다. 그런데 팔을 잡힌 것 만으로 이 꼴이라니.

게다가──전혀 움직일 수 없었다.

놈의 팔을 뿌리치려고 아무리 발버둥 쳐도 움직일 수가 없었다. 그렇다고 상대가 온 힘을 다하고 있는 것도 아니었다.

결투 신호를 기다리는 브래드에게 이미 처음에 보이던 여유는 사라진 지 오래였다.

"이 녀석을 쓸 수밖에……."

이 갑옷은 등에 짊어진 긴원뿔을 날려 원격 공격을 할 수 있다.

브래드는 무예의 재능이 없는 것을 신경 쓰고 있는 데다, 등에 있는 무기도 마법 공격이나 마찬가지라, 돌격 창으로 녀석을 쓰러트리고 마리에에게 잘 보이려고 했으나, 상황이 달라졌다.

'이대로는 진다! 그런 건…… 마리에 앞에서 그것만큼은!'

이 원격 무기는 마법이 특기인 브래드의 비장의 수였다.

「그러면 양자──시작!」

브래드는 결투 개시와 동시에 등에 지고 있던 스피어를 모두 뽑아 들었다.

"아무리 중장갑이라도 사방에서 동시에 공격하면 버틸 수 있을 리가──"

그러나 말을 마치기도 전에 브래드의 눈에 검회색 갑옷이 코앞까지 다가와 거대한 삽을 휘두르는 모습이 비쳤다.

"——어?"

◇

금속끼리 부딪치는 격렬한 소리가 투기장에 울려 퍼졌다.

시작하자마자 돌격하여 삽으로 후려갈겼더니 상대방이 투기장 벽까지 날아가 버렸다.

"뭐 이런 무지막지한 파워가 다 있냐."

압도적인 성능이 시작과 동시에 모든 것을 끝내 버렸다.

그저 삽을 한 번 휘둘렀을 뿐인데 보라색 뾰족 모자는 전투불능에 빠지기 직전이었다.

『아직 전력을 내지도 않았습니다. 마법으로 움직이는 갑옷에는 감탄했지만, 눈여겨볼 기술은 그것뿐이군요. 쓸데없이 장식이 많아 스마트하지 않습니다.』

……이 녀석, 아로간츠가 비웃음을 당해서 꽁해 있는 건가? 뭐, 이걸 만든 건 루크시온이니까…… 그러고도 남을 녀석이다.

나는 벽에 격돌하여 우그러진 보라색 갑옷을 향해 다가갔다.

상대는 어떻게든 움직이려 하고 있었지만, 나는 주저하지 않고 짓밟았다.

쇠가 찌그러지는 소리가 끼릭끼릭하고 들려왔다.

「그, 그만! 괴로워──살려줘!」

이 보라색 갑옷은 이 정도로 찌그러지고 있는데, 정작 내 삽은 전혀 아무렇지도 않았다. 이대로 삽으로 싸우는 것도 괜찮을지도 모르겠다.

나는 살려달라는 브래드의 목소리를 무시했다.

"어이쿠, 이대로 있으면 찌부러질 텐데? 빨리 패배를 인정하는 게 좋을걸?"

『압도적인 힘으로 굴복시킨다…… 역시나 마스터입니다. 비겁하다는 말이 이만큼 어울리는 분도 좀처럼 없다고요.』

"……비아냥이냐."

『아뇨, 칭찬하는 겁니다. 승부에서 비겁하다는 건 칭찬의 말이니까요. 이길 수 있다는 생각이 들지 않는다면 싸우지 않는다. 저도 그러고 싶군요.』

──그렇다. 나는 이길 수 있으니까 결투를 자청하고 나섰다.

오른손에 삽을 들고 어깨에 짊어진 채 보라색 녀석을 짓밟는다.

전에 안젤리카 양에게도 말했지만, 난 진작 이 녀석들을 패주고 싶었다. 전생의 기억이 나에게 자꾸 귀찮은 사내놈들을 짓밟아 버리라고 속삭여댔다.

발에 점점 힘을 주자, 보라색 갑옷의 메인 프레임이 우그러졌는지 이상한 소리가 들리기 시작했다.

"자, 얼른 패배를 인정해. 죽는다고."

「이, 인정하마! 패배를 인정한다!」

나는 브래드의 울먹이는 패배 선언을 듣고 힘 싣기를 멈추었다.

그리고는 보라색 갑옷을 짓밟던 오른발을 천천히 들고, 뒤돌아서 투기장을 봤다. 브래드가 발사한 스피어가 투기장 지면에 꽂히거나 나뒹굴고 있었다.

투기장 관객석은 쥐 죽은 듯 조용했다.

나는 심판에게 시선을 던졌다.

"심판, 브래드는 패배를 인정했다고."

그 말에 심판이 내 이름을 외쳤다.

「스, 승자! 리온 포우 발트파르트!」

투기장에 희미한 박수가 들려왔다.

"몇 명 없지만 설마 박수를 보내는 사람이 있을 줄이야."

안젤리카 양과 올리비아 양이라면 모를까, 객석에서 박수 소리가 울리고 있었다.

머리에 달린 카메라로 누구인가 슬쩍 살펴보니 스승님이었다.

……스승님도 참, 이럴 때도 신사라니까.

⭐제09화 「사적인 원한」

내가 그녀의 대리인으로 나선 건 이유가 몇 있지만, 그중 하나는 사적인 원한이다.

공략 대상에 대한 원한 말이다.

전생에서 여동생이 억지로 나한테 시킨 여성향 게임에서 본 다섯 명의 남자.

뭐가 슬퍼서 사내놈을 꼬드기고, 달콤한 대사를 들어야 한단 말인가.

그 분노가 나를 계속 부추기고 있었다.

짓밟아 버려, 라고.

다음 결투를 위해 나뒹굴고 있는 파편이나 방해물, 아로간츠를 운반한 박스가 투기장 밖으로 옮겨졌다.

얌전히 중앙에 서서 기다리고 있자, 어째 전하 일행의 낌새가 이상했다.

곧장 아로간츠의 마이크가 전하 일행의 목소리를 잡기 시작했다.

"내가 가지. 브래드가 나약해 빠진 것도 있다만, 저건 차원이 달라. 너희들한테는 버거운 상대다."

"——얕보지 마라, 그렉. 내가 너보다 뒤떨어진다고 말하고 싶은 거냐?"

그렉과 크리스가 말싸움하고 있었고, 전하와 질크는 내 쪽을 보고 있었다.

"발트파르트 녀석은 던전을 공략했다는 이야기가 있었지. 그 자신감은 이만한 갑옷을 가지고 있었기 때문이었나."

"로스트 아이템이겠지요. 하지만 이렇게까지 강한 갑옷이 잠들어 있다는 말은 들어본 적이 없습니다. 겉모습으로 미루어 보자면 파워 타입인 것 같습니다만."

투기장 분위기는 예상 밖의 결과에 술렁이고 있었다.

나의 패배를── 전하 일행의 승리를 의심치 않는 학생들이 모여 있으니 당연했다.

이따금 "이 정도쯤은 해주지 않으면 보러 온 의미가 없지"라거나 "하지만 다음으로 끝날 거야" 같은 말도 들려왔다.

한편 루크시온은 방금 전투로 얻은 데이터를 재빠르게 업데이트하고 있었다.

『조금 전의 전투 데이터로 창을 이용한 전투 방법을 수정했습니다.』

"수고했어. 어이쿠, 다음은 그렉인가."

그렉은 빨갛게 칠한 갑옷 안에 들어가서는, 커다란 창을 들고 투기장 안에 내려섰다.

루크시온은 상대의 상태를 확인했다.

『표면에 수복 부분이 있는 것을 확인. 흠집이 난 흔적 등으로 추측건대 갑옷을 사용한 전투 경험도 풍부해 보이는군요.』

"그래, 이 녀석은 강해. 강하지만 말이야……."

그렉 포우 세버그는 거친 겉모습과 마찬가지로 다섯 명 중 가장 많이 모험가로 활약한 인물이다. 이론보다는 실전에 비중을 두고 있다. 게임에서도 전투 파츠에서는 꽤 활약하던 캐릭터다.

그렉이 내게 창을 겨누며 말했다.

「발트파르트라고 했지. 그 이름은 기억해 주마. 하지만 우쭐거리는 것도 여기까지다. 로스트 아이템으로 강력한 갑옷을 손에 넣은 모양이지만, 어차피 갑옷의 힘이다. 네 힘이 아니야.」

말 그대로의 정론이다. 반박할 여지가 없다.

"그게 뭐 어쨌다는 거지? 파티 회장에서도 그랬다만, 생각보다 말이 녀석이구나. 수다를 떨고 싶다면 다음에 같이 차라도 한잔 하자고 불러 줘."

에둘러서 입만 산 녀석이라고 도발했다. 효과는 뛰어났다!

「……때려 부숴 주마!」

심판이 결투 개시를 알렸다.

「시작!」

그렉은 창을 연속으로 휘두르며 나를 향해 재빨리 다가왔다. 아까 전투를 보았으니, 내게 틈을 주지 않으려는 속셈인 듯했다.

「이봐! 어떻게 된 거냐! 겨우 이 정도냐!」

창으로 찌르고, 베고, 후려치는 등 다양한 공격이 날아왔지만, 아로간츠는 모두 삽 한 자루로 막아 냈다.

창과 삽이 부딪쳐 계속 불꽃이 튕겨대는 탓도 있겠지만, 상대

방의 창이 묘하게 빛나는 탓에 눈이 부셨다.

하지만, 이 녀석——.

"너는 움직임도 좋고 근성도 있는데 말이지…… 좀 더 도구를 신경 쓰라고!"

삽으로 창을 튕겨 내자, 창과 함께 붉은 갑옷이 그대로 휘청거렸다. 아마 이쪽이 훨씬 무거울 테니, 정면으로 맞부딪치면 튕겨 나갈 수밖에 없을 거다.

그렉의 빨간 갑옷이 넘어지기 전에 재빨리 비행 장치를 가동했다.

아까 너무 쉽게 끝나서 그랬을 뿐이지, 원래 이 갑옷들은 날아다니며 싸운다.

하지만 차마 제대로 날기도 전에 나는 그렉이 탄 갑옷의 오른쪽 다리를 붙잡았다.

「이, 이 자식!」

그가 주먹으로 아로간츠 왼손을 공격했지만, 풀리기는커녕 흠집 하나 나지 않았다.

그렉의 갑옷은 구식 양산품이다. 빨갛게 칠해 화려하게 만들었을 뿐이다.

이만큼 실력이 있는데도, 게임 설정처럼 도구의 힘이니 하면서 장비를 신경 쓰지 않는다.

덕분에 전쟁 파트에서는 자주 격침당했고, 그때마다 게임 오버가 된 적이 한두 번이 아니었다.

이상한 프라이드 따위, 버리라고!

아로간츠의 왼손이 그렉이 단 갑옷의 오른쪽 발목을 쥐어 으스러트렸다. 이 갑옷은 다리 부분에 다리를 끝까지 넣을 만큼 작지 않기에 이 정도로 조종사가 다칠 일은 없지만, 여자들은 잘 모르기에 관객석에서는 비명 같은 목소리가 들려왔다.

난 그대로 그렉의 갑옷을 끌어당겨서 삽을 머리에 박아넣고 오른손으로는 갑옷의 팔을 으스러트렸다.

"자아, 자아, 도망쳐 보라고~."

마치 아이가 장난감을 가지고 놀 듯, 반대쪽 팔을 마저 으스러트리자, 그렉의 외침이 들려왔다.

「망할 자식이이이이! 이거 놔라!」

"……놓겠냐, 브아~보."

갑옷의 성능 차이를 있는 대로 보여주며 나는 그렉의 갑옷을 무참히 파괴해 나갔다. 조종사가 다치지 않도록 봐가면서, 아예 갑옷의 팔을 뽑아버렸다.

부서진 갑옷 틈으로 그렉의 팔이 살짝 보였다.

참고로 아로간츠는 무거운 만큼 크기도 양산형 갑옷보다도 배 이상은 크다.

「이렇게 가지고 놀면 즐겁냐! 너는 남자도 아니다! 기사라면 기사답게 싸워라! 갑옷 덕분에 이기고 있는 것뿐이잖냐!」

뭔가 소리치고 있기에 불만을 터뜨렸다.

"기사? 난 아직 정식 기사가 아닌데? 그리고 결투에 구식 갑옷으로 나와 놓고서 지니까 갑옷 탓이냐? 이건 신형을 가져오지 않은 네 탓이지. 아니, 상대를 얕보고 있던 네 잘못이다. 부끄러운 줄 알아. 아, 하지만 구형도 장점이 없진 않군. 나는 갑옷 성능 차이로 진 겁니다, 하고 변명할 수 있으니 말이야!"

갑옷의 흉부 장갑을 벗겨 내자 그렉의 얼굴이 나왔다.

압도적인 힘 앞에서 손 하나 꿈쩍할 수 없는 게 분한지, 얼굴이 분노로 물들어 있었지만, 한편으론 초조함이 묻어나고 있어 매우 복잡한 표정이었다.

마치 어린애의 장난감을 부숴 가는 것처럼, 아로간츠는 그렉의 갑옷을 파괴해 나갔다. 내가 그렉이었다면 이걸로 트라우마가 생겼을 거다.

뭐, 그래도 안 멈출 거지만 말이야!

그렉은 갑옷을 쓸 수 없다는 걸 알게 되자 밖으로 빠져나와 갑옷 파편을 들고 내 앞에 섰다.

"웃기지 마라! 나는 아직 지지 않았다. 죽을 때까지 싸워 주마!"

저것이 바로 불굴의 자세! 감동마저 느껴──지지 않는군. 그냥 단념할 줄 모를 뿐이다.

"뭐~? 그렇게 말해도 말이지⋯⋯."

"얼른 덤비란 말이다아아!"

갑옷 파편을 들고 몇 번이고 달려드는 그렉을 나는 그냥 가만히 보고 있기로 했다.

어차피 흠집 하나 나지 않을 테니까.

아로간츠가 아니더라도 맨몸으로 갑옷을 어쩔 수 있을 리 없다.

"──난 너희랑은 달라서 말이지, 약한 자를 괴롭히거나 하진 않아."

그러자 그렉의 움직임이 멎었다.

"뭐, 뭐라고?! 지금 뭐라고 했어어어!"

"너희처럼 약자를 괴롭히며 즐기는 취미는 없다고 말했는데? 안 들렸던 걸까나?"

"우, 웃기지 마라! 우리가 언제 약한 자를 괴롭혔다고──"

"아하하하! 너, 진짜로 말이 많네. 뭐, 남을 얕보고 구식 갑옷 따위로 나올 정도니까, 어지간히 실력에 자신이 있었던 거겠지만 말이다? 너 정도 되는 녀석은 세상에 얼마든지 굴러다닌다고! 나도 물론 말할 것 없고. 다만, 결투를 신청했을 때 무척 세게 나오길래 조금 기대했는데 이 꼴이라니…… 너, 진짜로 잔챙이네. 난 잔챙이를 괴롭히는 취미는 없어. 그냥 얼른 끝내고 싶다. 이 마음, 너는 이해 못 하겠지?"

나는 그렉에게 너는 약하다는 것을 친절하게 가르쳐 줬다. 어쩜 이렇게나 상냥한 걸까!

"으아아아아아아아아아아!!"

그렉이 소리 지르면서 공격해 왔지만, 이미 불쌍해 보일 뿐이었다. 수많은 사람 앞에서 잔챙이 취급을 당하며 무참히 진다…… 너무 비참해서 마음이 아팠다.

거짓말이다. 전혀 마음이 아프지 않다.

이 녀석들은 자기 실력이 어느 수준인지 빨리 깨달아야 한다.

결국, 보다 못했는지, 심판이 제지에 들어갔다.

「⋯⋯승자, 리온 포우 발트파르트. 그렉 포우 세버그는 물러나 십시오. 양자의 건투에 박수를!」

패기 없는 동정에 가득 찬 심판의 목소리에, 그렉은 무릎부터 풀썩 꺾여 그 자리에 주저앉았다.

투기장 안에서 드문드문한 박수 소리가 들려오고 있었다.

"이걸로 남은 건 세 명인가⋯⋯."

내가 중얼대자 또 루크시온이 비아냥댔다.

『정말 지독하군요. 이렇게까지 악랄하다니, 보통 사람은 엄두도 내지 못할 겁니다.』

"내가 알 바냐. 이 녀석들은 현실을 아는 게 좋다니까. 난 우쭐거리는 녀석이 싫다고."

『거울을 준비할까요? 마스터한테도 딱 들어맞는 말이네요.』

⋯⋯제길, 맞는 말이다만, 막상 들으니 열 받는군.

◇

관객석은 이미 싸늘한 분위기가 흐르고 있었다.

"이건 너무하잖아! 기사의 전투 방식이 아니야."

"바보야, 이건 결투잖아."

"이걸로 두 명 꺾었군. 뭐, 크리스가 멈추겠지만⋯⋯."

곧 객석의 분위기는 그렉이 의외로 별것 아니었다는 쪽으로 기울기 시작했다.

"저 녀석 실은 약한 거 아니냐?"

"실전이~ 어쩌고 하면서 시끄러웠는데, 고작 이 정도였다니."

"기대했는데 유감이야. 약한 남자는 흥미 없어."

안젤리카는 그렉과의 시합 내용에 식은땀을 흘렸다.

"이렇게까지 차이가 난단 말인가…….."

안젤리카는 그렉이 약하다고 생각하지 않았다.

리온이 이상할 만큼 강한 것이다.

그렉은 운이 너무 나빴다. 갑옷이 구식이라서 패배한 게 아니다. 저건 최신 갑옷을 가져왔어도 이길 수 없었다.

아로간츠의 성능은 이미 상식을 아득히 초월한 수준이었다.

'애초에 왕국의 갑옷으로 상대할 수 있긴 한가?'

이 와중에 올리비아는 조금 볼을 부풀리고 있었다.

"리온 씨가 이겨서 기쁘지만, 지금 건 지나쳤어요. 나중에 그렉 씨에게 사죄해야겠어요!"

안젤리카는 고개를 가로저으며 올리비아를 말렸다.

"그만둬라. 쓸데없이 그렉의 자존심을 긁을 뿐이다."

안젤리카는 고개를 숙이고 작게 중얼댔다.

'약한 자를 괴롭힌다……. 그런가……. 발트파르트가 보기에는 나도 평범한 꼬마 계집이겠지.'

리온이 그렉을 도발했을 때 '너희와는 다르게'라고 말했다. 그건 파티 회장에서 아군이 없는 자신을 몰아넣었던 율리우스 일행에 대한 비아냥임을 눈치챌 수 있다.

리온이 의도적으로 그랬는지 아니면 무의식중에 말한 건지는 알 수 없지만.

"그런가…… 나는 약한 건가. 비참하군. 좀 더…….

안젤리카는 하늘을 올려다봤다.

'전하를 위해 더 강해지고 싶었어.'

◇

투기장 정리가 끝나자 다음으로 나온 것은 크리스의 파란 갑옷이었다.

커다란 대검을 양손에 든 것도 모자라, 등에도 다양한 검이 달려 있었다.

젊은 검호(劍豪)── 검사가 아니라, 검호다.

게임에서는 검사보다도 격이 높은 실력자에게 주는 칭호였다.

아버지가 검성으로, 어릴 적부터 엄격하게 검술 가르침을 받으며 자라 왔으며, 냉정하지만 감정을 겉으로 드러내는 게 서툴다.

하지만 검을 들면 무적의 검사님…… 나는 이 녀석도 싫었다. 가장 열 받는 건, 이 녀석은 전쟁에서조차 검밖에 쓰질 못한다는 점이다. 그 탓에 원거리 공격에 대응하질 못해 번번이 애를 먹어야 했다. 그런 주제에 공략하기는 율리우스, 질크와 함께 가장 힘들다.

지금 떠올린 것만으로도 속이 부글부글 끓는다.

갑옷만큼 커다란 검을 거머쥔 크리스는 검도로 치면 팔상자세
(어깨칼) 자세를 취하고 있었다.

크리스가 말했다.

「나는 두 사람처럼 방심하지 않는다. 처음부터 전력을 내겠다.」

"그러냐. 그러면 나도 전력을 내도록 할까."

아직도 삽을 들고 있는 게 부아가 치미는지, 내게 시비를 걸었다.

「언제까지 그런 도구를 들고 있을 생각이냐? 이 자리에 어울리
지 않는군.」

"그걸 정하는 건 네가 아니지?"

심판이 개시를 알렸다.

「시작!」

──뭐, 그런 불평을 늘어놓은 참이다만, 그래도 강한 캐릭터
라고 생각한다. 실제로 다른 두 사람과는 달리 방심도 보이지 않
았다. 움직임에 망설임이 없다.

"루크시온, 드론을 전개해."

『드론을 전개합니다.』

뒤로 물러나면서 등에 있는 무기 컨테이너로부터 잇따라 드론
을 내보냈다. 구체 드론에는 총기가 달려 있었다.

총 여덟 대의 드론이 크리스를 둘러쌌다.

「뭣?!」

놀란 표정을 짓는 크리스를 향해 나는 망설임 없이 방아쇠를 당

겼다.

"사격 개시, 엇차."

그에 맞춰 드론들이 크리스의 파란 갑옷을 향해 사격을 개시했다.

황급히 피하려 하는 크리스였으나, 온갖 방향에서 날아드는 총알을 피할 수 있을 리 없었다. 결국, 기관총 세례를 받은 크리스의 갑옷이 부서지기 시작했다.

크리스는 뒤늦게나마 드론을 격추하려 했지만, 드론을 조종하고 있는 건 내가 아니라 루크시온이다.

『헛수고입니다.』

어느 하나를 공격하려 하면, 돌아 들어온 드론에게 뒤를 공격당한다.

크리스는 곧장 벽으로 물러나 뒤를 공격할 수 없게 했다. 다만 그건…….

"이런, 장군이네. 패배를 인정해 주려나?"

삽을 짊어지고 거의 움직이지 않는 나에게 크리스가 감정적으로 외쳤다.

「너는! 너는 이런 싸움으로 만족하는 거냐! 기사도라고는 손톱만큼도 없는 이런 싸움으로!」

검에 대한 집착——기사답게 싸우고 싶은 마음은 알겠다만, 솔직히 관심 없다.

"하고 싶은 말은 그것뿐인가? 이건 시합이 아니야, 결투지. 아무리 겉꾸려 봤자 죽고 죽이는 싸움이라고. 그리고 총을 쓰면 안 돼? 그런 규칙이 있었나? 애초에 나 혼자서 너희 다섯을 상대하고 있는 건 어떤데? 동정받을 일 아닌가? 아! 아니, 미안하군. 일대일로 다섯 번 싸우면 될 뿐이었지. 다만, 실력 차이가 너무 나네. 너무 일방적이라 좀 봐줘야 할까 고민하던 차였어. 너희들이 말하는 그 '정정당당한 기사도'도 고려해 봐야겠는걸."

술술 말을 늘어놓자, 크리스가 결국 도발에 넘어가 움직이려했고, 드론은 자비 없이 사격을 퍼부었다.

사실 탄환이라 해봐야 실전용이 아닌 특수탄이라 위력이 한참 낮은 상황이다. 조종자까지 벌집으로 만들 수는 없으니.

다만 이것만으로도 곧바로 움직일 수 없게 된 크리스는 대검을 방패 대신으로 쓰며 몸을 웅크렸다.

「바보 취급하다니…… 이런 싸움은 누구도 인정하지 않는다!」

"그러든지. 중요한 건 결과다. 너희는 지고, 내가 이긴다. 과정 따위 신경 쓰는 녀석이 몇이나 될까. 아, 그래도 너희는 분발했다고는 말해줄게. 꼴사납게 졌다고 말하면 모가 나니까 말이지."

「으아아아아아아!!」

탄환의 빗속을 억지로 돌파한 크리스가 날 향해 대검을 휘둘렀다. 크리스의 마력이 들어가면서 검이 빛나 마치 빛의 칼날이 날아오는 것 같았지만, 아로간츠는 왼손 하나로 가뿐히 막아 검째로 으스러트려버렸다.

"역시나 검호님, 훌륭했어."

이윽고 멈추어버린 크리스의 갑옷에서 연기가 솟아 나오자, 심판이 승자를 선언했다.

「크리스 피아 아크라이트 전투 불능! 승자…… 리온 포우 발트파르트.」

심판이 내 이름을 선언할 때마다 어쩐 말에 힘이 들어가 있지 않은 것 같은데.

그런 생각을 하고 있자니 문득 갑옷 안에서 흐느껴 우는 소리가 들려왔다.

「……어째서냐! 어째서 진 거지?! 누구보다도 노력해 왔는데! 누구보다도 열심히 해서…… 인정받고 싶었는데!」

크리스는 아버지가 검성이라 태어날 때부터 길이 정해져 있었을 거다. 그건 나도 동정한다만, 그것과 이건 다른 이야기다.

"불행 자랑은 자랑거리인 네 애인에게 하라고. 분명 동정해 줄 거다."

『정말로 쓰레기네요.』

루크시온의 말이 묘하게 가슴에 꽂혔다. 아니, 나도 조금 지나쳤나, 하고 생각했어. 하지만 이 녀석들은 지금이라도 패배를 배워야 해.

◇

관객석에서 불안에 찬 목소리가 일어났다.

"어, 어이. 크리스가 졌는데."

"뭐야. 저건 너무 비겁하잖아."

"……글쎄? 리온은 솔로로 던전을 공략해서 남작 작위를 손에 넣었다잖아. 혹시, 사실은 강한 거냐?"

"자, 잠깐! 그러면 이대로 승부가 끝나는 거야? 전 재산을 걸었다고!"

100% 이길 줄 알았던 내기가, 실은 그렇지 않았다는 것을 알게 되자 객석이 술렁이기 시작했다. 그리고 동시에 리온을 바보 취급하고 있던 학생들의 인식이 바뀌고 있었다.

올리비아가 울 것 같은 표정을 지었다.

"안젤리카 씨, 저…… 너무 슬퍼요. 리온 씨가 이긴 건 기쁘지만, 저건 너무하잖아요."

안젤리카는 올리비아를 구슬렸다.

"바보 같은 소리 마라. 긴장을 늦췄다가는 리온이 졌을지도 모르는 상대들이다. 그만큼 경계하고 있단 말 아니냐."

"그, 그런가요?"

안젤리카는 고개를 끄덕였다.

"그는 왕국의 검술 지도 역할을 맡은 백작가 출신이다. 크리스의 아버지는 왕국 제일의 검사로, 검성이라 불리고 있을 정도지. 저 녀석도 검호라 불리는 실력자다."

올리비아는 솔직하게 감탄하고 있었다.

"굉장하네요!"

"그래, 굉장한 남자야."

'그런데 그런 그가 손도 못 쓰고 패배했다. 다음 차례인 질크도 초조해하고 있겠지.'

율리우스 일행이 있는 장소를 보니, 이미 질크와 갑옷이 보이지 않았고, 율리우스는 새파래져 있는 마리에를 달래고 있었다. 그 모습을 보니 안젤리카는 가슴이 옥죄이는 듯이 괴로웠다.

'전하⋯⋯.'

◇

크리스가 투기장에서 의무실로 이송되는 중에, 질크는 다음 시합 준비를 하고 있었다.

갑옷 정비사들에게 지시를 내렸다.

"무기를 있는 대로 전부 실으십시오. 탄환도 마탄을 사용할 것입니다."

정비사가 눈을 휘둥그레 떴다.

"그건 시합에서 쓸 물건이 아닙니다!"

"이건 결투입니다!"

평소에는 부드러운 질크가 여유를 잃을 정도로 초조해하고 있었다.

녹색 갑옷은 각부에 날개 같은 장식이 붙어 있는데, 그 날개에 갑옷에 중후한 라이플과 도끼가 장착되었다. 마치 전장에 가는 것만 같은 장비였다.

"장식을 떼고 추가 장갑을 설치해 주세요. 그리고 수류탄도."

정비사가 난처해하고 있었다.

"질크 님, 지금 있는 부품으로는 한계가 있습니다."

질크는 고개를 숙였다가, 다시 고개를 들었다.

"상관없습니다. 할 수 있는 최대한으로 하십시오."

정비사가 황급히 뛰어가는 모습을 보며 질크는 머릿속으로 전략을 짜기 시작했다.

'어떻게 해서든 내가 저지해야만 한다. 설령 이기지 못하더라도 조금이나마 대미지를 줘야 해! 이대로는 전하의 체면이⋯⋯!'

함께 자라온 형제나 마찬가지이자 벗⋯⋯ 질크는 율리우스를 위해 살아왔다. 여기서 진다면 율리우스의 평가가 추락할 건 불 보듯 뻔한 일.

질크는 가능한 모든 수단을 취하기로 했다.

근처에 놓여 있던 폭탄을 하나 손에 들었다.

"⋯⋯잠시 나갔다 오겠습니다."

갑옷 장비를 교체시키고, 질크는 혼자서 방을 나섰다.

◇

"후암~, 지쳤다."

잠시 휴식 시간이 생겨, 나는 투기장을 나와 대기실 쪽에서 쉬고 있었다.

화장실에서 볼일을 마치고 돌아오려 하자, 올리비아 양과 안젤리카 양이 뛰어왔다.

"리온 씨, 어디에 가 계셨던 건가요!"

"걱정했다."

두 사람의 반응에 나는 고개를 갸웃했다.

"어? 뭔데?"

두 사람은 서로 얼굴을 마주 보고 있었다.

"아뇨, 저기, 몸이 안 좋아 보인다고 들어서요."

나는 눈을 가늘게 떴다.

"내가? 쉬고 있었던 것뿐인데?"

그러자 안젤리카 양이 이상하다는 표정을 지었다.

"너의 누나라고 하는 자가 나타나서는…… 네 안색이 나쁘니까 보고 와 줬으면 한다는 말을 들었다. 올리비아가 만난 적이 있다니 얼굴을 잘못 보진 않았을 텐데."

누나가 내 걱정을? 말도 안 된다.

전하에게 싸움을 건 이후로 만난 적은 없지만, 누나에게는 폐를 끼친 셈이다. 하지만 이 타이밍에 내게 말을 걸까?

그렇게 생각하고 있었더니 루크시온이 내게만 들리도록 말했다.

『마스터, 기체에 폭탄이 설치되었습니다. 범인은 마스터의 누나입니다만, 지시한 자가 있습니다.』

……그렇게 되는 거냐. 협박당했다고 보는 게 옳겠지.

내가 전하에게 싸움을 걸었기 때문에 학원에서 입지가 좁아진 걸 질크가 이용한 거다.

나도 쓰레기지만, 질크도 대단한 쓰레기 자식이군. 뭐, 그 녀석은 율리우스 전하를 위해 수단을 고르지 않으니 뭔가 할 건 예상했다만.

『지시한 건 다음 대전 상대입니다.』

나는 루크시온의 보고를 들으며, 그렇겠지 하고 한숨을 내쉬었다.

불안해 보이는 두 사람을 향해서,

"그렇군…… 친누나는 속일 수 없었나. 실은 큰 쪽을 참고 있었단 말이지. 배가 아파서 말이야. 새어 나오는 줄 알았어. 결투보다도 그쪽이 더 힘든 싸움이었으려나."

내가 그렇게 말하자 올리비아 양이 안절부절못하며 당황하고 있었다.

"그, 그건 어쩔 수 없네요."

안젤리카 양은 차가운 시선으로 나를 쳐다봤다.

"여자 앞에서는 좀 더 말을 가려서 하는 게 좋다고 생각한다만?"

"그러게요. 꽃을 따러 갔었습니다. 투기장에는 화단 같은 건 없지만 말이죠."

그렇게 말하자, 올리비아 양이 쓴웃음을 지었다.

안젤리카 양은 이마에 손을 댔다.

"……뭐, 됐다. 평소에 말투를 고치려고 노력하지 않으면 여차

할 때 실수를 저지를 거다. 그것보다, 이제 곧 시간이다."

"그럼, 가보겠습니다."

투기장으로 향하자 루크시온이 정보를 주었다.

『폭약이 설치된 위치는 등입니다. 이 세계의 갑옷은 등 쪽에 핵심 기능이 있으니, 이쪽을 암살하려는 의도가 확실합니다. 폭약량으로 계산하면, 양산형 갑옷의 조종자는 살아날 수 없겠지요.』

평소에는 착해 보이는 녀석이 실은 가장 무서운 놈이었다……

뭐, 흔히 있는 이야기다.

◇

투기장으로 돌아왔으나 누나의 모습은 이미 없었다.

뭐, 지금은 마주치지 않는 게 더 좋을지도. 나도 무슨 말을 해야 할지 모르겠고.

참고로 폭탄은 잘 보이지 않는 곳에 숨기듯 설치되어 있었다.

안젤리카 양이 투기장에서 기다리고 있는 질크의 녹색 갑옷을 보며 말했다.

"자, 상대가 기다리고 있다. 이제야 진심이 된 것 같군."

질크는 전장에라도 나가는 듯한 장비로 투기장에 나와 있었다.

갑옷 안에 들어가자 루크시온이 내게 보고했다.

『아무래도 특수한 마법에 반응하여 폭발하는 타입인 듯합니다.』

게임에서도 그런 폭탄 공격이 있었지. 나는 사용하지 않았지만.

"질크 같은 타입이 제일 무섭지. 사격 솜씨도 좋지만, 다른 능력도 뒤처지지 않아. 우수한 만능 타입이지. 어떤 상황에서도 활약할 수 있어."

율리우스 전하는 근접 전투에 뛰어나고, 질크는 중장거리 전투가 특기인 캐릭터다. 편향된 특색이 없고 사용하기 쉬운 뛰어난 캐릭터다. 게임에서도 가장 의지하던 캐릭터 중 하나다.

뭐, 공략 난도가 높고 열 받는다는 점도 있지만.

투기장에 서자, 질크가 먼저 말을 걸었다.

『──당신은 강합니다. 존경을 표하도록 하지요.』

"그거 고맙군."

심판이 개시 신호를 내린 것과 동시에 질크는 오른손에 든 라이플을 내게 겨눴다. 처음부터 하늘을 날아 묻지도 따지지도 않고 방아쇠를 당기더니 수류탄까지 던졌다.

『연막입니다.』

"인정사정 안 봐주는군."

주위가 하얀 연기에 휩싸였다.

◇

질크는 하얀 연기에 휩싸인 투기장에서 아슬아슬한 높이까지 날았다. 너무 높이 날면 실격당한다.

전술은 라이플이나 수류탄으로 위에서 공격하는 방법을 쓰기로 했다.

「이걸로 쓰러졌으면 좋겠습니다만.」

그다지 쓰고 싶지 않은 수단까지 동원했다.

리온의 친누나에게 접촉하여 폭탄을 건넸다. 물론 사이에 남학생을 껴서 전달했지만.

일이 공공연하게 드러나도 율리우스의 평가에 흠집을 내지 않고, 율리우스를 걱정한 남학생의 폭주로 처리할 수 있다.

투기장은 연기에 휩싸였지만, 질크의 눈앞에 마법진이 떠올랐다. 그 속에는 연기 안에서 질크를 찾고 있는 리온의 모습이 비치고 있었다.

「당신은 위험합니다. 여기서 처리하도록 하겠습니다.」

라이플 방아쇠를 당겼다.

군에서 사용하는 대 갑옷용 라이플은 관통력이 뛰어나다. 이런 걸 학원의 결투에 들고 오는 건 그다지 칭찬받을 일이 아니지만, 상대는 이미 셋이나 격파했다. 이렇게까지 압도적인 성능 차이를 보여주는 상대에게 수단을 가릴 수는 없다.

「……전하에게 거역한 시점에서 당신의 인생은 끝났습니다. 여기서 화려하게 끝내 드리지요!」

탄환이 리온의 갑옷──머리 부분에 명중했다.

명백하게 목숨을 빼앗기 위한 일격이었다.

하지만──.

「뭐, 뭣이!」

리온은 아무 일도 없었던 것처럼 하늘을 올려다보고 있다.

심지어 손까지 흔들며 여유를 보이기까지 했다.

「칫!」

수류탄을 던지고, 라이플을 거머쥐었다. 볼트액션으로 탄환을 장전하고 방아쇠를 당겼다.

폭발에 휘말려도 태연한 모습으로 서 있는 갑옷을 앞에 두고 질크는 비장의 수단을 썼다. 설치한 폭탄을 작동시키기 위해, 리온을 향해 특수한 마법을 발사했다. 이 마법 자체는 아무런 의미도 없지만, 폭탄과 반응하여 리온의 등에서 커다란 폭발을 일으켰다.

"직격이라면 대미지 정도는!"

하지만 투기장에 리온의 모습이 보이지 않았다. 폭탄에 조각나서 사방으로 흩어진 것 같지도 않았다. 말 그대로 사라진 것이다.

"어디냐! 대체 어디에!"

그런 질크의 시야에 갑자기 부자연스러운 그림자가 비쳤다. 하늘에는 구름 한 점 없었는데.

올려다보니, 바로 뒤에 리온의 모습이 있었다.

"안녕~."

「큭!」

급강하하면서 뒤돌아 라이플을 거머쥐자 리온이 곧장 따라붙었다.

급하게 방아쇠를 당겼지만, 코앞에서 발사한 탄환마저 리온의 갑옷은 가뿐히 튕겨 내버렸다.

「그 폭발에 견디다니!」

"아, 호된 한 발이었어. 여러 의미로 말이지."

말투를 보아 상대가 이미 폭탄이 설치된 걸 알고 있었다고 판단한 질크는 배틀 액스를 손에 쥐고 다시 덤벼들었다. 하지만 리온은 이조차 삽으로 가뿐히 막아 냈다.

질크는 투기장에 있는 관객들에게 들리지 않도록 말을 걸었다.

「──당신은 아무것도 모릅니다!」

"거울은 보고 다니냐? 너희는 제정신이 아니야."

「전하와 결투를 벌일 생각입니까? 당신의 귀족 인생이 끝날 겁니다!」

"그거 좋은데! 상급 클래스 따위, 구역질이 나던 참이었다고! 거기서 내보내 주겠다면 기꺼이 뭐든 해주마! ……네놈처럼 말이야!"

다른 남자였다면 이걸로 눈치챘을 거다. 눈치가 없어도, 디메리트를 제시하면 교섭의 여지가 생기기 마련이다.

하지만 리온은 달랐다. 도리어 의욕을 내고 있었다.

질크는 문득 마리에의 얼굴을 떠올렸다.

신기한 여성이었다. 마치 자신의 모든 걸 아는 듯한, 그야말로 이상형의 여성이었다.

그녀에게 빠져드는 건 한순간이었다.

왕궁에도 이런 여성은 없었다. 다른 사람들과 달리, 그녀와 있으면 정말로 마음이 편안해졌다.

「나는! 처음으로 이상적인 여성을 만났다!」

"잘됐네, 경쟁 상대가 한 명 줄어들 테니까. 마음껏 연애 놀이를 즐기라고!"

리온의 삽 공격을 라이플로 막아 냈지만, 라이플이 그대로 튕겨 나가 지면에 떨어졌다.

'파워가…… 성능이 너무나도 다르다.'

이번엔 율리우스의 얼굴이 떠올랐다.

마리에 이야기만 나오면 무척 기쁜 듯이 대꾸하는 소중한 친구의 모습.

「네가 뭘 안다는 거지! 전하도 나도 정말로 그녀를 사랑하고 있다! 독점하고 싶은 게 아니야! 그녀가 행복해지기를 바라는 것뿐인데!」

"그러면 여기서 빠지든가."

리온은 담담히 대답했지만, 질크의 마음에는 무겁게 다가왔다.

질크가 조작하는 갑옷은 일격을 받아 낼 때마다 삐걱거리는 게 비명을 지르는 것 같았다.

「나는 어떤 수를 써서라도 너한테는 지지 않을 거다! 만약 전하께 뭔가 저지를 생각이라면, 내 모든 것을 걸고 너를—— 아니, 네 가족에게도 책임을 물을 것이다!」

사랑한 사람이 같았다.

처음에는 슬픔에 잠겨 뒤로 빠질까도 싶었지만…… 그 정도로 물러날 수 있을 만한 사랑이 아니었다.

질크는 자신을 위해서가 아니라, 율리우스나 마리에를 위해 뭐든 할 각오가 있었다.

"……결투에서 협박인가, 비겁하네."

「마음대로 떠들어라!」

투기장에서 높이 올라와 있다. 아래 있는 관객들에게는 이 대화가 들리지 않을 거다.

리온의 공격이 약간 허술해졌다. 질크는 협박이 통했다고 생각해 단숨에 몰아치려 했으나──.

『나는 어떤 수를 써서라도 너한테는 지지 않을 거다! 만약 전하께 뭔가 저지를 생각이라면, 내 모든 것을 걸고 너를── 아니, 네 가족에게도 책임을 물을 것이다!』

──자신의 목소리로, 조금 전의 대사가 들려왔다.

「어, 어째서?!」

질크는 심하게 당황했다.

그런 마법이 있다는 말은 듣지 못했다. 어쩌면 몰랐을 뿐일지도 모르고, 아니면 어느새 새로 만들어진 마법일지도 모른다. 처음에는 비슷하게 흉내 냈을 뿐이라고 생각했지만, 대화 내용이 그대로 흘러나오기 시작했다.

질크는 후회하며 어금니를 악물었다.

"먼저 협박한 건 너다. 그러니 나도 협박하기로 했다. 그래, 이걸 너의 본가에 가지고 가지. 가족은 어떻게 생각할까? 결투에서 질 것 같으니까 협박했다! 귀족으로서 끝난 거나 마찬가지지! 아니면 네 소중한 전하나 마리에한테 들려줄까? 아주 경멸하겠지.

아니, 역시 학원에 제출하자! 그리고 전교생들한테 들려주는 거야!"

질크는 금방 마음을 고쳐먹었다.

「그, 그런 목소리만으로는 증거가 되지 않습니다.」

목소리를 녹음하는 기계나 마법 같은 건 이 세계에 없다. 영문 모를 것을 내밀어 봐야 증거는 되지 않는다.

"뭐, 그럴지도 모르지. 하지만 의심은 남을걸? 그런 상황에서 내 본가에 무슨 일이 생긴다면, 다들 뭐라 생각할까? 아, 역시 그 녀석이 했구나 하지 않겠어? 그걸로 끝나면 다행이지. 전하는 무슨 말을 들을까? 마찬가지로 의심받을지도 모른다는 생각이 들지 않나? 사람들은 이렇게 말하겠지, 이 모든 게 전하가 시킨 일이라고 말이야! 이런, 네 소중한 전하의 평가에 금이 가겠구나."

리온은 마치 즐겁다는 듯 이야기를 늘어놓았다. 질크는 온 신경을 모아 가능한 냉정한 척하며 리온의 공세에서 벗어날 틈을 보고 있었으나──.

「전하는 관여하지 않았습니다. 제 판단입니다.」

"그건 네가 판단할 일이 아니지. 사람들은 반드시 너와 전하를 이으려 할 테니까. 벌써 잊었냐? 너희는 안젤리카 양이 몰리고 있을 때, 이야기도 듣지 않고 그녀의 잘못이라고 했지? 그런데 왜 너희는 다르다고 생각하지?"

질크는 초조함에 말문이 막혔다.

그의 말대로였다. 그때 우리는 안젤리카의 주장을 전혀 듣지 않았다. 마리에를 괴롭힌 건에 대해 자신은 모른다, 지시를 내리지 않았다 하는 데도 그냥 무시한 거다.

「그, 그건!」

"그만 됐어——그냥 꺼져라."

리온의 차가운 목소리가 들린 순간, 질크는 공중에서 짓밟혀 그대로 지면으로 추락했다. 바닥에 충돌한 질크는 점차 의식이 멀어져 갔다.

"누나한테도 민폐를 끼쳤군. 자, 그럼 어떻게 수습해야 하나……."

이미 리온은 질크의 반격조차 생각하지 않았다. 이미 갑옷이 너덜너덜해져서 움직일 수도 없을 것 같았다.

그저 마지막으로 생각한 것은——.

'전하, 이 녀석은 위험합니다. 싸워서는 안—됩—니다…….'

그의 의식은 거기서 끊겼다.

★제10화「사랑」

마리에는 투기장에 서 있는 검회색 갑옷을 보며 떨고 있었다.

'뭐야! 뭐냐고! 저렇게 강한 녀석은 게임에 없었잖아! 나, 나는 이런 거 몰라!'

검회색 갑옷이 질크를 짓밟고 있던 발을 치우자, 곧바로 관계자들이 질크를 구출했다. 목숨에 지장은 없지만 기절한 모양이다.

이 참혹한 결과에 카일이 놀라면서 말했다.

"정말로 괜찮은 건가요? 네 명이 모두 아무것도 못 하고 져 버렸는데요?"

율리우스가 손을 꾹 쥐었다.

그의 시선은 자신의 하얀 갑옷으로 향하고 있었다.

"──나도 저만한 상대라고는 생각지 않았다. 하지만, 내 갑옷은 왕국 최고의 기술로 만들었다. 마리에, 걱정하지 마라."

마리에는 어색한 미소를 띠었다.

'다들 그렇게 말하고는 흠씬 두들겨 맞고 졌잖아! 하나같이 쓸모가 없네! 그리고 보니, 이 녀석들, 전쟁 파트에서는 통 도움이 안 돼서 오빠한테 클리어하라고 떠맡겼었지.'

마리에는 눈앞의 풍경이 아니라 전생의 기억을 더듬고 있었다.

현실도피였다.

'애초에 오빠가 나쁜 거야! 여행 간 걸 엄마한테 고자질하고 그 대로 죽어버리는 바람에 나는 집에 있을 자리가 없어지고, 결혼 해도 식조차 올리지 못하고, 끝내는 상대마저 도망쳤는데 아무도 도와주지도 않고! 전부 오빠 때문이야! 그리고 무엇보다 저 리온 이란 녀석! 어딘가 오빠랑 닮아서 열 받는다고!!!'

율리우스가 상의를 벗자 전신 타이츠 같은 슈트가 눈에 들어 왔다. 갑옷에 들어가려면 평범한 옷은 방해가 되기에 온몸의 라인 이 드러나는 디자인이 되어있다.

다만 실제로 보니──.

'뭔가 바보 같아. 게임에서는 근육이 도드라져서 좋았는데, 지 금은 차라리 저 짝퉁 오빠처럼 조끼라든가 바지라도 좀 입었으면 좋겠네.'

율리우스가 갑옷 안에 들어가자 갑옷 투구의 눈 부분이 빛났다. 다른 기체와 달리 눈도 사람처럼 두 개로 되어있어, 쓸데없이 로봇 같았다.

하지만 카일은 아무 생각도 없는지 그런 하얀 갑옷에 동경의 시 선을 보내고 있다.

"좋겠다~. 저도 저거 갖고 싶어요."

마리에는 고개를 내저었다.

"기사가 아니니까 안 돼. 게다가 너는 엘프라 움직일 수도 없어."

"해보지 않고서는 모르잖아요. 저는 하프 엘프니까 될 수도 있 어요."

"그럴 리가. 애초에 나는 갑옷을 가지고 있지 않⋯⋯."

마리에는 거기서 위화감을 느꼈다.

'어? 하프라고? 아인종과 인간 사이에는 아이가 태어나지 않는 설정일 텐데⋯⋯? 뭐, 게임이니까 애매한 걸지도.'

율리우스가 갑옷에 타고 마리에를 내려다보고 있다.

「마리에, 갔다 오마.」

마리에는 율리우스를 보며, 머릿속으로 대사를 찾았다.

'분명, 이때는――.'

"네. 율리우스의 승리를 기원하고 있을게요."

「그래, 부탁한다!」

주인공을 따라 한 대사나 태도. 마리에는 다섯 사람 앞에서 이상적인 여성을 연기하고 있었다.

'하, 이것도 지치네. 애초에 내숭쟁이에다 머릿속이 꽃밭인 주인공을 따라 해야 한다니, 너무 힘들어.'

제2의 인생, 주인공의 위치를 빼앗기 위해 노력해 왔다.

공략 캐릭터들을 마주치는 장소에서 미리 잠복하여 주인공을 매번 쫓아내고, 행동거지나 대사를 따라 하여 남자들을 매료했다.

다섯 명의 취향이나 성격을 파악하고 있는 마리에한테는 어려운 일도 아니었다.

안젤리카를 예정보다 빨리 처리할 수 있었던 것도 그 덕분이었다. 하지만 그 때문에 비정상적인 존재가 튀어나왔다.

그게 바로 리온이다.

'어쨌든 그 모브를 어떻게든 해야 해. 아니, 그보다 여기서 지면 어떻게 되는 거지? 게임에서는 게임 오버가 되는 거 아니었나……?'

이미 여기에 자신의 인생을 걸었기에 무슨 일이 있어도 율리우스가 이겨 줘야 했다.

'그래. 이런 곳에서 끝날 수는 없어. 이 세계를 더욱 즐겨야 한다고. 지금보다 더 많은 남자와 사랑을 하고, 사치스러운 생활을 보낼 거야. 전생 같은 끔찍한 인생은 사절이야. 나는 이제야 행복을 붙잡으려던 참인데…… 저런 모브 같은 남자한테 질 순 없다고!'

◇

투기장에 하얀 갑옷이 섰다.

왕국 최강의 갑옷 중 하나로, 마치 몸에서 빛이 나는 것 같았다. 나중에 한층 강한 버전이 나오지만, 현시점에서는 최강 중 하나다.

……그 밖에도 최강이 있다는 건, 가장 강한 게 아니라든가 하는 그런 딴지는 걸지 않기로 하자.

「설마 나까지 순서가 돌아올 거라고는 생각지 않았다. 너의 분투에는 경의를 표하지.」

전하의 거만한 태도를 앞에 두고 들려오는 관객들의 기도하는 듯한 성원이 내게는 기분 좋게 느껴졌다.

어쩌면 전 재산을 건 바보도 있을지도 모른다. 하지만 이기는 건 나다.

관객들의 기도는 하늘에 닿지 않을 게 뻔했다.

애초에 말이지…… 나는 내가 보잘것없는 녀석이란 걸 알거든.

그런 내가 결투에 나선 것은 아로간츠가 압도적 성능이라서 그런 것도 있지만, 가장 결정적인 건 전하 일행이 아직 1학년이기 때문이었다. 1학기가 끝난 이 시점이라면 이제 막 성장하기 시작한 참이나 다름없다. 앞으로는 강해질지 몰라도, 지금은 경험 부족에 실력 부족이다.

그렇기에 지금 결투하는 게 나에게 유리한 전개였다.

"잔챙이를 쓰러뜨리고 우쭐해도 말이지…… 안 그래?"

살짝 도발해 봤지만, 전하의 반응은 싱거웠다.

왼손에 방패를 들고, 그리고 오른손에 검을 들었다.

백팩에서 양어깨에 걸치듯 포 2문이 달려 있었는데, 회전식 탄창이 달려 있었다.

본래 주인공과 맺어졌어야 할 상대…… 그런 그가 싸우자고 내 앞에 선 모습이 너무나도 묘하게 느껴졌다.

네가 지킬 상대가 정말 마리에냐고 묻고 싶지만…….

"전하, 하나 질문을 드려도 괜찮겠습니까?"

「대답할 수 있는 것이라면.」

"특대생인 올리비아 양을 어떻게 생각합니까?"

하지만 여전히 전하의 반응은 담백했다. 왜 그런 질문을 하는지조차 이해하지 못했다.

「올리비아라는 이름인가? 노력하고 있다고 들었는데, 그게 어쨌다는 거지?」

"……그렇습니까."

나도 삽을 거머쥐었다. 잘 생각해 보면 참 이상한 광경이다. 지금부터라도 블레이드로 바꿀까?

……뭐, 여기까지 삽으로 왔으니, 마지막까지 삽으로 싸우는 게 좋을지도 모른다.

심판이 조금 난처한 표정을 짓고 있었다.

내게 보내는 시선이 이렇게…… 알고 있겠지? 같은, 그런 느낌이었다. 전하의 몸에 상처를 내지 말라고 말하고 싶은 거겠지.

심판이 팔을 들어 올리고 나서 아래로 내렸다.

「시작!」

하지만 시작 신호가 울려도 두 사람――나와 율리우스 전하는 전혀 움직이지 않았다.

전하는 방패를 앞으로 내밀고 방어 자세를 취하고 있었다.

그러자 대뜸 루크시온이 불만을 토했다.

『지금까지의 싸움을 보고, 이쪽이 공격하는 순간을 노려 카운터를 먹이려 하다니, 글러 먹은 인간이군요. 성능 차이는 역력할진대. 다른 갑옷보다는 나아 보입니다만, 그것뿐입니다.』

"그럼 공격을 펼칠 뿐이지."

아로간츠가 크게 파고들어 삽으로 방패를 찔렀다. 그러자 전하는 공격을 받아넘기고 오른손에 든 검으로 베고자 달려들었다.

그 공격을 삽자루 부분으로 막아 내자, 불꽃이 튀었다.

「아직이다!」

방패와 검을 이용한 연속 공격.

그걸 삽으로 막아 내고, 튕겨 내면서 물러났다. 전하가 나를 밀어붙이고 있다고 생각했는지, 주위에서는 열띤 성원이 올라오고 있었다.

"이 자식들, 내기에 지고 싶지 않을 뿐인 주제에."

『마스터가 패배하면 속이 후련해지겠지요. 조금 전에도 그랬지만, 제법 잘난 듯이 설교했으니 말이죠. 관객이 보면 마스터는 '개짜증' 날 뿐이 아닌지요?』

"그런 말 쓰면 못써요! 어이쿠!"

전하의 예리한 찌르기가 눈앞에 닥쳐와 지면을 미끄러지다시피 이동하여 물러났다. 하지만 저쪽도 스케이트처럼 지면을 미끄러지듯 달려들었다.

내가 끝내 그걸 막아 내자, 전하의 목소리가 들려왔다.

「나는 질 수 없다. 내 승리를 기도해 주는 그녀를 위해서도——질 수 없단 말이다아아아!」

마음이 담긴 건지, 칼날의 번쩍임이 강해졌다.

갑옷 뒤쪽에서 푸른 불꽃이 나와, 하얀 갑옷이 몹시 멋있어 보였다.

『예술적인 가치는 인정하겠습니다.』

"너 치고는 제법 후하게 쳐줬네. 하지만 이쪽도 물러설 수는 없다고."

기백이 담긴 일격 일격을 삽으로 막아 튕겨 냈다. ──이걸로 조종자의 기량은 저쪽이 더 위라는 건 잘 알았다.

"율리우스 전하, 역시 대단하군요. 이전 네 사람과는 기백이 다릅니다. 역시 앞사람들이 한 명 줄어들면 마리에와 보낼 수 있는 시간이 늘어나니까, 전하가 사라졌으면 하고 생각하고 있던 거 아닙니까?"

「헛소리 마라! 네가 우리에 대해 뭘 안다는 거지!」

하얀 갑옷이 짙어지고 있는 푸른 불꽃이 한층 강해졌다. 압도적인 성능 차이를 뒤집고자 갑옷의 힘을 억지로 끌어내고 있는 거다.

그만큼 진심인 거겠지만…….

"아무것도 모릅니다. 근데, 이대로 놔두면 안 될 것 같아서 말이죠."

관객석── 올리비아 양과 안젤리카 양을 보니, 그녀들도 이쪽을 보고 있었다.

양손을 맞잡고 기도하는 것처럼 나를 응원하는 올리비아 양.

안젤리카 양은 복잡한 표정을 짓고 있었다. 내가 전하와 싸우는 게 내키지 않는 모양이다. 아니, 내가 전하에게 상처를 입힐까 걱정하고 있는 건가?

나는 말을 이어갔다.

"전하, 진지하게 다른 사람을 사랑한다는 건 어떤 마음입니까? 저는 그런 걸 잘 몰라서 말이죠."

「그렇겠지. 그래서 태연하게 다른 사람을 방해할 수 있는 거다. 정말로 누군가를 사랑한 적이 있다면, 이런 결투 소동 따위 일으키지 않았겠지! 정말로 사랑하고 있다면, 미련 없이 깔끔하게 물러나면 되는 거다!」

내가 할 소리는 아니지만, 전하께서 할 소리도 아닌 것 같은데요?

"아, 안젤리카 양 얘기입니까? 흐음? 그녀는 전하를 사랑하고 있다고 생각하는데요?"

「―이 아니다.」

"예?"

등에 있는 불꽃이 더 강해지더니, 전하의 갑옷은 속도를 올렸다. 지금까지 싸워 온 네 사람보다 더 재빠르고 예리했다.

그만큼 진심이 담겨 있었다.

「그 녀석의 마음이 사랑일 리가 없다! 그 녀석은 내 마음 같은 건 헤아리지 않았다! 왕궁 여자들과 다를 바가 없지! 내가 왕족의 길을 가길 바랄 뿐이다! 나는 왕족으로 태어나고 싶지 않았다! 아무도 진짜 나를 봐주지 않는 왕궁 생활 따위――!」

어쩔 수 없잖아. 당신은 왕족이고 후계자인걸―― 하고 말하면 그만이겠지만, 저쪽도 바라서 왕족으로 태어난 건 아니다.

「마리에만이 내 마음을 알아차려 준 여성이었다.」

왕궁에는 없는 타입의 여성이라, 번민하던 와중에 홀랑 속아 넘어간 거로군.

본래 저 인연은 올리비아 양의 것이었다. 적어도 게임에서는.

전생자 때문에 엉망이 된 결과가 이거다.

사내자식 다섯 명이 여자 손에 놀아나 터무니없는 창피를 당하고 있다.

「잘난 듯이 말하고 있는 너도 마찬가지다! 네가 하는 말은 얄팍하기 그지없어! 지금의 너는 큰 힘을 손에 넣어 오만해졌을 뿐인 남자이지, 기사라고 부를 수 없다! 즐거운가? 그만한 힘으로 다른 사람을 압도하고, 잘난 듯한 시선으로 설교하는 기분은 어떤 기분이냔 말이다!」

"──정말 최고지!!"

「뭣?!」

전하의 갑옷을 걷어차자, 전하는 방패로 방어했다. 뒤쪽으로 날아가는 순간에 양어깨의 캐논을 발사했지만 나는 방어는 하지 않았다.

아로간츠는 꿈적도 하지 않았다. 흠집 하나 없었다.

"정말 최고의 기분이야! 그만큼 꺼드럭거리며 위세가 좋던 너희를 압도적인 힘으로 짓눌러서 설교하면 기분이 상쾌해진다고! 반론도 못 하는 네 동료도 좀 어떤가 싶지만 말이야. 뭐, 져놓고 말대꾸밖에 못 하는 것도 꼴사납겠지만! 그리고 가르쳐 주마. 내가 오만하다고? 너희는 그 오만한 남자한테 졌다! 지금 어떤 기분이지? 깔보고 있던 녀석한테 지는 기분은 어떠십니까, 왕자님!"

「네 녀석으으으은!!」

압도적인 힘으로 상대를 짓누르고 잘난 듯 떠든다.

맛을 들일 것 같군.

게다가 상대는 날 깔보던 녀석들이다. 죄악감도 별로 없다.

루크시온이 내게 동의했다.

『마스터의 언변 하나 깨지 못하다니. 어떤 수준일지 뻔하군요. 패배의 충격으로 말이 안 나올 뿐이겠지만요. 그건 그렇고 마스터도 한 쓰레기 하는군요. 감복했습니다.』

이 녀석의 목소리는 밖으로 새어나가지 않는다. 이 대화도 새어나가진 않는다. 무척 유능하긴 한데, 말이…….

아로간츠의 왼손을 크게 휘둘러 방패를 때리자, 방패가 찌그러지면서 방패를 들고 있던 전하의 갑옷 왼손에 부하가 걸렸는지 연기를 뿜어내기 시작했다.

전하는 방패를 버렸다. 갑옷의 손가락이 꺾여 있어, 왼손은 이제 사실상 무용지물이었다.

"그리고 하나 말해 두지. 네 기분 따위 알까 보냐, 브아~보! 애초에 너는 내 기분을 아냐?! 게다가 안젤리카 양의 마음도——."

「닥쳐라아아아!」

칼을 들고 덤벼 왔기에 삽을 맞부딪쳐 싸우고, 머리를 맞댔다. 덩치도 무게도 이쪽이 웃돌기에 사람들이 보기엔 전하의 갑옷이 위에서 짓눌리는 것처럼 보일 거다.

"왕족으로 태어나고 싶지 않았어? 너, 변태 할멈에게 팔릴 뻔한 적은 있냐? 여자한테 굽실굽실 고개를 숙이고 시집와 달라고 부탁한 경험은? 시골은 싫다든가, 애인을 사달라는 말을 들은 적은?

비참하다고! 결혼해서 생활 전부를 보살펴 줘야 하는데, 사랑은 다른 애인과 키우겠다는 말을 듣는 마음이 이해가 가냐고오오오!"

실제로도 그런 남자들이 많을 거다.

관객석에서 고개를 끄덕이거나, 혹은 눈물을 흘리며 동의하는 남자들의 모습이 보였다.

다들…… 난 지금 이 세상 물정 모르는 궁도령에게 천벌을 내릴 테니까, 거기서 보고 있어 줘!

「그, 그게 어쨌다는 거냐! 너희는 자유롭지 않나! 좋은 상대를 찾으면 될 뿐이다!」

화가 났기에 몇 번이고 두들겨 팼다. 그때마다 하얀 갑옷 안에 있는 율리우스 전하는 몸이 뒤흔들려, 신음이 들려왔다.

"자유?! 좋은 상대를 찾아? 내가——우리가 자유롭다고?! 바보 취급하지 말라고, 이 세상 물정 모르는 궁도령! 넌 순결의 위험을 느끼면서! 목숨을 걸고! 작은 배로! 하늘에 나가 본 적이 있어?! 저런 미인 약혼자가 있으면서 다른 여자와 놀고 있는 주제에! 뭐가 왕족으로 태어나고 싶지 않았다야! 네 좋을 대로 즐기고 있잖아! 정신 차리고 다시 와!"

「놀이가 아니다! 진심이다!」

"그럼 더 썩은 거고!"

자작가의 딸이라면 첩이라든가 애인으로 삼을 수도 있을 거다. ……아닌가?

어쨌든 자세히는 모르지만, 그게 공작 영애——약혼자를 소홀히

대할 이유는 되지 않는다.

애초에 이런 게 장래의 우두머리라니, 이 왕국은 괜찮은 건가?

장래의 유력 귀족들도 그렇다.

다들 같은 여성을 첩으로 두고 있다든가, 문제투성이다.

삽을 풀스윙하여 검을 날려 버리고, 팔을 붙잡아 으스러트렸다.

양팔을 쓸 수 없게 되자, 거리를 벌려 캐논으로 공격하기 시작했다.

나는 탄환을 피하며, 포탄이 떨어지기를 기다렸다.

탄환도 무한하진 아닌지라 결국 금방 공격이 멈추었다.

"하아…… 이제 됐잖아? 놀이는 이만 끝내. 네 상대는 저쪽이라고. 알겠어?"

엄지손가락으로 안젤리카 양과 올리비아 양을 가리키며 말했다.

안젤리카 양은 슬픈 표정을 짓고 있었다. 몸을 내밀고 전하의 말을 기다리고 있었다.

안젤리카 양은 전하를 좋아한다. 아니, 사랑한다고 말해도 좋다. 이 결투도 전하에게서 마리에라는 여자를 떼어 놓고 싶었기 때문에 일어났다.

그러나 전하의 대답은——.

「……아직이다.」

"뭐?"

「아직 끝나지 않았다! 마리에를 빼앗길 바에야 죽는 편이 낫다! 나는 절대로 패배를 인정하지 않겠다! 죽일 테면 죽여라! 이건 결투다! 너나 내가 죽기 전까지는 이 결투를 멈추는 걸 금하겠다!」

누구도 방해하지 못하게 하겠다는 거냐.

되레 뻔뻔하게 나오셨구만.

왕족이 이러니저러니 말하면서, 아무도 멈추지 말라고 '명령'하고 있잖아. 이중잣대…… 나라면 뻔뻔하게 할 자신이 있지만, 남이 하니 좀 받는군.

하지만 이렇게 되면 손쓰기 번거로워지는데.

"좋아, 마음이 꺾일 때까지 가지고 놀까."

작은 목소리로 중얼거리자, 루크시온이 어이없어했다.

『최악의 대화였네요. 하지만 다른 말들에 비하면 조금 진심이 담겨 있었습니다. 그건 평가하지요.』

당연하다. 나의 실제 체험이라고.

잘난 듯 떠들고 기분이 상쾌해진다! 같은 수준의 이야기가 아니다.

◇

율리우스는 하얀 갑옷이 양팔이 망가졌는데도 리온의 갑옷에 달려들고 있었다.

그의 필사적인 심정이 느껴지는 것만 같았다.

압도적인 힘에 맞서는 그의 모습에 안젤리카는 손잡이를 붙잡고 눈물을 흘리고 있었다.

"진심……이군요, 전하. 정말로 그 여자아이를 좋아하시는 거 군요."

자기의 마음이 닿지 않는다는 걸 깨달은 안젤리카는 마음을 접고 눈물을 닦았다.

'그래. 물러나자. 전하께서 그렇게 바라신다면…… 나는 물러나겠어.'

그리고 관객석 반대쪽으로 눈을 돌렸다.

표정이 새파래진 마리에의 얼굴을 노려봤다.

'하지만, 너만은 인정할 수 없다. 전하 옆에 서는 건 네가 아니다. 너는 전하를 방해할 뿐이야. 그것만은 용납할 수 없다.'

마음을 접고도 여전히 안젤리카는 마리에를 율리우스로부터 떼어 놓으려 했다. 그것이 율리우스를 위한 일이라고 생각했다.

전하를 옆에 두고, 그 밖에도 네 명이나 되는 남성과 관계를 맺는 여자를 왕비의 자리에 앉힐 수는 없다.

단기간에 다섯 명이나 농락한 여자.

놔두면 이후에도 점점 남자를 늘려나갈 거다.

그런 자가 왕비에 오르면 정쟁의 불씨가 되어 나라는 혼란에 휩싸이겠지.

그리고 왕궁도 그걸 잠자코 보고 있을 리가 없다.

마리에는 너덜너덜해지는 율리우스의 모습에 표정이 점점 더 새파래지고 있었다.

'설령 내가 어떻게 되더라도, 너만은 끌어내려서 길동무로 삼

겠다. 절대로 전하를 네 멋대로 주무르게 두지 않겠어.'

율리우스가 사랑한다고 선언한 여성을 갈라놓는 건 마음 아프지만, 안젤리카는 그것만은 어떤 수를 서서라도 실행할 생각이었다.

그러자──.

"이건 자, 잘못되었어요!"

──갑자기 올리비아가 소리쳤다.

"왕태자 전하는 마리에 씨를 사랑하고 계실지도 몰라요. 하지만, 하지만! 안젤리카 씨도 왕태자 전하를 사랑하고 있어요! 계속, 줄곧 괴로운 표정으로 이 싸움을 지켜보고 있는걸요! 보고 있는 것도 괴로운데, 눈을 돌리지 않고 슬픈 표정으로 보고 있어요! 이걸 사랑이 아니라고 말씀하지 말아 주세요!"

안젤리카는 당황하여 올리비아에게 말을 걸었다.

"자, 잠깐! 그만둬라!"

흥분한 것 같기에 어깨를 잡아 물러나게끔 하려 했지만, 올리비아는 멈추지 않았다.

잘 들리는 목소리, 사람들을 끌어당기는 목소리였다.

투기장 안에 있는 관객──학생이나 교사들의 시선이 그녀에게 향했다.

"어째서 부정하시는 건가요! 서로 사랑하는 게 아니라면 그건 사랑이 아닌 건가요?"

"괜찮으니까 그만해라, 올리비아! 이제 멈춰!"

"아뇨, 저는 말해야겠어요. 안젤리카 씨의 마음은 사랑이에요!

받아들이고 말고는 본인의 자유겠지만 사랑을 부정할 순 없어요!"

올리비아의 말은 마리에한테도 닿고 있었다.

◇

……열 받아!

마리에는 솔직히 그렇게 생각했다.

'이래서 착한 척 구는 애들은 싫다니까! 머릿속이 꽃밭인 거 아니야? 일방적인 마음 따위는 사랑이 아니라 민폐야! 정말로 속이 부글부글 끓네. 저 애의 대사를 듣고 있으면 짜증이 부글부글 치밀어 오른다고!'

올리비아는 마리에와 사고방식이 전혀 달랐다.

하지만 투명한 목소리로 주위의 마음을 붙잡는 올리비아를 보고 있자니, 마리에의 얼굴에는 분한 감정이 드러났다.

——진짜 주인공은 이런 거라고, 여봐란듯이 보여주고 있는 듯한 기분이었다.

그건 마리에가 가짜임을 자각하고 있다는 의미였다.

본래 올리비아가 있어야 할 장소를 빼앗았다.

외모와 돈과 권력을 두루 갖추고 있는 남자들을 거느리는 건 올리비아의 역할이었다. 그런데 그녀는 그걸 빼앗겼는데도 여전히 빛나고 있었다.

'조금 강한 모브를 자기편으로 삼은 게 뭐 어쨌다는 거야. 나한테는 전하를 비롯해 모두가 붙어 있어. 그저 강하기만 한 개그 담당 모브 따위랑 비교할 수 있을 리 없잖아!'

올리비아는 마리에를 똑바로 바라보고 있다.

그 눈이 무서웠다.

마치 거짓으로 꾸미고 있는 자신을 꿰뚫어 보고 있는 듯한 감각에 한 걸음 뒤로 물러났다.

마리에한테 거짓말로 점철된 네게서 자신의 자리를 되찾겠다고 말하는 듯한 느낌이 들었다.

――그때.

「――하고 싶은 말은 그것뿐인가, 특대생?」

율리우스가 목소리를 쥐어짜 내고 있다.

갑옷 안에서 말하고 있기에 목소리가 흐렸지만, 율리우스는 올리비아의 말을 받아쳤다. 분노를 담아서.

「일방적으로 밀어붙이는 게 사랑이라고? 나를 왕태자로밖에 보지 않는 그 여자의 마음이 사랑? 나는…… 진짜 날 봐 주는 여성을 찾았다. 그리고 이해했지. 이게 사랑이라고! 이것이야말로 사랑이다! 안젤리카, 너는 나를 이해하려고 했나? 네 마음은 강요다! 사랑이 아니야! 이제 두 번 다시 내게 관여하지 마라!」

율리우스의 목소리에 마리에는 마음을 다잡았다.

'그, 그래. 나는 잘못되지 않았어. 잘못된 건 저쪽이야. 뭐야, 주인공과 악역 영애가 나란히 서서! 게임에서는 서로 다퉈 댔잖아! 얼른 싸우란 말이야!'

율리우스는 아직 결투를 계속할 생각이었다.

「자, 계속하도록 할까. 어느 한쪽이 죽을 때까지 이 결투는 끝나지 않는다. 나는 각오를 굳혔다. 너는 어떻지!」

검회색 갑옷은 삽을 짊어지고 그저 서 있을 뿐이었다.

'율리우스는 황태자라고. 귀족이라면 분위기를 파악하란 말이야. 너, 왕자님을 죽일 생각이야? 얼른 패배를 인정하도록 해.'

그러자 리온은…… 더욱 율리우스를 몰아세우기 시작했다.

"각오를 굳혔다? 지금까지 각오도 하지 않고 싸우고 있었습니까? 질 것 같으니까 그제야 굳힌 각오란 건 뭡니까? 바보 취급하는 겁니까? 아니, 그보다…… 결투란 건 애초에 그런 거라고. 학원 내의 암묵적인 규칙이 있으니까 목숨은 빼앗지 않을 뿐이지, 진심으로 상대했다면 금방 끝났을 거다. 모르겠나? 이럴 줄 알았으면 다섯 명 동시에 상대할 걸 그랬네. 그게 더 쉽게 끝났겠어. 워낙 강하다고 뽐내며 자신만만하게 나오길래 조심하고 있었더니만, 결과가 이게 뭐야? 너무 약하잖아! 이래서는 내가 약한 놈을 괴롭히는 것처럼 보일 거 아냐. 이러지들 말자고."

말꼬투리를 잡은 것도 모자라 철저하게 율리우스 일행을 깔보고 있었다.

'뭐, 뭐야. 이 녀석. 마치 오빠처럼 깐죽깐죽 남 말꼬리나 잡고, 기분 나빠!'

"너덜너덜해져서 질 것 같으니까 생기는 각오라니. 자기 목숨을 방패로 삼아서라도 승리를 얻으려 하는 집념은 인정해 드리죠.

이렇게 말하면 내가 물러나겠지, 하고 희미한 기대를 품고 있는 게 훤히 보여서 어이가 없지만 말입니다. 아무리 저라도 왕태자 전하를 죽일 수는 없는 노릇이고 말이죠? 왕태자 전하의 얼굴을 봐서 패배를 인정해 드릴까요? 잘됐네. 너는 왕태자 전하니까 이기는 거야. 왕태자가 싫다고 투덜대면서 왕태자 자리를 마음대로 휘두르는 그 철저함은 칭찬할 만하군."

투기장 안에 있는 사람들은 모두 같은 생각을 했을 거다.

──이 자식 최악이다, 라고.

신랄하게 몰아세우고 있는데 정론도 담겨 있어, 율리우스는 아무런 대꾸도 하지 못하고 있었다. 그의 말처럼 리온이 마음을 바꿀지도 모른다는 희미한 기대가 있었던 것이리라.

하지만 리온은 조금도 흔들리지 않았다.

"자, 져 주세요, 라고 말해 봐. 나는 정말 좋아하는 마리에와 떨어지고 싶지 않으니까, 이기게 해주세요라고 부탁하라고. '질 줄은 몰랐어요, 용서해 주세요' 하고 부탁해 보라니까? 아니, 왕태자 전하니까 명령하는 게 좋을지도 모르겠네!"

율리우스가 반론했다.

「가, 가능할 리가 없지 않나! 이건 신성한 결투다! 서로 전력으로 싸우는 게 예의다!」

"예? 그건 눈치를 발휘해서 패배를 인정하란 말인가요? 율리우스 전하, 그건 힘들 것 같네요~. 어떻게 봐도 여기서 패배를 인정하면 신성한 결투에 대한 모독이지 않습니까~. 그렇다고 전하

께서 역전하실 것 같지도 않고. 아니면 제 마음을 움직이는 명연
설이라도 하시겠습니까? 뭐, 무슨 연설이 나와도 마음이 움직일
것 같진 않지만요. 다섯 명 제각기 이야기를 들어봤더니 고개를
갸우뚱하고 싶어지는 헛소리뿐이고. 제 마음은 1mm도 움직이지
않았다고요. 도리어 이렇게까지 거짓말 냄새가 풀풀 나는 대사를
잘도 말하는구나 하고 감탄이 나올 정도였습니다!"

투기장 안의 분위기는 최악이었다.

왕태자 전하를 도발하는 리온에게 불만이 쌓이고 있었다. 관객
석에서는 "왕태자 전하! 그런 녀석 해치워 버리세요!"라는 여자
들의 목소리가 서서히 커지고 있었다.

'이 자식 기분 나빠. 어디에든 이런 쓰레기 같은 남자가 꼭 하
나는 있는 건가.'

대부분의 학생이 리온에게 큰소리로 욕을 퍼붓고 있었다.

◇

아로간츠 안에서 나는 작게 한숨을 내뱉었다.

루크시온은 나를 최악의 인간이라고 말했다.

『잘도 그렇게까지 말할 수 있군요. 기분이 좋으십니까?』

"그럴 리가. 나도 지나치다는 생각이 들 정도야. 하지만 이 다
섯 명은 빨리 정신 차려야 해. 이대로면 내가 더 곤란해진다고.
지금은 그냥 학생이지만, 미래에는 이 나라를 짊어질 녀석들이란

말이야."

그렇다. 이 녀석들은 이런 데서 놀고 있으면 안 된다. 하다못해 위에는 위가 있다는 것만이라도 빨리 깨닫게 해줘야 한다.

그리고 조금 더 냉정함을 길러야…… 마리에 한 명한테 다섯 명이 홀랑 넘어가는 게 말이 되나.

『악역을 자처했단 말씀입니까? 그런 것 치고는 제법 즐기시는 것 같았습니다만?』

"……솔직히, 한 번 정도는 해보고 싶었어. 꽤 즐겁더라. 두 번은 사양하겠다만."

투기장 안은 내가 악역이 되어, 전하를 응원하는 목소리가 커지고 있었다.

……이게 내가 바라던 그림이다.

나는 주위에서 쏟아지는 욕설을 들으며, 율리우스 전하에게 가까이 다가갔다.

아직도 날 치려고 달려들었기에 가볍게 막으면서 붙잡았다.

"……율리우스 전하, 저는 물러나지 않을 겁니다."

「놔라. 이거 놔라아아아! 기사도도 모르는 이 짐승만도 못한 비열한 놈! 설령 너한테 이기지 못하더라도 나는 싸움을 멈출 생각이——.」

아로간츠는 마구 날뛰는 하얀 갑옷을 여유롭게 억눌렀다.

이만큼 성능 차가 있어서 다행이다.

"진지한 이야기를 할까. 너, 정말 이대로 가면 행복해질 수 있다고 생각하냐?"

「무, 무슨 말을 하고 싶은 거냐!」

약혼자를 모욕하고, 다른 남자를 거느린 여자와의 사랑을 진짜라고 말하는 녀석이 이 나라의 왕이 된다니, 눈물이 흐를 지경이다.

주변 녀석들은 아직 학생이라 모르는 모양이다. 아니 알고도 외면하고 있는 건가.

언젠가 마리에가 큰 불씨가 될 게 뻔하건만.

남자 다섯에게 둘러싸인 여자가 아이를 낳았다 치자. 그건 누구의 아이지? 답이 있든 없든, 의심만 계속 깊어지겠지. 그 의문을 이용하는 녀석들도 반드시 나타날 거고.

그때, 이 녀석은 어떻게 할 건가?

그때 가서라도 정신을 차리고 후계자를 낳아 줄 여성을 새로 맞아들일 건가?

사실 그 이전의 문제도 있다. 왕가란 그리 간단하지 않다. 왕태자도 뒷배가 필요할 수밖에 없다. 힘 있는 대신이나 귀족들이 받쳐줘야 한다.

왕이 있어도 사람들이 그를 왕으로 인정하지 않는다면 정치는 굴러가지 않는다.

오히려 파벌만 잔뜩 나뉘어 고생만 하겠지.

심지어 루크시온의 조사 결과, 지금 율리우스의 가장 큰 뒷배는 레드글레이브 공작이었다. 바로 안젤리카 양의 집이다.

공작가에서 파벌을 규합하여 전하의 뒷배가 돼주고 있는 거다.

즉, 이 자식은 자기의 기반을 통째로 버리는 것도 모자라 적으로 만들고 있다.

게임에서는 성녀가 나와 문제를 해결해줬지만, 마리에는 성녀가 아니다. 처세술이 뛰어난 전생자일 뿐이다.

즉…… 나와 같은 모브다.

언젠가 실수를 저지를 거다. 아니, 이미 반쯤 외통수에 몰렸을지도.

내가 마리에의 뒤치다꺼리를 하는 거나 마찬가지다. 너는 전생의 내 여동생이냐고 말해주고 싶다.

"사랑? 멋지네. 왕위계승권을 버려서까지 손에 넣고 싶다니, 그 마음가짐은 인정해 드리죠."

「……큭!」

율리우스 전하도 바보는 아니다. 역시 알고 있는 것이리라.

어라? 그렇다면 단순한 바보보다 훨씬 나쁜 거 맞지?

"그게 지위를 버려가면서 얻어야 할 것입니까?"

「어리석다고 비웃을 건가? 하지만 그만한 여성을 나는 얻었다. 지위나 명예도 필요 없다. 그 녀석만 있어 준다면 그걸로…….」

"예, 상대는 지위나 명예도 포함해서 율리우스 전하를 갖고 싶다고 생각하고 있겠지만요! 왕태자가 아닌 단순한 율리우스 전하 따위는 눈길도 주지 않을걸요?"

지위도 명예도 재산도, 모든 걸 잃으면 마리에는 율리우스 전하를 버릴 거다. 어떻게 생각해 봐도 그런 장면밖에 떠오르지 않는다.

얼굴이 잘생겼으니까 사귀기는 해도, 결혼할 생각은 없다 하는 말을 꺼낼 것 같은 타입이다.

「그렇지 않다! 마리에는 날 따라와 줄 거다. 나는——우리는 마리에만 있어 준다면!」

율리우스 전하가 이렇게까지 빠져 있다니, 마리에는 무서운 여자다. 단지 주인공의 행동을 따라 한 것만으로, 이런 말까지 하게 만들 수 있을까? 어쩌면 마리에가 이런 재능이 있는 건지도 모르겠다.

그게 진실한 사랑이 일 것 같진 않지만.

애초에 누군가를 사랑한다면 남자를 여섯 명이나 옆에 거느리지는 않을 거다.

"그건 잘됐군요. 하지만 결투에서 패하셨으니 앞으로는 교제를 삼가시길 바랍니다."

나는 전하를 풀어주고는 삽으로 있는 힘껏 때렸다.

하얀 갑옷이 우그러지면서 크게 흔들려 자세가 무너졌다.

그때 루크시온에게 준비 신호가 나왔다.

『해석이 완료되었습니다. 파일럿의 안전 확보도 가능합니다.』

"적당히 봐주기도 쉽지 않구먼. 자, 이걸로 끝이다."

삽을 손에서 놓고, 오른손을 전하의 갑옷 흉부에 올려놓았다. 그러자 아로간츠의 장갑이 열리더니 빛을 내기 시작했다.

『임팩트.』

루크시온의 말과 동시에 전하의 갑옷이 산산이 조각나 흩날렸다. 관객들이 갑옷 파편을 보며 절규했다. 하지만 전하는 남은 갑옷 안에 상처하나 없이 기절해 있었다.

날뛰지 않아서 다행이군.

오른팔이 원래대로 돌아가자, 나는 손에서 놨던 삽을 회수하여 어깨에 짊어졌다.

쥐 죽은 듯 조용해진 투기장.

나는 심판에게 시선을 보냈고, 심판은 승리 선언을 하기 전에 의사를 보냈다.

율리우스 전하의 안전 확보가 우선이란 건가.

다행히 정신을 잃었을 뿐이라는 걸 알게 되자 고개를 푹 숙이다시피 하며 승자를 선언했다.

「승자, 리온 포우 발트파르트…… 따라서, 결투의 승자는 안젤리카 라파 레드글레이브. 양자, 결투의 맹세에 따라──」

결투에서 진 쪽은 승자에게 따르라는 말과 함께 승리 선언이 울려 퍼졌다. 그 순간, 투기장 내에는 전하 일행에게 걸었던 증거인 파란 패가 허공에 흩날렸다.

절규와 욕설이 뒤섞인, 정말이지 기분 좋은 소리였다.

나를 향한 욕설이 실로 상쾌하게 느껴졌다.

"돈 돌려 내!"

"사기다! 이런 결투, 인정할 수 있겠냐!"

"돌려달란 말이야! 내 돈 돌려줘!"

나는 삽을 치켜들고, 그대로 회장 안을 천천히 비행하여 관객들의 얼굴을 녹화하며 다녔다.

이 녀석이고 저 녀석이고 절망한 표정을 짓고 있지만, 알게 모르게 내게 건 녀석도 있는지 빨간 패를 주머니에 소중히 집어넣는 사람도 있었다.

나는 관객들에게 돌아서서 한마디 했다.

"얘들아…… 돈 내기는 적당히 하도록 해!"

그러자 객석에서 쓰레기를 던지기 시작했다. 나는 화려하게 쓰레기를 피하며 크게 웃은 뒤 올리비아 양과 안젤리카 양이 있는 곳으로 돌아갔다.

내가 갑옷에서 빠져나오자 갑옷은 자동으로 박스로 들어가더니 하늘로 올라갔다.

"……저거 회수할 수 있는 거겠지?"

『당연하지 않습니까.』

박스가 허공으로 사라지고, 나는 올리비아 양에게서 상의를 받아 걸쳤다.

"어떠신가요, 아가씨. 보기 좋게 이기고 왔습니다."

그러나 안젤리카 양은 여전히 마음이 복잡해 보였다.

뭐, 사랑하는 전하를 흠씬 두들겨 팼으니 어쩔 수 없다만.

"그래. 고맙다는 말을 해 두지."

전혀 감사하다는 얼굴이 아니었다. 낯빛이 새파란 게, 아무래도 전하가 신경 쓰이는 모양이었다.

나는 웃음기를 지우고 진지한 표정으로 말했다. 이런 걸 농담하듯 말할 수는 없었다.

"전하는 무사합니다. 정신을 잃었을 뿐, 상처하나 없을 겁니다."

뭔가 실수가 있었다고 한다면 그건 루크시온 때문이다. 내 잘못이 아니다.

한편 올리비아 양도 복잡해 보이는 표정을 짓고 있었다. 객석의 소리를 듣고 위기감을 느낀 모양이었다.

"저, 저기, 정말 이래도 되는 건가요? 주위 분들의 시선이⋯⋯."

시선으로 나를 쏘아 죽일 것만 같이 노려보는 학생들 사이엔 욕설을 퍼붓는 녀석이나 울고 있는 녀석도 있었다.

"어쩔 거냐고! 너 때문에 전 재산이!"

"부탁이니까 돌려줘! 나는 빚까지 내서 걸었단 말이야!"

"이런 내기가 인정될 것 같냐!"

세상을 얕보고 있는 귀족 애들에게는 좋은 교훈이 될 것이다. 빚을 내서 도박에 걸은 놈은 그냥 바보고.

애초에 이길지 질지 알 수 없는 도박을 하는 것 자체가 어리석은 짓이다. 나처럼 승리가 확실할 때 건다면 모를까⋯⋯.

아⋯⋯ 이 녀석들도 내게 승산이 전혀 없다고 생각해서 걸었던 건가? 에잇! 어찌 됐든 나는 다섯 명을 이겼고, 내 승리로 끝났다. 그게 결과다!

"내버려 둬. 자기가 도박에 전 재산을 집어넣은 건데 누굴 탓해. 자업자득이지. 교훈을 얻은 값이라고 생각하고 포기하라 해."

안젤리카 양이 한숨을 내쉬었다.

"결과가 좋았을 뿐이지, 도박을 한 건 저들과 다를 바 없지 않나. 어쨌든 이번 일은 큰 도움을 받았다. 고맙군. ……답례는 나중에 하도록 하지. 나는 전하가 계신 곳으로 가겠다."

안젤리카 양이 그 자리를 잰걸음으로 떠나가는 것을 지켜본 뒤, 우리도 탈의실로 갔다.

올리비아 양이 나를 걱정하고 있었다.

"리온 씨, 어째서 그런 심한 말을 하신 건가요? 묵묵히 할 수도 있었잖아요?"

아무래도 올리비아 양은 내게 환상을 품고 있는 모양이군. 나라면 더욱 잘 처신할 수 있었다고 생각하는 듯하다.

이 아이는 왜 내게 상냥한 걸까? 내가 해준 게 뭐가 있다고.

주인공의 속 깊은 면모와 다정함인가? 그럼 친하게 지내는 사람이 나밖에 없는 건 문제가 아닐까?

"나한테 비난의 화살이 모이면 되는 거였으니까, 원하는 대로 된 거야."

"예? 그래도 괜찮은가요? 그, 저기, 이러면 결혼이라든가 여러모로 힘들어지지 않나요? 다들 엄청나게 화내고 계셨는데……."

"아, 상관없어. 어차피 난 퇴학 당할 테니까."

내 말에 올리비아 양이 "네?"하고 얼빠진 목소리를 냈다.

그나저나 미인은 좋겠네. 저런 표정조차도 귀엽게 보이니.

◇

의무실에서 둘만 있게 된 안젤리카와 율리우스.

율리우스는 잠깐 기절했을 뿐 큰 상처도 없었고, 의사나 간호사는 안젤리카가 오자 눈치껏 자리를 피했다.

안젤리카는 율리우스의 모습을 보고 눈물을 흘렸다.

율리우스는 침대에 앉아 힘없이 고개를 떨군 채, 결투의 결과를 듣고 망연자실해 있었다. 율리우스가 결과를 받아들이지 못하고 있다는 의미였다.

"전하께서 무사해서 정말로 다행입니다."

율리우스가 감정이 없는 시선으로 안젤리카를 바라봤다.

"속이 뻔히 보이는 행동은 그만둬라. 나를 여기까지 몰아넣은 건 너의 결투 대리인이 아니더냐."

그 말에 안젤리카는 대꾸할 수 없었다.

이렇게 된 건 네 탓이라는 말이나 마찬가지였다.

"……전하, 들려주십시오. 저의 무엇이 잘못되었던 겁니까? 저는…… 저는 전하를 위해서 지금까지 노력해 왔습니다."

왕태자 전하에게 어울리는 여성이 되고자 노력해 왔다. 그만한 노력을 해 왔기에 자존심도 강했다.

공작가에서는 언젠가 왕비가 되기 위해 아침부터 밤까지 엄격한 가르침을 받아 왔다. 다양한 예의범절부터 시작해서 교양이나 예술 관련 등, 여하튼 율리우스에게 걸맞은 여성이 되기 위해 노력해 온 것이 안젤리카였다.

마리에 같은 여자가 아무런 노력도 하지 않고 율리우스 주변에 있는 것을 더더욱 용납할 수 없는 것도 그 때문이다.

안젤리카는 율리우스를 위해 수많은 것을 희생하여 어릴 적부터 노력해 왔다. 그런데도 마리에가 나타나자 있을 곳이 사라졌다.

율리우스는 작게 웃고 있었다.

"날 위해? 네가 원하는 건 왕태자비 자리일 텐데."

"그, 그렇지 않습니다. 저는 율리우스 전하를!"

"아니. 너는 나를 보고 있지 않다. 증거도 있어. 내가 좋아하는 요리는 무엇인지 알고 있나?"

"네, 네! 수프를——"

안젤리카는 율리우스가 좋아하는 요리를 말했지만, 대답은 그녀의 예상 밖이었다.

"——아니다."

"예?"

"미복 잠행하러 나갔을 때 먹었던 꼬치구이가 내가 좋아하는 요리다. 서민의 음식이니 나한테는 걸맞지 않는다는 말을 들었으니까, 너한테는 말을 꺼낼 수 없었지만 말이지. 내가 그 이야기를 하면 너도 다른 사람과 마찬가지로 나를 부정하겠구나 하고 생각했다."

율리우스는 자신이 정말로 좋아하는 것을 그녀에게 말할 수 없었다.

그걸 듣고 안젤리카는 눈물을 닦았다.

"부정하지 않습니다! 말씀해 주셨다면 당장이라도 제가——"

하지만——.

"하지만 마리에는 내가 말하지 않아도 그걸 알아채고 있었다. 처음으로 같이 외출했던 날, 그녀는 나를 노점 포장마차로 데리고 가 주었지."

그 말을 듣고 안젤리카는 눈물을 바닥에 뚝뚝 흘렸다.

'나는 알아차리지 못했는데, 그 여자가 알아차렸다고? 내가 훨씬 오래 전하의 곁에 있었는데…….'

하지만 율리우스도 미안한 마음이 없진 않는지, 안젤리카에게 사과했다.

"……네게도, 네 집안에도 무례한 일이라는 건 알고 있다. 하지만 나는 이제 마리에밖에 사랑할 수 없다."

안젤리카는 작게 흐느꼈다.

"그, 그래도 괜찮습니다. 저는 전하의—— 율리우스 곁에…….'"

율리우스는 고개를 가로저었다.

"나는…… 너를 사랑할 수 없어."

안젤리카는 율리우스의 마음을 깨닫고 물러나기로 했다.

마지막으로 등을 돌리면서 안젤리카가 말했다.

"전하, 죄송했습니다. 제가 드릴 말씀은 더는 아무것도 없습니다. 그저…… 앞으로도 전하의 행복을 멀리서나마 바라고 있겠습니다."

율리우스는 방을 나서는 안젤리카에게 얄궂다는 투로 중얼거렸다.

"이젠 그런 말을 해도 의미 없지만 말이다. 좀 더 빨리 그 말을 듣고 싶었다……."

★第11화「어리석은 자들」

어떤 세계에든 여자 문제로 신세를 망치는 남자들이 꼭 있다.

그리고 이 여성향 게임 세계에서는 그게 왕태자 전하 일행이었다.

원래는 성녀인 주인공과 사랑을 키워나가야 했다. 시간을 들여 주위에 인정받고 행복한 결혼으로 이어졌어야 했다.

성급하게 일을 진행한 어딘가의 바보는 중요한 것을 모르고 있었다.

주인공—— 올리비아 양이기에 왕태자 전하와 이어질 수 있었다는 걸.

올리비아 양의 자리를 꿰찬 가짜가 아무리 주인공을 흉내 내도 쓸데없는 짓이다. 차라리 진짜 자신의 모습으로 다가가는 편이 나았을지도 모른다.

홋, 편의적인 설정으로 짜인 여성향 게임 세계에서 조금 생각에 잠기고 말았군.

"좋다, 사정은 이해했다. 그런데, 이 나더러 너의 뒤치다꺼리를 하라는 말이냐?"

현실도피도 여기까지다.

나는 여름방학을 이용하여 안젤리카 양의 본가——레드글레이브 공작가에 와 있다.

현 당주인【빈스 라파 레드글레이브】는 회색 머리카락을 올백으로 넘긴 위엄 있는 남성이었다. 키가 크고 잘 단련된 몸과 예리한 눈빛의 중년 남성.

그리고 내 옆에 있는 사람은 빈스 씨의 아들이자 안젤리카 양의 오빠인【길버트 라파 레드글레이브】였다. 아버지와 달리 금발에 푸른 눈이었지만, 빈스 씨와 이목구비가 쏙 빼닮아 있었다.

나이는 20대 전반.

두 사람 다 나를 노려보고 있다.

나는 자세를 바로 하고 부탁했다.

"저는 왕궁에 아무런 연줄도 없습니다. 이대로는 꼼짝도 할 수가 없습니다. 대신, 이 백금화를 준비하였으니 자금으로 써주십시오."

내 옆에는 백금화가 잔뜩 쌓여 있었다. 저번 내기로 번 돈이었다. 바보 같은 귀족 가문 아들딸의 빚이나 용돈이 한데 모이니 터무니없는 금액이 되어있었다.

나는 그걸 빈스 씨에게 내밀었다.

요는 돈을 낼 테니 지켜 달라고 부탁하는 거다.

한심하다고? 돈으로 자신의 목숨을 살 수 있다면 난 사겠어!

길버트 씨가 뭔가를 말하려 하자, 빈스 씨가 손으로 제지했다.

"벼락출세한 남작치고는 용케도 이만큼이나 모았군. 네 말대로 궁정 공작을 하려면 돈이 든다. 딸의 결투 대리인을 맡아 준 은혜가 있으니 부탁대로 네 뒤는 봐주도록 하지. 하지만 하나부터 열까지 일일이 도와주진 않을 거다. 자네는 내 종자도, 같은 파벌의 동료도 아니다. 딸이 경솔하게 군 탓에 이렇게 되었다고 들었다만, 그건 자네가 스스로 끼어든 일이기도 하니까."

본래라면 나는 관여해서는 안 됐다. 그렇게 말하고 싶은 거겠지만…….

나는 속으로 두 주먹을 불끈 쥐고 치켜들었다.

아직 학생이라는 걸 잘 살려서 원하는 방향으로 탈출구를 뚫었다. 내 인생은 여기서부터다.

"예. 알고 있습니다. 제 목숨과 제 가족들이 무사할 수 있도록만 해주시면 충분합니다."

그러자 빈스 씨는 책상 위에서 손깍지를 끼었다.

"……명예는 이미 땅에 떨어졌다. 그런데 이젠 지위를 버리겠다고?"

다섯 명을 너덜너덜하게 만든 건 차라리 괜찮다. 이따금 사람이 죽기도 하는 게 결투니까. 다만 마음마저 꺾일 정도로 헐뜯은 건 명예로운 일이 아니었다.

"작위와 기사 칭호는 반납하겠습니다. 아직 받지는 않았습니다만, 지금의 제게는 받을 자격이 없기에."

나는 거금과 작위, 기사 칭호 반납을 조건으로 이번 사건을 없었던 일로 해 달라고 부탁했다.

왕태자 전하와 결투한 것을 생각하면 값싼 대가다.

덧붙여서 이대로 작위가 날아가면 결혼 활동에서도 도망칠 수 있다.

길버트 씨가 내게 물었다.

"하나 묻고 싶군. 자네의 진짜 목적은 뭐지? 그만한 힘이라면 모른 척하고 출세하는 길도 있었을 터다. 어쩌면 대가 바뀌기 전에 자작까지 승작했을지도 모르지. 근데 자네는 그 길을 마다했어. 출셋길을 버리면서까지 무엇을 하고 싶었던 것인지 듣고 싶네."

이유라…… 짜증이 부글부글 치밀었다. 공략 캐릭터들을 두들겨 패고 싶었다. 덧붙여서 결혼 활동이라는 지옥에서 도망치고 싶었다 등 여러 가지 있지만, 이 사람들 앞에선 어느 것도 말할 수 없기에 나는 결국 그럴듯한 말을 입에 담았다.

"여자한테 속고 있는 전하를 그대로 내버려 둘 수는 없었습니다. 나라를 위해서라도 누군가가 해야 하는 일이었다고 생각한 것뿐입니다."

그러자 빈스 씨가 유쾌한 듯이 큭큭 웃었다.

"그게 본심이라면 참으로 훌륭한 일을 한 셈이군. 확실히, 한때의 놀이라면 또 모를까, 그 마리에라는 여자와의 관계가 진심이라면 곤란하지. 덕분에 궁정이나 명문 귀족들이 몹시 난리라네. 레드글레이브 가는 안제와 전하의 약혼을 정식으로 파기했네. 그 녀석에게 내 딸은 어울리지 않아. 그리 생각하지 않나?"

뭔가 자꾸 날 시험하는 것 같은데, 이거.

딱히 사람 좋게 보일 생각은 없다. 목숨을 건지고 귀족이라는 신분, 그러니까 결혼 활동에서 해방될 수 있다면 그걸로 만족한다.

그 다섯 명을 흠씬 두들겨 팸으로써 속에 쌓였던 스트레스도 풀었고, 결혼 활동이라는 지옥에서 도망칠 수 있는 데다 귀족 작위와 작별할 수도 있다. 아아, 나는 바라던 결과에 확실히 가까이 다가가고 있다.

"두 사람의 관계가 어떤지는 제가 할 말이 아니겠지요. 다만 개인적으로는 전하께서 지금부터라도 학원에서 배우셨으면 하는 바람입니다. 전하께서 훌륭한 왕이 되어 주시기를 원하니까 말이지요."

"……그런가. 이건 다른 이야기가 되겠다만, 하나 부탁이 있네."

"무엇인지요?"

"안제의 이야기다. 이번 건으로 상당히 상심한 모양이야. 야위어서 기운이 없는 모습이 도저히 보고 있을 수가 없어서 말이지. 적당한 시골로 휴양이라도 보내주고 싶다만, 나도 사정이 있는지라 조금 바빠서 어려울 것 같다네."

아, 파벌들의 뒤처리인가. 측근들이 안젤리카 양을 배신했으니, 공작가가 잠자코 있을 리가 없다.

연일 학생들의 부모나 형제가 사죄하러 찾아오고 있을 테니 무척 바쁠 거다.

측근으로 보냈던 자식이나 친척이 주군의 딸을 배신했다. 집안이 뒤집힐 대사건이다.

아마 안젤리카 양에게 사과하러 오는 사람도 많을 테니, 어딘가 조용한 곳에서 쉬게 하고 싶은 모양이다.

"그런데 마침 자네의 고향이 조용하니 좋다고 하더군. 그래서 말이네만, 돌아가는 길에 안제를 같이 데리고 가 줘야겠네. 시중을 들 사람도 몇 명 붙여 주지."

"예……? 아, 네, 넵!"

이런 상황에 딸을 남자에게 맡기겠다니? 그건 좀 그렇지 않나?

하지만 잘 생각해 보니 공작 영애에게 손을 대다니, 나에겐 불가능한 일이었다. 오히려 빈스 씨에게 내가 그런 생각을 품었을지도 모른다는 생각이 들게 했다간 무슨 일을 당할지 모른다. 그냥 눈 감고 '여행이군요, 맡겨 주십시오!' 같은 분위기로 받아들이자.

"고맙군. 그러면, 물러나도록 하게."

"실례했습니다."

나는 방을 나온 뒤 안도하여 가슴을 쓸어내렸다. 이로써 나의 학원 생활은 끝나고 말겠지만, 기분은 최고다.

마음에 걸리는 게 있다고 한다면 스승님께 차를 마저 배우지 못한 것 정도다. 결투할 때 품위가 없다는 꾸지람을 들었지만, 그래도 맛있는 차를 내주셨다.

"역시, 그게 가장 아쉽군."

나머지는 다니엘이나 레이먼드 정도려나. 3학년의 루클 선배는 어떻게 하고 있을까? 학생식당의 인기 디저트를 전부 제패하지 못한 것도 아쉽다.

……뭐야, 깨닫고 보니 나도 제법 학원 생활을 즐기고 있었잖아.

◇

리온이 물러간 집무실.

길버트가 빈스에게 시선을 향했다.

"아버님, 어떻게 생각하십니까?"

빈스는 웃고 있었다.

"네가 말한 대로다. 자기 생각만 하는 영악한 아이였다면 잠자코 그 자리에서 조용히 지켜봤을 테지. 실제로 대부분이 그러지 않았을까?"

두 사람은 리온이 준비한 산더미 같은 백금화를 쳐다봤다.

"……상당한 거금을 준비했군요."

"지위도 명예도 버리고 전하에게 간언했다. 훌륭한 각오야. 그에 비하면 질크 녀석은 비위만을 맞추기만 하고, 글렀어. 본래라면 그 녀석이 가장 먼저 전하에게 간언해야 했건만. 그건 그렇다 치고, 학원이라는 건 예나 지금이나 문제가 많군. 세상 물정 모르는 아이들이 너무나도 많아."

학원 안은 조금 특수한 환경이다.

다음 세대의 귀족들을 교육하는 장소이기에 표면상으로는 모두 평등하다고 한다. 불가능한 소리인 걸 알면서도.

특수한 환경에 있기에 세상의 눈을 금방 잊어버린다. 그래서 학원 안의 평가를 더 신경 쓰다 보니 이따금 이런 사건이 일어나고 만다. 세상 물정 모르는 아이들이 모여서 생긴 정원 같은 곳이니 문제가 일어날 수밖에 없다.

다만 이번 사건은 문제가 유독 큰 소동으로 번졌다. 여름방학을 맞아 본가에 돌아간 학생들은 거기서 현실을 깨닫게 되겠지. 안젤리카의 측근들도 공작가에 싸움을 건다는 게 어떤 의미인지를 잘 알게 될 거다.

"뭐, 다른 방법도 얼마든지 있지 않았을까 합니다만."

"그런가? 나는 꽤 유쾌하게 봤는데. 결투를 신청한 건 안제가 경솔했다만, 모두가 적이 되어 돌아선 상황에서 이름을 대고 나선다…… 그야말로 미담이 아닌가? 기사라는 건 그래야만 해. 최소한 겉으로는, 말이지."

길버트는 빈스의 진의를 물었다.

"어떻게 하실 생각입니까?"

빈스는 씨익 웃었다.

"딸의 은인인 건 변하지 않으니 뒤치다꺼리 정도는 해주지. 게다가 너도 믿을만한 기사가 있는 편이 좋지 않겠느냐. 그를 이쪽으로 끌어들이면 레드글레이브 가는 평안할 거다. 이번 건으로 몇몇 집안은 미덥지 못하다는 걸 알았으니까."

두 사람은 창밖으로 눈을 돌렸다.

밖에는 700m가 넘는 비행선이 한 척 떠 있었다. 본 적도 없는 만듦새도 신경 쓰이지만, 던전에서 발견한 로스트 아이템이라는 것이 두 사람의 마음을 울렸다.

모험가가 존경받는 호르파트 왕국.

리온의 공적은 남자들에게는 동경의 대상이었다.

"명문 귀족 남자들을 손쉽게 쓰러뜨린 실력은 대단하다고 생각합니다만, 어디까지 끌어들일 생각입니까? 저희 관계자 중에서 적당한 나이의 여자아이를 준비할까요?"

빈스는 턱에 손을 댔다.

"그것도 방법이겠지만 연결이 좀 약하지 않겠나? 귀가 밝은 녀석들이나 눈치가 빠른 녀석들은 곧장 그를 가지려고들 할 거다. 우선은 그가 부탁한 뒤치다꺼리부터 하도록 하지. 나는 궁정으로 가겠다. 영지는 네게 맡기마."

빈스는 자리에서 일어나서는, 진심으로 궁정 공작에 착수하기로 했다.

◇

루크시온을 재현해 만든 비행선【파트너】.

허공에 둥실둥실 떠 있는 원기둥 형상에 손이 달린 로봇들이 비행선을 관리하고 있다. 루크시온을 손에 넣을 때 부서뜨리고 망가졌던 기계를 회수하여 수리한 뒤 여기에 투입했다.

둥그런 갑옷 형상에 다리가 없는 방어용 가디언도 일하고 있었다.

갑판으로 나오자 기분 좋은 바람이 불어왔다.

『두 분이 계신 곳에는 가지 않으시는 겁니까?』

옆에 날아다니던 루크시온이 말했다.

두 분이라는 건, 여름방학에 날 따라온 올리비아 양과 상심 중인 안젤리카 양을 말한다.

달리 타고 있는 손님은 안젤리카 양의 시중을 드는 사용인들 정도다.

"무슨 말을 하라고? 나한테 눈치 있는 대사 같은 걸 기대해도 곤란해."

『아무도 기대하지 않습니다.』

"너, 날 싫어하냐?"

『싫어하지는 않지만, 좋아하지도 않습니다.』

……유능하지 않았다면 공 같은 그 몸을 붙잡아 허공에 던졌을 참이다.

"하아……. 솔직히 무슨 말을 해야 할지 모르겠어. 평생의 약혼이 파기됐다고. 게다가 둘이서 대화한 것도 잘 안 풀렸다며?"

안젤리카 양이 전하와 둘이서 이야기를 나눴지만, 결국 이야기는 잘 정리되지 않았다.

결투에 따라 전하와 마리에는 연인 관계를 해소.

사랑은 장애가 있는 편이 불타오른다고 하는데, 본인── 전하는 설령 관계가 끊어져도 계속 마리에를 사랑할 것이며, 행복을 기도할 거라고 한다.

순결을 지킨다든가 하는 이상한 말을 하고 있었다.

정녕 그 왕태자님이 순결한 몸인지가 좀 신경 쓰인다만── 아니, 안 쓰인다. 사내자식의 순결 따위 아무래도 좋다. 아니 잠깐, 그 자식은 그러면 안 되잖아!

그 녀석은 그래 보여도 왕태자다. 후계자가 없으면 안 되는 몸

이다. 심지어 게임에 등장한 왕자는 율리우스 단 한 명뿐…… 이
대로는 이 나라의 미래가……!

"어차피 내가 참견해도 해결되지 않을 테니 모른 척하자."

『정말 시원할 정도로 쓰레기네요.』

◇

선내.

객실 침대에 올리비아와 안젤리카가 앉아 있었다.

올리비아는 육체적인 피로와 심적 피로로 인해 야윈 안젤리카
를 걱정하고 있었다.

결투 후에도 율리우스와의 대화는 잘 풀리지 않았다.

올리비아는 여름방학이기도 해서 안젤리카 옆에 계속 붙어 있
었다.

지금은 안젤리카의 이야기를 듣고 있다.

"우스운 이야기지. 내 마음은 무엇 하나 통하지 않았어. 떼어
놓은 여자한테도 지다니, 나는 상당히 어리석은 인간인 모양이야.
여자로서도 완패야."

율리우스는 안젤리카를 거절했다.

자신과 마리에를 갈라놓는다고 할지라도 마리에를 향한 사랑
을 멈추지 않겠다는 말을 들은 모양이다.

"안젤리카 씨는 잘못되지 않았어요."

"그렇겠지. 약혼자를 빼앗으려 한 여자에게 싸움을 걸었더니 되레 박살이 난 것뿐이다. 정말 우습지. 시합에 이기고 승부에서 졌다."

리온 덕분에 결투에는 이길 수 있었지만, 결과적으로 안젤리카는 마리에한테 진 거나 마찬가지였다.

"결국, 아무런 의미도 없었어. 내 고집에 리온이나 너를 끌어들인 것뿐이야."

올리비아는 고개를 숙였다.

"그렇지 않아요. 저는 말뿐이고…… 결국 힘낸 건 리온 씨예요. 리온 씨가 말했었어요. 처음부터 학원을 나갈 생각이었다고요."

안젤리카는 눈물을 흘렸다.

"나는 그에게 감사도 하지 않고 전하가 계신 곳으로 갔다. 그 자리에서 똑바로 감사해야만 했어. 역시, 나는 글러 먹은 여자야. 리온이 거기까지 각오하고 있는 줄도 모르고……."

울기 시작한 안젤리카의 등을 올리비아가 상냥하게 어루만지고 있었다.

◇

──방 밖에서 두 사람의 대화를 듣고 말았다.

『마음이 아프네요. 제게 마음이 있는지는 알 수 없지만, 이걸 듣고도 아무것도 느끼는 바가 없으신가요?』

루크시온의 말이 가슴에 꽂혔다.

"……제착각이었습니다죄송합니다."

올리비아의 말대로 나는 퇴학을 각오하고 결투했지만, 그건 결혼 활동에서 도망치고 싶어서였다.

그렇게 무겁게 받아들이지 말아 줬으면 한다.

지금이 적기인가 하고 생각은 했지만, 대부분 그때그때 되는 대로 했을 뿐…… 딱히 깊이 생각해서 한 행동은 아니었다.

『이제부터 어떻게 하실 겁니까?』

"중퇴해서 아버지한테 신세를 져야지. 내가 발견한 섬에서 독립하고 아버지의 신하가 되면 평화롭게 살 수 있지 않겠냐."

『……그게 계획대로 잘 될까요?』

"아니, 잘 돼야지. 왕태자한테 싸움을 걸었다고. 잘 안 풀리면 안 돼. 그래서 그런 거금을 주고 사과한 거잖아. 날 죽이려 들진 않을 거야. …………않겠지? 어쩌지, 네가 그런 말을 하니까 불안해지기 시작했잖아! 차라리 그냥 도망칠까?"

『아뇨, 그런 의미가 아닙니다만.』

이 여성향 게임 세계.

소란스러웠던 시간이 지나고 보니, 조금 쓸쓸한 느낌도 든다.

뭐, 예정과는 여러 가지로 달랐지만, 여기까지 힘냈으니까 괜찮겠지.

나는 힘냈다.

그러니, 여기까지. 나머지는 올리비아 양이나 안젤리카 양——

그리고 그 다섯 명에게 맡기자.

◇

여름방학.

마리에는 학원에 남으라는 말을 들어 기다리고 있자니, 왕궁에서 사자가 와 이번 사건의 뒤처리 결과를 담담히 전했다.

그 내용은 마리에를 아연케 하기에 충분했다.

"자, 잠깐만요! 모, 모두 폐적(廢嫡)되었다니, 그게 무슨 말이죠?"

그 자리엔 마리에 이외에 마리에가 사귀던 다섯 남자가 모여 있었다.

관리는 여전히 사무적인 태도로 대답했다.

"들으신 대로입니다. 율리우스 전하는 폐적. 이 순간부터 '전하'께선 왕태자라 칭하실 수 없습니다. 다른 네 분도 마찬가지로 각각 폐적되셨습니다. 그리고 왕태자 전하…… 아니, 전하와 안젤리카 님의 약혼은 정식적으로 파기되었으며 다른 네 분도 각 약혼자분께서 보낸 편지를 받아 왔습니다."

질크, 브래드, 크리스, 그렉…… 네 사람은 약혼자들에게서 온 편지를 받아들고 슬픈 표정을 지었다.

그 편지는 네 사람의 약혼 또한 파기되었다는 걸 의미하고 있었다.

마리에는 반론했다.

"결투에서 졌다고 해서 이러는 게 어딨어! 이건 너무하잖아!"

그러자 그렉이 조금 창피한 듯이 말했다. 다섯 모두 리온에게 졌는데 분노는커녕 오히려 묘하게 침착했다.

"이거면 돼. 마리에, 이게 우리의 각오다."

"뭐?"

크리스가 마리에한테 지금까지 숨겨 왔던 것을 말하기 시작했다.

"얼마 전부터 약혼을 파기하자는 말을 꺼내고 있었다. 본가나 약혼자에게서는 다시 생각해 보라는 말을 듣고 있었지만, 이번 건으로 단념하고 관계를 끊은 모양이야. 정식으로 약혼 파기가 결정됐어. 하지만 이걸로 된 거다. 이제 마리에와 똑바로 마주할 수 있어."

마리에만 몰랐을 뿐, 율리우스 말고 다른 네 명도 매듭을 지으려 하고 있었다.

그 결과가 폐적. 후계자 자격을 잃었다.

율리우스는 왕위계승권 제1위에서 단순한 왕자가 되어 왕위를 잇기란 불가능한 수준이 되었고, 질크도 남작 기사가 될 예정이었지만, 이젠 영지는커녕 궁정 귀족의 일자리조차 주어지지 않았다.

다른 세 사람도 비슷한 상황이었다.

네 명 모두 이번 사건으로 가문의 힘을 잃어버렸다.

율리우스에 이르러서는 왕가의 피가 흐른다는 게 발목을 잡았다. 아마 언젠가 다른 나라와 정략결혼 외교 같은 거로 끌려가리라.

율리우스는 고개를 푹 떨구고 있다.

"나는 이제 마리에 곁에는 있을 수 없다. 하지만 언제까지나 너의 행복을 기도하고 있겠어."

마리에는 현기증을 느꼈다.

마리에한테 불행이 있다고 한다면, 그녀의 매력이 진짜였다는 점이었다. 주인공을 흉내―올리비아를 따라 한 것만으로는 그들이 이만큼 진심이 될 리 없었다.

그녀의 외모와 전생의 경험이 이 사태를 만들고 말았다.

그렉이 율리우스를 안심시키기 위해 웃었다.

"뭘, 네 몫까지 마리에를 지켜주지. 게다가 계속 패배자로 있을 생각은 없어. 모험가로서 활약해서 망할 리온 자식에게 갚아주는 거다. 아예 모험에 나서서 로스트 아이템 갑옷이라도 찾을까?"

크리스가 작게 웃고 있었다.

"하하, 그렇군. 나쁘지 않을지도 모르겠어."

브래드도 조금 즐거워 보였다. '차라리 후련해졌다' 같은 표정이었다.

"그저 이름뿐인 남작 네 명. 뭐, 이 네 명이라면 어떻게든 되겠지."

질크는 조금 슬퍼 보이는 표정을 짓고 있었다.

"전하, 죄송합니다. 그를 막을 수 있었다면 이렇게는 되지 않았을 텐데요."

율리우스는 작게 고개를 가로저었다.

희미하게 미소를 띠고는 있지만, 슬퍼 보인다.

"사과하지 않아도 된다. 너희가 마리에를 지켜준다면, 나는 어디에 있어도 안심할 수 있어.”

카일이 머리 뒤로 손깍지를 끼고 있었다.

“다들 여러 가지로 생각하고 있었군요. 잘됐네요, 주인님.”

하지만 카일의 미소에 마리에는 눈앞이 새까매지는 듯한 심정이었다.

“어, 으응, 그러네.”

‘잘됐다고? 웃기지 말라고, 바보 아니야?! 어떻게 지위나 재산을 그리 쉽게 버릴 수 있지?! 이 녀석들 결국은 무직이라는 거잖아! 그걸로 어떻게 생활해 나갈 생각이냐고! 모험가? 하루살이 생활 따위 절대로 싫어! 이, 이렇게 되면 뭔가 생각해야……!’

현실적인 사고로 의식을 바꾼 마리에는 서로 웃고 있는 남자들을 보고 질색하고 있었다.

관리는 할 말을 마쳤는지 냉담하게 돌아섰다.

“그러면 이걸로 실례하겠습니다.”

차라리 일자리가 있는 저 관리가 더 낫겠다고 생각하면서, 마리에는 자신이 상상했던 미래가 멀어져 가는 걸 느꼈다.

장래 무직 예정인 네 명의 남자친구를 가지고 있는 거나 마찬가지.

바라던 결과와는 동떨어져도 한참 동떨어져 있었다.

‘어째서 이렇게 되는 거냐고! 이런 건 내가 바란 미래가 아니야!’

◇

내가 발견한 부유섬은 입학 전보다도 훨씬 영지다워져 있었다.

밤낮 관계없이 로봇들이 힘써준 덕분이었다.

머잖아 여기에 독립해 혼란에 빠진 왕국을 걱정하며 평화롭게 강 건너 불구경이나 할 생각이었으나…….

"왜 다들 따라오는 겁니까?"

로봇들이 손질하고 있는 밭의 상황을 보러 왔더니, 올리비아 양과 안젤리카 양까지 따라왔다.

안젤리카 양이 깔끔하게 늘어선 밭을 보고 있다.

"괜찮지 않나. 이런 풍경을 볼 기회도 좀처럼 없고. 남작의 영지는 어디든 개발 도중이라 가봐야 방해만 될 뿐이다."

바쁘다는 건 본가를 말하는 거다. 내가 투자한 덕분에 오늘까지도 이곳저곳을 정비하고 있다. 도로나 수로, 여러 가지로 손을 대고 있다.

그러다 보니 항구가 붐비기 시작했고, 결국 항구도 확장했다.

올리비아 양은 쪼그려 앉아서 진지한 표정으로 흙의 상태나 주위를 살펴보고 있었다.

"굉장하네요. 사람이 없는데도 이렇게까지 좋은 흙이 있다니, 처음 봐요."

안젤리카 양이 고개를 갸웃했다.

"그런가? 오히려 사람이 없으니까 그런 거 아니야?"

올리비아 양이 고개를 저었다.

"그 반대예요. 이만한 흙을 사람의 손질 없이 만들 수 있을 리가 없어요. 로봇이었던가요? 대단하네요.”

나는 고개를 끄덕였다. 설명하는 것도 귀찮기에 대단하지? 라고 말하며 동의만 해 뒀다.

안젤리카 양이 주위를 둘러봤다.

“뭐지? 이상한 냄새가 나는데.”

바람을 타고 날아온 냄새가 신경 쓰이는 모양이다.

“아, 이건——.”

나는 냄새가 나는 쪽으로 두 사람을 안내했다.

◇

부유섬에 노천탕.

아직 완전하진 않지만, 모양새는 갖춰져 있었다.

안젤리카와 올리비아는 온천에서 탁 트인 경치를 바라보고 있었다.

물이 조금 뜨거운 것이 평소에 들어가는 욕탕과 느낌이 조금 달랐다. 뭔가 물이 살결에 달라붙는 느낌이 있었다.

올리비아가 풀어 내린 안젤리카의 머리카락을 씻으며 말했다.

“안젤리카 씨는 머리카락이 예쁘네요.”

“……전하께서 길고 아름다운 머리카락을 좋아한다고 말씀하셨으니까. 다음에는 조금 짧게 할 생각이다. 손질이 귀찮거든.”

올리비아가 따뜻한 물로 거품을 깔끔하게 씻어 냈다.

"그건 그렇고, 좋은 곳이군."

안젤리카는 리온의 부유섬을 칭찬하며 경치를 바라보았다. 저녁놀을 보며 하는 목욕이 사치스럽게 느껴졌다.

올리비아도 같은 마음일 것이다.

"입학하기도 전에 발견해서 영지로 삼았다는 모양이에요. 장래에는 여기서 독립해서⋯⋯앗, 죄송해요."

"괜찮아. 나 때문에 그 녀석한테 고생을 끼쳤으니. 마음 같아선 그가 바라는 대로 해주고 싶다만, 지금의 나로서는 바라는 것밖에 할 수가 없어 안타깝구나."

리온의 독립 이야기도 어떻게 될지 알 수 없다.

안젤리카로서는 아버지가 잘 처리해 주기를 기도할 수밖에 없었다.

"그래도 이렇게까지 크게 성공한 모험가는 보기 힘들다. 옛날이야기에 등장하는 영웅이나 모험가 정도겠지. 아니, 이번 사건이 아니었다면 모험담으로 남았을지도 모르겠군."

이번에는 안젤리카가 올리비아의 머리카락을 씻어 줬다.

"그렇게나 대단한 건가요? 저한테 모험가는 던전에 도전하는 사람이라는 인상이라⋯⋯."

"평민은 모험가가 되려고 해도 꽤 큰돈이 들 테니 그런 이미지가 있겠지. 하지만 귀족은 던전을 탐험하기보단 비행선을 타고 모험을 떠나는 걸 선호한다. 새로운 대지를 발견하고 미지의 던전에 도전하는 거지. 때로는 유적에서 로스트 아이템도 나오니까.

아버님이나 오라버니도 옛날에는 무리하게 모험을 하셨다는 모양이니, 리온을 높이 평가하고 계실 거다."

안젤리카는 올리비아의 가슴을 봤다. 자기 쪽이 더 크지만, 그러고 보니 마리에는 작았다는 것을 떠올렸다.

'가슴이 큰 여자를 싫어하셨던 것일까? 아니, 그만 잊자.'

"작은 보트로 새로운 섬을 발견한 리온 씨는 대단한 건가요?"

안젤리카는 쿡쿡 웃었다.

"물론, 대단하고말고. 까닥 한 걸음 잘못했다가는 이미 이 세상 사람이 아니었을 거다. 요 몇 년 사이에서는 가장 큰 공적이야."

남작가의 삼남이 대 출세를 했다. 그에는 그만한 이유가 있다.

"……네가 부럽구나."

"예?"

안젤리카는 올리비아의 머리카락을 씻어 주며 본심을 토로했다.

"무얼 놀라는 거냐. 그와 연인이잖나? 계속 함께 있으니까 언젠가 결혼할 사이인가 생각했다. 나도 너희처럼 되고 싶었어."

올리비아의 표정이 흐려졌다.

"……저는 평민이라 리온 씨에게는 손이 닿지 않아요."

상급 클래스에 있어도 올리비아는 일반인이다. 귀족인 리온과 어울리지 않는다.

올리비아에게 리온은 손길이 닿지 않는 지위에 있는 존재였다.

안젤리카는 그 사실을 떠올렸다.

"미안하다. 그랬군. 너는 특대생이었지."

그러자 올리비아가 이렇게 말했다.

"저는…… 리온 씨가 안젤리카 씨를 좋아한다고 생각하고 있었어요."

"어째서지?"

안젤리카는 뜨거운 물로 거품을 씻어 내면서, 올리비아의 말을 기다렸다.

"모든 걸 내던지고 안젤리카 씨를 지키려 하셨으니까요. 그게 부러워서. 제가 같은 상황이었다면 어땠을까, 하고 생각하니 조금 가슴이 아팠어요."

"……내가? 그거야말로 말도 안 돼. 나는 지독한 여자야. 그렇지 않다면 전하께 버림받는 일도 없었을 테지."

몸을 씻은 두 사람은 욕탕에 몸을 담그며, 그대로 아름다운 저녁놀을 바라봤다.

◇

두 사람이 온천에 들어가 있다.

나는 이 기회를 놓칠 생각이 없었다.

"……기다리고 있었다고, 이때를!"

흥분하여 눈에 핏발이 서고 말았다.

하얀 김과 그리운 향기에 영혼이 떨린다. 이 부유섬은 내 영역이다. 어디서 뭘 하든 내 자유다.

"기다리고 기다리던 이벤트다!"

옆에 있던 루크시온이 말했다.

『성공해서 다행이군요. 반찬은 생선구이가 되겠습니다만 괜찮으신가요?』

"그래, 빨리 줘!"

테이블 위에는 하얀 김을 내는 갓 지은 흰 쌀밥.

아직 된장은 없기에 국을 흉내 낸 무언가.

산천어 소금구이.

이날을 얼마나 기다려 왔던가! 그 두 사람은 이해 못 하겠지만…….

"눈물이 나오는군."

『잘됐네요. 행복을 음미하면서 저를 받들어도 괜찮다고요.』

"지금만큼은 너를 용서할 수 있어. 자, 그럼 먹을까."

그런데 막상 먹어 보니 맛이 비슷한 듯 미묘하게 달랐다. 하지만 그래도 흰 쌀밥이다. 구운 생선을 젓가락으로 살살 풀어 살을 집은 뒤, 밥에 얹어 게눈 감추듯 먹었다.

"아~ 행복해."

『행복해 보이는군요. ……마스터, 예정에 없는 비행선이 한 대가 항구로 접근하고 있습니다.』

식사 중에 루크시온이 본가로 접근하는 비행선을 발견했다.

◇

바르카스는 아침부터 분주했다.

"류스, 식사 준비는 순조로워?"

"예, 어떻게든 될 것 같아요. 근데…… 저, 정말로 괜찮은 건가요? 이 집에 공작 영애께서 묵으시다니…….."

사건의 발단은 아침 일찍 귀향한 리온이었다.

아들이 늘어놓는 말에 바르카스는 머리를 감싸 쥐고 싶어졌다.

"그 바보 녀석, 왕태자 전하에게 싸움을 걸었나 싶더니만 이번에는 공작 영애를 데리고 온다든가, 어떻게 된 거야! 심장이 남아나질 않는다고! 쇼크사하면 그 녀석 때문이다!"

변경 남작가에 공작 영애가 오리라고는 생각지도 못했기 때문에 아침부터 허둥지둥 준비하고 있었다.

공작가의 시녀가 주방에 얼굴을 내비쳤다.

"실례합니다. 빌려주신 방 준비가 끝났기에, 이쪽을 도와드리러 왔습니다만."

시녀가 입고 있는 옷은 세련된 메이드복이었다.

교육을 잘 받은, 어떻게 생각해도 상급 메이드――쉽게 말하면 공작가에 봉사하러 나가는 신분 높은 집안의 딸들이었다.

신하 기사나 종자의 딸들이 된다.

바르카스에겐 소홀히 대할 수 없는 존재였다.

"아니, 이쪽은 괜찮으니 쉬시는 게. 곧바로 방 준비를――"

"여보, 그건 이 사람들이 방금 끝냈어요."

아침부터 분주한 바르카스.

그런 바르카스에게 또 재난이 덮쳐왔다.

주방까지 들려오는 건 고함을 지르는 새된 목소리.

"잠깐, 사용인 주제에 내 명령을 들을 수 없다는 말이야?!"

바르카스는 양손으로 얼굴을 덮었다.

주방에 있는 메이드에게 사과하고 서둘러 현관에 가자, 그곳에는 조라의 모습이 있었다. 루트아트와 메르세도 와 있고, 조라와 메르세의 전속 노예도 옆에서 대기하고 있다.

'어째서 꼭 오늘 같은 날에 이렇게나 손님이 많은 거냐고!'

바르카스가 본 건 공작가 메이드에게 따지고 드는 조라의 모습이었다. 소리 지르고 싶은 마음을 억누르고, 메이드 앞으로 나섰다.

"오랜만이네, 조라! 오늘은 대체 어쩐 일이지?"

조라는 들고 있던 부채로 바르카스의 뺨을 때렸다.

"어쩐 일이요? 당신의 무능한 아들이 대체 무슨 짓을 저질렀는지 듣지 못한 건가요? 왕도는 이미 야단이 났다고요. 이 책임을 어떻게 지려고 그러죠?"

장남인 루트아트는 머리를 매만지고 있었다. 관심이 없었다. 메르세도 바르카스에게 눈길조차 주고 있지 않았다.

"아, 아니, 그건……."

대체 무엇부터 이야기하면 좋을지, 바르카스도 알 수 없었다.

최근엔 영지도 그렇고 일상이 어지럽게 변하고 있어, 따라가질 못하고 있었다.

'닉스가 빨리 학원을 졸업하고 일을 도와주러 오지 않으려나~'

하는 생각이나 하고 있을 만큼.

그러자 메이드들이 현관에 모여 나란히 자신들의 주인을 맞이했다.

"어서 오십시오, 아가씨."

조라와 그녀의 일행이 뒤돌아서 그쪽을 보자, 안젤리카의 모습이 있었다.

그 뒤에 리온이 숨듯 서 있었다.

'너는 더 앞에 나오라고!'

아들을 질책하고 싶지만, 말참견을 할 수 있는 상황도 아니기에 잠자코 있을 수밖에 없었다.

"시끄럽군. 무슨 일이지?"

눈을 가늘게 뜬 안젤리카를 보고 조라가 미간을 찌푸렸다.

"대체 어디의 계집애일까. 어차피 뒤에 숨어 있는 멍청한 녀석이 데리고 온 것이니 대단한 집안의 딸도 아니겠지만 말이야. 뒤에 숨어 있는 쓰레기한테 볼일이 있어. 당신은 물러나도록."

안젤리카가 마지못해 앞으로 나오려 하는 리온을 손으로 제지했다.

리온이 바보 취급당했기에 눈이 험악해져 있다.

"조금 전부터 제법 꺼드럭거리는데, 그 계집애한테 이름 정도는 대는 게 어떻지?"

조라는 입가를 움찔움찔 경련시켰다.

"우오오오, 잠깐만, 조라! 대화를 하자고! 그래, 다들 안으로 들어와. 자아. 자아!"

억지로 말을 끊고 모두를 저택에 들인 바르카스는 오늘이라는 날을 평생 잊을 수 없을 것이라고 마음속으로 생각하며 울었다.

◇

"어, 어머나, 그러셨군요. 레드글레이브 공작가의 영애께서 이런 시골에 오실 거라고는 생각조차 못 하고 있었답니다."

엄청난 속도로 손바닥 뒤집듯이 태도를 바꾸는 조라의 얼굴을 보니, 당황하여 식은땀을 흘리고 있었다.

속으로 바보 같은 여자라고 생각하면서, 나는 안젤리카 양과 조라의 이야기를 들었다.

두 사람은 서로 마주 보고 낮은 테이블을 사이에 둔 채 소파에 앉아 있었다.

"신세를 지도록 하지. 하지만 부인이 항상 저택을 비우고 있다는 건 이상한 이야기군. 적남이 일을 돕지 않는 것도 마찬가지. 적남인 루트아트 경은 지금 무슨 일을 하고 있지? 군인으로는 보이지 않는다만, 문관직인가?"

참고로 루트아트 녀석은 이미 도망가서 이 자리에 없었다.

조라는 고개를 숙이며 말했다.

"지, 지금은 왕도에서 장래를 위해 공부를 시키고 있답니다."

"그렇군."

루트아트는 19살이다. 메르세는 20살.

두 사람 다 결혼하지 않고 왕도에 있는 발트파르트 가의 저택에서 생활하고 있다. 발트파르트 가라고 할지…… 조라의 집이다. 아버지가 왕도에 마련한 저택에 조라와 그녀의 자식들이 살고 있다.

조라가 난처해하는 모습을 볼 수 있는 건 좋지만, 조금 전부터 아버지가 시선으로 '어떻게든 해봐'라고 호소하고 있었다.

"그, 그것보다도 이번에는 어떠한 용건으로 오시었는지요?"

조라가 저자세로 나오며 용건을 물었다.

안젤리카 양이 작게 웃으며 대답했다.

"단순한 관광이야. 오늘은 그가 새로 발견했다는 부유섬에 가 봤다. 온천도 있어서 좋은 곳이더군."

조라가 기뻐했다.

"기뻐해 주셨다니 다행이네요."

"그래, 한동안은 신세를 질 생각이다."

그 말을 듣자 조라의 움직임이 굳었다.

"어, 어느 정도를 생각하고 계시온지요?"

"그런 건 없다. 본가에서 연락이 올 때까지겠지. 안심하도록. 신세를 지는 남작가에는 체재비를 줄 터이니. 물론 남작에게, 이지만."

조라는 그 말을 듣고 "부디 느긋하게 지내시길"이라고 말했지만…… 이튿날이 되자마자 자신의 아이들을 데리고 왕도로 돌아갔다.

솔직히 도망치듯 돌아가는 조라를 보고 기뻐서 견딜 수가 없었다. 안젤리카 양에게 박수를 보냈더니 복잡한 표정으로 나를 봤다. "너도 고생이 많군"이라는 말에 눈물이 나왔지만, 아버지나 어머니는 차가운 눈으로 날 보고 있던 게 이해가 되지 않았다.

나한테 좀 더 따뜻하게 대해 줘도 좋지 않아?

◇

내 영지인 부유섬.

"일부러 온천까지 오지 않아도, 집에도 욕탕 정도는 있는데."

온천이 마음에 든 두 사람을 위해 매번 온천에 바래다준 뒤, 데리고 돌아온다. 두 사람은 거의 매일같이 온천에 다니고 있었다.

안젤리카 양은 미소를 지었다.

"괜찮지 않나. 왕도에 있으면 좀처럼 올 수 없으니까. 더구나 뭔가 피부에도 좋은 것 같고."

당연하다. 이 여성향 게임 세계는 여존남비. 반대로 생각하면, 여성의 인기를 얻을 수 있다면 승리 팀 확정이다. 온천에는 미용효과를 더했다…… 루크시온이!

그 녀석, 정말로 편리하군.

"미용효과는 발군이니까 말이지. 좋아, 이걸로 장래는 일확천금을 벌어 볼까."

"상혼이 억척스러운 것 같아 잘됐군."

내가 결의를 새로이 다지자, 올리비아 양이 달아오른 뺨을 만지고 있었다.

"피부가 매끈매끈하네요. 게다가 목욕 후의 우유도 맛있었어요."

"가져다 놓은 보람이 있군."

온천이 즐겁다니 다행이다만, 반대로 말하자면 온천 정도밖에 볼 게 없는 영지다. 본가에도 관광 명소는 없으니, 두 사람도 시시할 것이다.

안젤리카 양이 올리비아 양을 보고 안겨들었다. 맨살을 만지고 있다.

"피부의 윤기가 좋군. 부러워, 올리비아."

올리비아도 즐거운 듯이 대답했다.

"안젤리카 씨도 아름다우시잖아요. 머리카락이라든가 엄청 예뻐서 부러워요."

까아, 까아 하며 즐거워하는 두 사람. 목욕 후라 옷이 얇은 게……무심코 감사를 올릴 뻔했다. 내 마음에 이날의 광경을 기억해 두자. 머릿속의 하드디스크에는 영구 보존이다.

두 사람을 보고 있었더니, 올리비아 양이 달뜬 얼굴로 나를 봤다. 헤벌쭉한 표정을 짓고 있지 않았던 게 다행이다. 이럴 때, 나는 포커페이스를 명심하고 있다. 신사니까 말이지.

"왜 그래, 올리비아 양?"

"저기……."

"응?"

"리비아라고 불러 주세요."

올리비아 양이 살짝 머뭇거리며 애칭을 말했다.

"아, 안 되나요? 집에서는 다들 리비아라고 불러 주는데, 올리비아 양은 그……."

아아, 이름보다 애칭이 더 익숙하다는 건가. 그렇다면 이름 쪽이 조금 서먹서먹하게 느껴질 수도 있겠다.

안젤리카 양이 미소를 지었다.

"그러면 나는 '안제'라고 불러라. 친한 사람은 그렇게 부르니까."

안젤리카 양까지 애칭으로 부르는 걸 허락해 주었다.

"어? 괜찮은 겁니까?"

내가 놀라자, 당연하다는 느낌으로 고개를 끄덕였다.

"폐를 끼친 것도 모자라 신세까지 지고 있으니 말이지. 싫다면 딱히 상관없다. 뭐, 이런 짜증 나는 여자랑 친해지고 싶지는 않겠지만."

안젤리카 양은 결투 소동 이후로 아무래도 기운이 없는 듯했다.

올리비아 양——리비아가 조금 화난 표정을 지었다.

"그런 식으로 말하면 안 돼요. 안젤리카 씨—— 안제는 멋진 여성이에요."

"기쁜 말을 하는구나. ……전하께서는 거들떠봐 주시지도 않았지만."

좋아했던 상대에게 그렇게까지 성대하게 차이면 상심할 만도

하다. 오히려 그만한 일을 겪고도 다부지게 행동하고 있으니 훌륭하다.

그렇다 쳐도, 악역 영애가 의외로 평범한 소녀로 보이는데. 하긴, 지금 생각해 보면 게임에서 주인공을 괴롭혔던 이유는 약혼자에게 접근했기 때문이었다. ……오히려 화내는 게 정상 아닐까?

평민 여자가 학원에 오는 게 마음에 안 든다든가, 그 밖에도 이유가 있었을지도 모르지만 기억나지 않았다.

아인종 애인도 거느리고 있지 않고……어라? 실은 우량 물건이 아닌가?

애인도 없고, 한결같고, 부자에 미인이고…… 율리우스 전하는 이런 사람을 버리고 마리에를 선택한 건가? 정말 그걸로 괜찮았던 걸까?

"안제, 너무 자신을 책망하지——"

"……아니, 최악이야. 전하께는 행복하기를 빈다고 말했는데, 전하만 생각하면 도저히 용서할 수가 없다. 계속 어떻게 하면 됐을까를 생각하고 있고, 지금도 마리에가 미워서 견딜 수가 없다. 몇 번이나 복수를 다짐할 만큼. 전하를 사랑하고 있었을 터인데 이제는 이따금 밉다는 생각마저 들고 있지. 이젠 정말 내가 전하를 사랑했던 건지조차 모르겠다. 이런 여자, 버림받는 게 당연해. 스스로가 싫어질 지경이야."

리비아는 난처해했지만, 나는——.

"그게 뭐가 문제죠?"

"뭐?"

"이상한 건 그쪽이죠. 그 녀석들이 했던 짓을 생각하면 맞아도 싸다고요."

학원에서는 주위 녀석들이 제멋대로 흥분하여 안제가 잘못한 것처럼 비난했지만, 정말 잘못한 건 따질 것도 없이 마리에다. 약혼자가 있는 남자를 유혹하는 게 비정상인 거다.

아무리 여성에게 상냥한 세계라도 도리가 있지.

"복수하고 싶어요? 하면 되잖아요? 팍팍 하자고요!"

내가 응원하자, 리비아가 나를 나무랐다.

"무슨 말을 하는 거예요, 리온 씨!"

안제는 조금 놀라고 있었다.

"복수…… 해도 되는 건가?"

"물론이죠!"

"안 돼요! 리온 씨, 안제를 부추기지 말아 주세요!"

"그럼 리비아는 이대로 참으라고 할 거야? 아니잖아?"

"그, 그렇긴 하지만요."

귀족 사회는 얕보였다가는 끝이다. 어차피 안제가 가만히 있어도 공작가는 여러 방면으로 움직여 각자 배신의 대가를 치르게 하겠지. 하지만 안제의 기분은 다른 문제다.

"더구나 나는 좋은 방법도 복수법도 하나 알고 있지."

"저, 정말인가?"

안제가 혹했다.

"언제도 무얼 물어보는 건가요!"

리비아가 복수는 안 돼! 라고 말하고 있기에, 나는 진정하라고 말한 뒤 설명했다.

"세상에서 최고의 복수는 자신이 보란 듯이 행복해지는 겁니다."

"……그건 복수가 아니지 않나?"

안제가 의심의 눈초리로 보기에, 나는 전생에서 얼핏 들은 지식을 피로했다. 내 지식은 이런 것들뿐이다.

"상대를 불행하게 만드는 건 상당한 노력이 필요하단 말이죠. 그런데 그런 노력을 들여서 복수하면, 뭐가 달라질까요? 돌아오는 건 아무것도 없습니다. 그건 공멸이죠. 그럴 바에는 행복해지고자 노력하는 게 좋지 않겠어요?"

리비아가 고개를 갸웃하고 있다.

"저기, 그런 거로 복수가 될까요?"

"세상에는 인과응보라는 게 있으니까. 율리우스 전하와 나머지 녀석들은 벌을 받을 거야. 시간이 흐르면 좋든 싫든 현실을 깨닫게 되겠지."

공작가——뒷배를 적으로 돌리고서 아무 일 없이 끝날 리 없다.

안제는 아직 확신이 서지 않는 모양이었다.

"……내가 행복해지면 그들에게 복수가 된다는 거지?"

나는 고개를 끄덕였다.

부정적인 복수로 치닫는 것보다야 건전하다. 애초에 공작가에서 작정하고 복수한다면 예삿일이 아니게 될 거다. 나도 틀림없이 말려들 테니 사양이다.

"틀림없습니다. 현실을 알고, 어찌할 도리가 없게 되었을 때 행복한 모습을 여봐란듯이 보여주자고요. 어째서 안제를 버린 걸까 하고 후회하는 율리우스 전하를 볼 때까지가 싸움입니다! 고통을 주고 괴롭히는 것보다도, 진심으로 분해하는 모습을 보는 게 더 상쾌하다고요! 안제를 버리고 후회하는 율리우스 전하가 돌아와 달라고 애원하는 모습을 상상해 주세요!"

안제는 그 모습을 상상한 것인지, 의욕을 가져 준 모양이다.

"그, 그렇군. 행복한 모습을 보여주겠어!"

리비아도 이해했는지 안제를 응원했다.

"그러네요! 그게 복수가 된다면 저도 응원하겠어요. 안제, 같이 복수를 힘내죠!"

"그래, 반드시 복수해 주겠어! 마리에와 전하, 그 친구들한테도!"

미소녀 둘이 서로 웃으며 복수를 다짐하는 광경이라…… 그림은 멋진데 대사가 이상하군.

내가 저질러 놓았지만…… 주인공과 악역 영애가 손을 맞잡고 웃으면서 복수를 다짐하고 있다니, 솔직히 무섭다. 최강 태그가 탄생한 게 아닐까?

마리에와 전하를 비롯한 다른 네 사람이 아주 약간 불쌍해졌다.

……부추긴 건 나지만.

에필로그

여름방학도 슬슬 끝에 가까워졌을 무렵.

나는 아직도 빈스 씨에게 이렇다 할 연락을 받지 못하고 있었다.

궁정 공작이 늦어지고 있는 걸까?

"난감하네. 빨리 어떻게든 해줬으면 좋겠는데."

형제 셋이 밭에 나가 작업을 하고 있자, 둘째 형인 닉스가 내게 푸념을 늘어놓았다.

"너는 정말로 태평하구나. 자칫하면 처형이라고? 아니, 처형으로 끝나면 다행이지. 네 탓에 온 가족이 끌려가는 게 아닌가 하고 나는 하루하루가 불안하단 말이다."

사남인 코린은 이 대화를 이해하지 못하고 있었다.

"형은 결투에서 상대를 다섯 명이나 쓰러뜨린 거지? 그럼 잘한 거 아니야?"

둘째 형이 야단을 쳤다.

"싸우면 안 되는 상대한테 이긴 거야! 코린, 너도 남 일이 아니라니까?"

나는 지친 허리를 펴고 기지개를 켠 뒤 여자애들 쪽으로 고개를 돌렸다.

조금 떨어진 곳에서 안제가 리비아에게 밭일을 배우고 있었다. 메이드들이 도우려고 해도, 안제가 번번이 제지하는 바람에 걱정스러운 표정으로 이러지도 저러지도 못하고 있었다.

"여기를 이렇게 해서——히익! 뭐냐, 이 꿈틀꿈틀하는 건!"

"지렁이요."

"지렁이? 들은 적은 있다만…… 히익! 리비아, 손으로 잡아도 괜찮은 건가!"

"이 정도는 별것 아니에요. 자, 계속하죠."

내가 그 모습을 보고 있자니 뒤에서 코린이 내 팔을 잡아당겼다.

"그래서 형은 어느 쪽이랑 결혼하는 거야?"

"뭐?"

코린의 질문에 나는 고개를 내저었다.

리비아와 안제에게 손을 댄다? 좀 봐달라고.

리비아는 지금은 평민 특대생이지만, 장래는 성녀님이다.

안제는 공작 영애다.

구름 위 존재들에게 손을 대는 건 바보짓이다.

"알겠냐, 코린. 상대는 특대생과 공작 영애다. 양쪽 모두 내 스트라이크 존에서 너무 벗어나 있으니까 결혼은 안 해."

"스트라이크 존이 뭐야?"

둘째 형은 "또 시작됐군"하고 말하며 일을 재개했다.

"특대생 누나는 평민이라 나랑 결혼하기 어려워. 반대로 공작가의 공주님은 신분이 너무 높아서 이 형하고는 어울리지 않고. 무슨 말인지 알겠냐?"

"응, 모르겠어!"

"하하하, 코린은 솔직하네. 자, 얼른 일하러 놀아가."

"네~에."

스트라이크 존──단순한 취향 이야기였다면 두 사람 다 스트라이크지만, 신분에서 두 사람 다 빗나가 버렸다. 스트라이크는커녕 볼이다. 리비아는 미트까지 닿기도 전에 떨어진 원 바운드고, 안제는 저 높이 던져버린 볼일까.

배트를 휘두를 생각조차 들지 않는다.

젠장…… 외모는 내 취향인데.

어이쿠 이야기가 탈선했군.

다만 지금까지도 그랬듯, 어차피 모든 게 공작님 손에 달려 있기에 나는 기다리는 것 말곤 할 게 없다. 산더미 같은 백금화를 가져다줬으니 최악의 결과는 피할 수 있을 거다. 아마도…….

……아니, 그래야만 한다.

"아, 손톱 더러워지겠네. 손 아파~."

그리고 밭일을 중인 또 한 사람. 차녀인 제나도 밭에 나와 있었다.

내 갑옷에 폭탄을 설치한 사실을 부모님에게 털어놓고, 사정도 있었기에 여름방학 동안은 이렇게 일을 시키고 있다. 동생 암살에 협력하고서도 밭일로 용서받는 누나는 좀 더 반성해야 한다고 생각한다. 뭐, 질크와 그의 명령을 실행한 녀석들에게 협박당한 거긴 하지만── 우리가 당연하다는 듯 해왔던 이 밭일이 그녀에겐 벌이 된다는 것부터가 이상하다.

"오히려 이 정도로 끝난 걸 감사하라고."

"네가 문제를 일으키지 않았다면 나도 그럴 일 없었잖아."

뭐, 그건 그렇지. 그래서 나도 용서했다. 실제로 폭탄도 별거 없었다.

"밭일하고 싶지 않아~."

불평하는 누나를 보고 나는 생각했다.

역시 이 여성향 게임 세계는 지독하다고.

◇

다음 날.

공작가의 비행선이 본가에 왔다.

물론 안제를 마중 나온 거겠지만, 비행선에는 왕도에서 보낸 관리가 함께 타고 있었다.

아무래도 내 처우도 결정된 모양이다.

다만 이 관리도, 말단 같은 게 아니라 그럭저럭 고위 관리였다. 영주 귀족들은 작위로 격이 나뉘어있지만, 왕의 직속 신하인 궁정 귀족들은 계급을 가지고 있다. 물론 영주도 계급이 있긴 하지만, 남작 이상이 왕궁에서 왕을 면회할 수 있는 계급을 받는 게 고작이다.

왕을 1위로 시작하여 왕태자 전하가 2위 상(上), 왕족이 2위 하(下), 그리고 최상위 관리는 3위 정도니 상당히 높다. 참고로 왕을 면회

할 수 있는 건 쭈~욱 내려가서 6위 하. 영주 귀족은 자동으로 받는 계급이다. 공무원으로 치자면 계장이나 과장급일까?

뭐 대충 그런 거다. 궁정 귀족이라도 작위를 가지고 있는 사람도 있고, 일일이 다 설명할 수가 없다. 아니, 솔직히 말해 나하고는 상관이 없기에 자세히 모른다.

오늘 찾아온 관리는 5위 하. 아버지보다도 격이 높은 관리였다. 덕분에 아버지 얼굴은 긴장으로 물들어 있었다.

관리를 저택으로 들이고 이야기를 시작하려니, 관리가 싱글벙글 웃으며 말을 꺼냈다.

"이야~, 거참 이번에는 제법 소동이 컸습니다. 약혼 파기에 결투 소동, 폐적 등 화제가 끊이질 않았어요."

"예, 예에……."

아버지는 말에도 긴장이 한껏 묻어나고 있었지만, 관리는 신경도 쓰지 않고 이야기를 이어갔다. 어쩌지…… 폐적됐다는 이야기가 엄청 신경 쓰이는데, 끼어들 수 있는 분위기가 아니다.

어? 잠깐 기다려 봐…… 설마 율리우스 전하가 폐적된 건가? 그거 좀 곤란한데.

"궁정 내에서도 발트파르트 가의 책임을 묻는 목소리가 나왔었습니다만, 공작가가 움직여 준 덕분에 아무 일 없이 끝났어요."

빈스 씨가 힘써 준 모양이다.

감사합니다, 안제 아빠.

"저, 저기, 그래서 발트파르트 가의 처우는?"

아버지가 참지 못하고 묻고 말았다.

관리는 웃는 얼굴로 대답했다.

"안심해 주십시오. 책임은 묻지 않습니다. 오히려 이걸로 리온 경이 정식으로 독립 기사가 되었지요. 아직 학생이지만, 왕궁에서 정식으로 서훈식을 열 것입니다. 전하의 어리석은 행동에 충언을 한 기사니까 말이지요. 다른 학생들도 본받아 주었으면 하는군요."

······아버지는 안심하여 가슴을 쓸어내렸지만, 아무래도 흐름이 이상해지기 시작했다.

서훈식에다 졸업 전에 기사? 내가 생각한 것과 뭔가 매우 다른데?

이번에는 내가 질문했다.

"기, 기다려 주세요. 제 책임은? 남작 작위를 박탈한다든가!"

"그런 말은 없었습니다. 조금 논쟁이 있긴 했습니다만, 리온 경에게 남작 작위를 정식 수여하도록 결론이 났습니다. 축하합니다."

기사 서훈, 그리고 남작 작위.

······내 계획이랑 정 반대잖아!

저렇게 날뛰어 놓고 학원에 어떻게 얼굴을 비치란 건데! 돌아가지 않을 생각으로 저지른 거란 말이다!

"아무리 그래도 그건······."

"그렇죠. 아무리 그래도 이건 부당하지요."

뭐야, 나쁜 소식을 전하고 나서 좋은 소식을 전해 주는 건가.

이 사람 제법 수완가다.

내가 기대가 담긴 눈으로 쳐다보고 있자, 그는 서류 한 장을 내 앞에 내밀었다.

무슨 내용이 적혀 있는지 읽어보자, 아버지가 "끼야아아아아악!" 하고 비명을 질렀다. 나도 그런 목소리로 비명을 지르고 싶은 기분이었다.

관리가 웃는 얼굴로 전해 주는 사실에, 나는 절망했다.

"그래서 리온 경의 궁정 계급이 '6위 상'이 되었습니다. 축하합니다. 승진입니다."

……여기서 승진이라니, 그런 게 어디 있어!

◇

공작가의 비행선.

갑판 위에서 리비아와 안제가 이야기를 하고 있었다.

"왕궁 계급은 영주분들에겐 그다지 상관없는 거 아닌가요?"

그러자 이에 자세한 안제가 리비아에게 설명을 해주었다.

"실질적인 효과는 없을지도 모르지. 하지만 의미가 없는 건 아니다. 6위 하 계급보다는 높은 거니까. 쉽게 말하자면, 다른 사람들보다 인정해 주겠다는 의미다."

"그게 상이 될 수 있는 건가요? 그런 것 치고는 리온 씨가 별로 기뻐 보이지 않았는데……."

"뭐든 생각하기에 달린 거지. 덧붙이자면, 궁정 계급 9위와 8위는 1대만 유지되는 기사 작위다. 7위부터는 세습제가 된다만, 계급 하나 올리는데도 오랫동안 일하거나 공적을 쌓아야만 하지."

리비아는 잘 이해가 되지 않았다.

"으음, 잘 와닿질 않네요. 오래 한다는 게 얼마 정도인 거죠? 10년이라든가 그 정도인가요?"

"8위는 그럴 수도 있겠지만, 7위부터는 세습제이니, 평가도 세습으로 한다. 부자 3대가 성실하게 섬겼다든가 하는 그런 수준이지. 공적 없이 6위 하에서 6위 상으로 승진하려면 100년은 걸릴 거다."

그 말을 듣고 리비아가 깜짝 놀랐다.

"그, 그러면 100년분의 공적을 인정을 받았다는 거네요?!"

승진까지 줘놓고 벌을 주진 않으리라. 리온이 무사하다는 걸 알자 리비아가 기뻐했다.

"그런 거다. 뭐 왕궁은 손해 볼 것도 없으니까. 궁정 귀족이 아니라 연금도 없고. 아무리 그래도 승진까지 나올 거라고는 생각지 않았지만."

안제가 봐도 의심이 들 만큼 좋은 대우였던 모양이다.

기기괴괴한 궁정 사정. 어째서 이렇게 된 것인가, 하는 일도 적진 않다. 이번도 그런 건 중 하나였을 뿐이다.

율리우스를 폐적하고 리온을 승진시킴으로써 이익이 생기는 개인이나 집단이 있는 것이라고 안제는 결론지었다.

리비아는 잘 모르는 세계라 이면에 상황까지는 볼 수 없었다.

"······잘 되어 봤자 남작에서 강등당하는 정도가 아닐까 생각했는데 말이지."

그러자 문득 리비아가 떠올랐다는 듯 말을 했다.

"그러고 보니, 리온 씨가 내기로 손에 넣은 돈을 썼다든가 하는 말을 하셨어요!"

"뭐? 그렇다면 돈의 힘인가? 아니, 하지만 그런 것치고는······으음~."

답이 나오지 않았기에, 두 사람은 화제를 바꿨다.

"그나저나 신학기 전에 리온의 서훈식을 연다는데, 너도 오겠나?"

그러자 리비아가 조금 난감한 표정으로 대답했다.

"저, 저는 그런 자리에 참석한 적이 없어서······ 옷도 없고요."

"교복이면 돼."

◇

최악이다.

왕궁. 말 그대로 왕이 있는 궁이다. 궁정이라고도 하지만 그건 적당히 생각하면 된다.

나는 장식이 난잡하게 달린 기사복을 입어야 했고, 아로간츠는 회장에 장식되었으며, 이상하리만치 참석자도 많았다.

"어째서냐, 어째서 이렇게 참석자가 많은 거냐."

대기실에서 한탄하는 와중에도 왕도까지 오신 부모님은 나를 보며 울고 있었다.

……특히 어머니가 너무했다.

"이렇게 훌륭하게 자라서는. 옛날에는 조금 바보 같은 애인가 싶었는데, 너 실은 대단했구나. 엄마는 정말로 기쁘단다."

아버지도 울고 있다.

"설마 네가 이렇게나 빨리 기사가 될 수 있으리라고는 생각지 않았다. 젠장…… 눈물이 나오는군."

둘째 형이나 누나는 교복 차림이었다.

"어라? 저쪽 가족은?"

둘째 형은 조라와 그녀의 가족이 보이지 않는 게 의아한 모양이지만, 누나는 오지 않을 걸 처음부터 알고 있었던 듯 대답했다.

"올 리가 없잖아. 애초에 리온은 독립한 가문이라고. 그건 그렇고 6위 상인가……."

"뭔데?"

"이대로 리온이 궁정에서 관직에 오르면, 여자들이 노려볼 만한 패가 되겠는데."

"리온이? 이 녀석, 전교생한테 원망받고 있잖아. 우리도 신학기가 되면 어떻게 될지 알 수 없다고."

"바보야? 승진이라고, 승진. 리온이 왕궁에서 인정받았다는 거야. 바보가 아니고서야 다들 무슨 의미인지 알겠지."

"그래? 그러면 학원으로 돌아가도 괜찮겠군."

"글쎄, 그건 어떨까. 좋은 분위기는 아닐지도. 전 재산 날린 애도 있고."

"그럼 어쩌란 건데!"

"시끄럽네! 나도 몰라!"

젠장! 괜히 전교생의 이목을 끌어 버린 바람에……. 학원에 돌아가는 게 무섭다. 애초에 돌아갈 생각이 없었다.

돌아갈 생각이었다면 나도 좀 더 상황을 봐가면서 상대했을 거다. 내기로 한탕 벌자 같은 생각은 하지도 않았을 거다. 돌발적으로 행동한 나라는 바보 녀석!

일이 틀어져서 온 가족이 위험해지면 다 같이 루크시온을 타고 도망치자고 생각했던 게 잘못이었다. 너무 천둥벌거숭이처럼 깝죽대고 말았다.

그리고 이 자리에 와서야 겨우 중요한 사실을 떠올렸다.

"왕이라는 거…… 왕태자 전하의 아버지인 거지……?"

아버지가 차가운 시선으로 쳐다봤다.

"당연하잖냐. 폐하 앞에서 이상한 짓은 하지 마라. 이번에야말로 목이 날아갈 거다."

나는 무시하고 이야기를 계속했다.

"자기 아들을 너덜너덜하게 두들겨 팬 상대를 승진시키다니…… 어떤 심정일까?"

아버지가 팔짱을 끼고 생각한 뒤, 내게서 시선을 돌렸다.

"……유쾌하지 않은 건 사실이겠지. 나라면 싫을 거다."

그야 그렇겠지.

아무리 아들이 잘못했다고 하더라도 어디서 얻어맞고 왔다면 기분 좋지는 않을 거다. 대체 나를 어떻게 생각하고 있을까. 조금 궁금하다.

아니, 역시 알고 싶지 않다.

◇

──그날.

한 명의 기사가 탄생했다.

16살에 정식으로 기사 인정을 받는 건 호르파트 왕국에서도 드문 일이었고, 동시에 작위도 정식으로 수여되었다.

계급은 6위 상.

모험가의 공적에 더해 왕태자의 어리석은 행동에 간언한 것도 공적으로 꼽혔다.

실제로는 이름 있는 집안의 후계자들을 네 명이나 쓰러뜨린 실력을 평가받았다는 말이 있었지만, 정확한 이유는 불명이다.

하지만 호르파트 왕국에 젊고 강한 기사가 탄생한 것은 사실이다.

그런 기사를 보기 위해 왕궁에는 수많은 사람이 몰려들었다.

그만큼 리온이 주목을 모으고 있다는 증거이기도 했다.

◇

여름방학 마지막 날 밤.

내일부터 학원 생활이 다시 시작되기에 학원 기숙사로 돌아왔으나, 로비에서 학원 직원을 앞에 두고 고개를 갸우뚱했다.

"방이 바뀌었다고?"

그러자 접수대 직원이 어색한 미소를 띠며 대답했다.

"네, 넵! 리온 포우 발트파르트 님이 기사가 되셨으니 학원에서도 대응도 바꾸기로 하였습니다."

직원이 설명해 준 방은 내가 쓰던 곳보다도 좋은 방이었다.

"그렇군. 그러면 열쇠를 줘."

"곧바로 안내하겠습니다! 짐은 저희가 옮기겠으니 맡아 두도록 하겠습니다."

직원은 내게서 짐을 받아들고는, 재빨리…… 보다는 한껏 긴장된 얼굴로 나아갔다.

입학 전과는 확연히 대응이 달랐다.

◇

넓어진 방의 침대에 대자로 누운 나는 천장을 올려다보며 중얼거렸다.

"어째서 이렇게 됐지……."

곧장 루크시온의 대답이 돌아왔다.

『안이한 생각으로 행동한 결과가 아닐까요? 제가 있다고 다소 우쭐해져서 제멋대로 날뛴 게 잘못이었습니다. 뒤처리도 문제입니다. 목숨이 아까운 마음에 거금을 내버리는 바람에 궁정 공작에 상당한 자금이 흘러 들어간 결과, 승진으로 돌아오고 말았습니다. 뭐, 분명히 말해…… 자업자득이지요.』

"적확한 대답 고맙다. 알아차렸으면 도중에 말하라고, 바보 자식."

『도중에 수정하려고 해도 정보가 부족했습니다. 감히 말씀드리자면, 저로서도 이 결과는 조금 의외입니다.』

도움이 안 되는 인공지능이다.

"젠장…… 덕분에 결혼 활동에 힘을 쏟는 생활로 도로 돌아가게 됐어."

『괜찮지 않습니까. 이번에 승진했으니 마스터를 보는 여성들의 눈이 변했을지도 모릅니다.』

"진짜 그렇게 생각해?"

『네. 단, 결투에 걸었던 내기가 치명적이었습니다. 그 사건으로 학생의 7할가량이 적이 되었습니다. 정보를 보아본 결과, 이번 여름방학 중 던전에 들어간 학생이 학원 역대 최고치를 경신했습니다.』

전 재산을 건 녀석부터 빚을 낸 바보까지 있다. 그 다섯을 너무 철석같이 믿은 게 화근이었다.

뭐, 아무것도 몰랐다면 나도 율리우스 전하에게 걸었을 테지만.

『참고로 마스터의 평판은 비겁자, 입이 험하다, 쓰레기 자식 등

매도가 많다는 결과가 나왔습니다.』

"그런 정보 필요해?! 게다가 평판이 변하지 않았잖아! 오히려 나빠지고 있지?!"

『마스터가 싫어할 만한 정보라서 모아 봤습니다. 하지만 일부 남성에게 인기를 얻기도 했습니다. 하고 싶은 말을 대신 해줘서 고맙다고.』

"기뻐서 눈물이 나오는구만!"

입학하기 전보다도 한층 더 결혼이 어려워지고 말았다.

확실히 자업자득이기는 하지만, 이렇게 되리라는 걸 알고 있었다면 좀 더 자중했을 텐데!

『뭐, 괜찮지 않습니까. 남자에게 가혹한 세계입니다만, 결혼이 전부는 아닙니다. 세간의 체면을 신경 쓰지 않는다면 그것 말고는 자유이지 않습니까. 그거야말로 돈의 힘을 써야 할 부분이겠죠. 돈이 없어서 곤란해하고 있는 여자를 찾으면 되는 겁니다.』

"뭐~? 그건 좀 아니지 않냐? 어디서 그런 생각이 나오는 거냐? 최악이네."

『마스터에게 딱 맞는 해결방법이니까요. 여기 거울을 준비했습니다. 거울을 향해 마음껏 푸념을 늘어놓아 주세요. 마스터의 불만이나 푸념은 전부 마스터에게도 어울리는 말이기에.』

문득 고개를 돌려 봤더니 방 안에 커다란 거울이 있었다.

……어? 설마 루크시온이 준비한 건가? 나를 비꼬겠다는 목적 하나만으로?

"너…… 제법 한가하구나."

『마스터가 할 말은 아니군요. 게다가 저는 바쁩니다. 아시겠습니까? 우선은 학원에서의 정보 수집에——』

일단 무시하고 눈을 감았다.

그건 그렇고 난처하게 됐군…… 설마 다섯 명 전부 다 폐적될 줄은 상상도 못 했다.

이제부터 대체 어떻게 되는 걸까?

◇

시업식으로부터 사흘째.

내 학원 생활은 순조롭지 않았다.

학생들은 계속 나를 피하고 있었다.

다니엘과 레이먼드가 찾아와 사과하기는 했지만, 아직 내게 마음의 빚을 느끼는지 말을 걸어도 어색한 반응이 돌아올 뿐이었다. 이전처럼 돌아가려면 아직 시간이 더 있어야 할 것 같았다.

그밖에는 대체로 순조롭게 돌아가고 있었다.

루크시온의 조사로는 안제도, 리비아도 딱히 문제없이 지낸다고 한다. 아직 사흘밖에 지나지 않았기에 앞으로 무슨 일이 일어날지는 알 수 없지만, 적어도 두 사람을 둘러싸고 일어난 문제는 없었다. 안제의 측근들이 저번 실수를 만회하려고 안제 앞에서 필사적이라 그게 좀 피곤해 보였지만.

리비아도 여름방학 동안 열심히 공부했는지, 이제는 무슨 말을 하는지 알아들을 수 없는 영역까지 올라가고 말았다. 참고로 그녀가 요즘 공부하는 건 2학년 수업 내용이다.

나는 그녀에게서 공부를 가르쳐 달라는 말을 듣지 않을까 움찔움찔하며 지내고 있었다.

차라리 공부를 잘하는 척했던 거라고 털어놓고 용서를 구하는 게 좋지 않을까?

그리고 율리우스 전하와 그 주변 녀석들도, 결론부터 말하자면 마리에와 헤어지지는 않았다.

이제 연인 노릇은 못 하게 되었지만, 여름방학 중에 마리에와 카일을 넣어 7명이 몇 번이고 던전에 갔다고 한다.

그렉이나 크리스는 나와의 재전을 그리며 힘을 키우고 있고, 질크나 브래드는 본가의 지원이 끊겼기에 스스로 돈을 벌고 있단다.

원래 부유하지 않던 마리에도 마찬가지. 자작가에서 지원이 나올 리도 없어 결국, 같이 던전에 나가는 신세가 되고 말았다.

율리우스 전하는 여전히 마리에와 함께 던전을 드나들고 있었다. 바보 같은 소리긴 하지만 본인들의 주장은 '어쩌다 던전에 도전했더니 같이 행동하게 되었다'였다.

나는 결투 후에 폭락한 주가로 침울해하고 있었는데, 전하와 그 친구들은 동정을 넘어 여자애들한테 응원까지 받고 있단다.

아무튼, 그렇게 사이좋게 7명이 해나가는 것 같았지만—— 딱 한 명, 즐거워 보이지 않는 녀석이 있었다.

바로 원흉인 마리에다.

지위도 명예도, 그리고 재산도 잃은 녀석들에게 둘러싸여 고생하고 있는 듯했다. 물론 그렇게 생각하는 건 그녀뿐, 나머지 녀석들은 지금 상황을 즐기고 있는 것 같았지만. 마리에는 현실을 보고 초조해하고 있는데 나머지는 아무것도 모르고 싱글대고 있다는 게 감상 포인트다.

교활하게 처신한 끝이 바라던 결말이 아니리라니, 참으로 멋지지 않은가! 속이 다 시원하다. 오늘은 푹 잘 수 있을 것 같다.

교사 안뜰에 있는 벤치에 앉아 그런 생각을 하고 있었더니 양옆에 사람이 앉았다. 다니엘이나 레이먼드인가 싶었는데, 분위기가 부드럽고 좋은 냄새가 났다.

홀아비 냄새가 아니다.

고개를 드니 리비아와 안제가 앉아 있었다.

"리온 씨, 오늘도 혼자이신가요?"

"마음을 후벼 파는 말을 해줘서 거참 고맙구만. 오늘도 혼자입니다."

"하아, 너는 그 말투를 좀 고치는 게 어떻나? 그것보다 한가하면 같이 가자."

측근 사람들을 따돌리고 왔는지, 안제는 조금 지친 표정을 짓고 있었다.

"같이 가? 어디로?"

리비아가 신나서 들뜬 표정을 짓고 있었다.

"평이 좋은 크레이프 포장마차가 있어요."

역시나 여성향 게임 세계.

검과 마법의 판타지 세계이면서, 크레이프 같은 지구의 단것들이 대부분 다 있다. 여성에게 상냥한 세계다.

남자에게 가혹하지 않다면 최고의 세계일 텐데.

"딸기나 초콜릿은 있으려나?"

하지만 나도 단 걸 먹고 싶던 차라 흥미가 생겼다. 남자에게 가혹한 이 세계는 너무나도 쓰디쓴지라, 이런 거로나마 당분을 채우고 싶었다.

리비아가 웃는 얼굴로 알려 주었다.

"있어요! 딸기잼은 인기가 많아요."

"포장마차라. 나는 가본 적이 없다. 내가 먹을 만한 게 아니라고 측근들이 매번 막아대니까."

안제는 크레이프 자체가 신기한 모양이다.

근데 저번에 루크시온에게 측근 여자애들은 대부분 그 포장마차에서 군것질한다고 들었던 것 같은데?

나는 그대로 두 사람의 손에 붙잡혀 끌려가듯 일어났다.

"리온 씨, 빨리요."

"자, 서둘러라."

이렇게나 상냥하고 귀여운데, 이렇게나 가까이 있는데 나는 손을 댈 수가 없다니.

너무 부조리한 게 아닐까?

정말로—— 여성향 게임 세계는 모브에게 가혹하다.

심야.

리온이 잠든 방에 있던 루크시온은 빨간 눈동자를 움직이며 자신의 주인에 관해 고찰하고 있었다.

『리온 포우 발트파르트, 16세, 남자. 여존남비가 심한 이 세계를 '여성향 게임 세계'라고 부르는 자칭 전생자.』

이 세계를 여성향 게임 세계라고 생각하는 자칭 전생자에게 루크시온은 흥미가 동하고 있다.

그렇지 않다면 리온의 명령을 듣는 걸 거부하고 자폭했을 것이다.

『일본인을 자칭하는 것도 흥미롭습니다. 내놓는 시험마다 번번이 돌파하고 있고.』

자칭 일본인.

루크시온은 가능성은 작지만, 전생자라고 호언장담하는 리온을 시험해 보고 싶어졌다.

그리고 그의 말이 사실인지를 확인하기 위해서 시험을 내놓을 때마다 리온은 자연스럽게 돌파하고 있었다.

칼 같은 무기를 건넸을 때도 '뭐야, 이거? 판타지에 나오는 일본도인가?' 같은 말을 했다.

루크시온은 리온이 구 인류나 구 인류에 자세한 누군가쯤 된다고 판단했다.

말하자면 주인으로 삼기에 문제가 없었다. 이 모든 게 연기였다면 즉시 반기를 들었겠지만.

『그건 그렇고, 여성향 게임 세계인가요.』

리온은 이 세계는 여성향 게임이라고 단언했다.

그의 말대로 호르파트 왕국에서는 확실히 여성이 다소—— 아니, 지나치게 우대받고 있었다.

『확실히 일부 지배 계급의 여성 우대가 강한 구석이 있습니다. 남성이 압도적으로 많은 것도 아닌데 이상한 경향이군요.』

문명은 마법과 과학이 다르기에 비교하기는 어렵지만, 남자가 너무 많은 것도 아닌데 남자의 입지가 약한 건 이상한 상황이었다.

전쟁과 몬스터가 있는 세계에서 남자들은 싸우러 나가는 만큼 사망률도 더 높을 수밖에 없다. 그래서 학원을 졸업하고 나면 남녀 비율은 여성 쪽으로 크게 기운다. 이럴 때 보통은 적은 쪽이 많은 쪽을 고르게 되므로 선택권이 남자에게 기울었어야 했다. 실제로 귀족의 중진도 다 남자였고, 일도 남자가 하고 있었다.

『……남자가 더 적은데 왜 여성이 우대를 받는 구조가 되어있는 걸까요?』

루크시온이 보기엔 해괴한 구조였다.

리온의 상황을 놓고 봐도 마찬가지였다.

50대 여성의 후부로 팔려나갈 뻔한 것도 그렇고, 결혼하기 위해서라면 불리한 조건도 받아야만 한다. 설령 애인이 있어도 마찬가지. 유전자 감정 기술도 없는데 누구 아이인지 어떻게 알까?

이렇게 부자연스러운 구석이 많은데도 이 세계는 이걸 평범하게 받아들이고 있다.

『의도적으로 이러한 여성 우대를 강행하고 있는 것일까요? 혹은 정말로 여성향 게임 세계? 아뇨, 말도 안 됩니다.』

리온이 몸을 뒤척였다. 참 행복한 표정이었다.

『……실로 재미있는 세계입니다. 마스터와 함께 한동안 상황을 지켜보도록 하지요.』

루크시온은 구 인류가 멸망해 버린 세계 따위에 아무런 흥미도 없다.

흥미가 있는 건 리온 정도다.

『그건 그렇고 정말로 마스터는…… '바보'군요.』

루크시온은 리온을 바보라고 말하지만, 그에는 그만한 이유가 있다.

우선, 뭔가 일을 할 때, 예측이 허술하다.

『후부로 팔려나갈 뻔했다고 해서, 보통은 혼자서 제가 있는 곳으로 오지는 않겠지요. 그걸 성공시킨 배짱을 어째서 좀 더 빨리 발휘하지 않는 건지.』

리온이 무능한 건 아니다.

실제로 학원 성적도 노리나 싶을 만큼 70점대를 지키고 있다. 평가도 우수하다. 아마 실력을 더 내면 성적을 올릴 여지도 있을 거다.

하지만 그럴 의욕이 없다.

『의욕이 있는 건 차 정도일까요?』

방에 놓인 약간 비싼 티 세트나, 고급 찻잎을 보고 루크시온은 기가 막혔다. 내심 일본인이라면 다도지! 라고 생각하고는 있지만, 입 밖으로는 꺼내지 않았다.

종합하자면, 유능하지만 취미 이외에는 의욕이 없는 인물.

『악당인 것도 아니고요. 뭐, 선하다고 하기도 어렵지만요.』

──나쁜 인간은 아니었다.

올리비아와 안젤리카에게 엮이지 않는다는 방침이었는데, 괴롭힘을 보다 못해 결국 끼어든 게 증거다.

『그것도 더 좋은 방법이 있었겠지만요.』

루크시온이 함께 있었으니 방법은 얼마든지 있었고, 평소에도 정보를 수집하고 있었다면 마리에 건도 쉽게 눈치챌 수 있었다.

두 사람에게 개입할 때도, 직접 손을 대지 않는 방법도 여럿 있었을 거다. 선수를 빼앗기고 결국 직접 손을 쓴 결과, 여러 가지로 변명을 늘어놓고 있지만…… 그건 그냥 리온의 사람 좋은 면이었다.

올리비아나 안젤리카를 돕고 싶었을 뿐이다.

『쑥스러움을 감추려는 걸까요.』

루크시온은 다음으로 마리에를 떠올렸다.

『마스터의 말로는 마리에도 같은 전생자라고 했습니다만…… 글쎄, 앞으로 어떻게 되려나요.』

여전히 앞일을 생각하지 않는 리온에게서 창밖에 뜬 달로 시선을 옮겼다.

마리에가 전생자라는 걸 알게 된 건 좋지만, 올리비아가──주인공이 있을 장소를 빼앗긴 상태라는 건 변함이 없다.

리온의 이야기로는 이대로 스토리가 진행되면 호르파트 왕국은 전쟁에 휘말리게 된다.

그렇게 되었을 때, 앞으로 어떻게 흘러갈 것인가?

올리비아 주위에는 공략 대상 남자──뒷배가 되는 파트너가 없다.

게다가 전생자인 마리에가 공략 대상 남자 다섯 명을 사로잡는 바람에 다섯 명 전부 마리에를 위해 본가의 후계자라는 지위를 버리고 말았다.

그에 더해 안젤리카가 올리비아나 리온 곁에 있는 상황.

명백히 리온이 상정했던 상황과는 다를 터다.

하지만 리온은 말만큼 이 상황을 심각하게 고민하는 것 같진 않았다.

『뭐, 그것도 괜찮겠지요. 무슨 일이 있으면 마스터나 그 관계자를 태우고 떠나면 그만이니. 저는 애초에 그게 목적이었으니. 무슨 일이 있어도 제가 마스터를 지키겠어요.』

루크시온은 달을 보며 중얼거렸다.

『그건 그렇고, 제 동료들은 무사히 임무를 완수했으려나요?』

안젤리카 라파 레드글레이브

올리비아

CHARACTERS

왕태자의 약혼자이며 성격은 날카롭지만, 똑바르지 못한 것을 매우 싫어하는 올곧은 여성. 본가는 광대한 영지를 지닌 공작가로, 왕가 다음가는 권력을 가지고 있다.

귀족의 학원에 특별히 입학을 인정받은 시골 여자. 소박한 매력과 심지를 지닌 여성. 게임 속에서는 주인공으로서 공략 대상의 중심에 있었지만 현재는 외톨이 상태.

등장인물소개

THE WORLD OF OTOME GAMES IS A TOUGH FOR MOBS.

루크시온

우주 전함의 단말(부속기관)로, AI가 탑재된 구체 로봇. 리온의 언동에 냉담하게 딴지를 건다.

리온 포우 발트파르트

남작가의 삼남. 이 세계를 게임으로 플레이하던 전생자이며, 성격이 꼬인 일반인. 이 여존남비 세계에서 평온한 인생을 보내고자 온갖 고생을 하고 있다.

질크 피아 마모리아

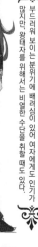

궁정 귀족으로 왕태자와 같은 유모 밑에서 자란 사이. 부드러워 보이는 분위기에 배려심이 있어 여자에게도 인기가 많지만, 왕태자를 위해서는 비열한 수단을 취할 때도 있다.

브래드 포우 필드

변경백의 후계자. 머리는 좋지만, 마음이 약하고 나르시시스트로. 멘탈도 약하고 제멋대로다.

그렉 포우 세버그

백작가의 후계자이지만 이미 모험가로서 활동하고 있는 실력파. 실전 경험이 없는 귀족을 바보 취급하고 있으며 크리스와는 자주 싸운다.

크리스 피아 아크라이트

백작가의 후계자로 부친은 검성이라 불리는 위인. 자신도 검술이 특기이며, 그 밖에 일에는 그다지 관여하려 하지 않는다.

THE WORLD OF OTOME GAMES IS A TOUGH FOR MOBS.

율리우스 라파 호르파트

마리에 포우 라판

게임에서는 공략 대상 캐릭터였던 왕태자 전하. 지금의 입장에 염증을 느끼고 있던 차에 자신을 이해해 준 마리에한테 반했다.

본래라면 올리비아를 터인 여성향 게임 히로인 포지션에 눌러앉은 수수께끼의 자작가 영애. 겉모습은 앳되어 보이지만, 왕자 이하 다섯 명의 남성과 동시에 교제하는 악녀.

갑 옷

하늘을 날며 싸우는 로봇 같은 병기.
현재는 슬림한 고기동형이 주류.
율리우스 일행은 각자의 이미지에 맞는
색깔로 커스터마이징하고 있다.

리온 전용기
아로간츠

오만이라는 이름을 가진 루크시온 특주
중장비형 갑옷. 거기다 중장갑으로 현재
주류인 갑옷보다 배는 크다.
그런 주제에 기동성도 터무니없이 높은,
그야말로 악마 같은 갑옷.

후기

작가인 미시마 요무입니다.

이번에는 「여성향 게임 세계는 모브에게 가혹한 세계입니다」를 구매해 주셔서 감사드립니다.

이 소설은 '소설가가 되자'에 투고하고 있는 작품입니다.

처음 읽으시는 분도 있는가 하면, Web판을 읽으신 분도 계시겠지요.

어떠셨나요?

Web판에서 문장을 고치고 여러 가지로 손을 봤습니다.

단지, 너무 크게 고치면 밸런스가 무너지기에, 큰 줄기는 놔두고 자잘한 수정을 거쳤습니다.

처음으로 읽으시는 분도, Web판을 읽어 주셨던 분도 재미있게 봐 주셨다면 기쁘겠습니다.

'소설가가 되자'에 투고해, 책이 된 것도 이걸로 네 작품이 되었습니다.

서적화를 노리고 투고하였는데 GC노벨즈에서 이야기가 와서 무척 기뻤습니다.

매번 이렇게 서적화 이야기가 왔으면 좋겠습니다.

자, 그럼 읽어보시면 아시리라 생각합니다만, 이 「여성향 게임 세계는 모브에게 가혹한 세계입니다」는 여성향 게임을 칭하고 있기는 하지만 남자가 주인공입니다.

여성향 게임 세계에 전생한 모브 캐릭터——리온의 시점으로 진행하는 이야기이죠.

모브인데 주인공.

여성향 게임인데 남자 주인공.

비행선에 더해 인간형 병기, 로봇까지 나오는…….

제목을 봐도 세계관을 알기 어려운 작품이 되고 말았습니다.

첫 발상은 여성향 게임으로 전생하는 작품이었습니다.

'소설가가 되자'에서도 잘 알려진 장르입니다만, 여성향 게임을 소재라 필연적으로 여성향 작품이 많지요. 남성이 봐도 재미있는 작품이 많지만요.

단지, 좀 더 남성이.

오히려, 남성이 재밌게 보는 여성향 게임 작품이 있어도 괜찮지 않을까?

그렇게 생각하고 쓰기 시작했습니다.

그 때문에 남성 주인공—— 게다가 입장은 모브라는 캐릭터인 리온이 완성되었습니다.

단지, 작품을 재미있게 만들려고 여존남비를 매우 강조했는데, 진짜 여성향 게임이 그런 건 아닙니다. 알아차리신 분들도 많겠지만, 이 작품은 '하렘물의 남녀를 역전'시켰습니다. 정확히 말하자면 여성향 게임과는 다르지요.

여러 이야기를 늘어놓았습니다만, 세세한 건 신경 쓰지 마시고 즐겨 주신다면 기쁘겠습니다.

　그러면 앞으로도 응원 잘 부탁드리겠습니다.

Otomege Sekaiwa Mobuni Kibishii Sekaidesu 1
©2018 by Mishima Yomu, Monda
First published in Japan in 2018 by Mishima Yomu
Korean translation rights reserved by Somy Media, Inc.
Under the license from MICRO MAGAZINE, INC., Tokyo JAPAN

여성향 게임 세계는 모브에게 가혹한 세계입니다 1

2020년 3월 15일 1판 1쇄 발행
2023년 12월 1일 1판 6쇄 발행

저　　　　자	미시마요무
일 러 스 트	몬다
옮 긴 이	주승현
발 행 인	유재옥
이　　　　사	조병권
출판본부장	박광운
편 집 1 팀	박광운
편 집 2 팀	정영길 조찬희 박치우 정지원
편 집 3 팀	오준영 이해빈 이소의
디자인랩팀	김보라 박민솔
디지털사업팀	박상섭 김지연 윤희진
라이츠사업팀	김정미 맹미영 이윤서
영업마케팅팀	최원석 박수진 박소연
물 류 팀	허석용 백철기
경영지원팀	최정연
인쇄제작처	㈜코리아피엔피
발 행 처	㈜소미미디어
등　　　　록	제2015-000008호
주　　　　소	서울시 마포구 토정로222, 403호 (신수동, 한국출판콘텐츠센터)
판매 및 마케팅	(070) 8822-2301

ISBN 979-11-6507-480-7
ISBN 979-11-6507-479-1 (세트)